L'HOMME CREUX

LES ENQUÊTES DE DÉTECTIVE MARK TURPIN

RACHEL AMPHLETT

CHAPITRE 1

Il était bien plus de dix-sept heures quand Shelley Tinton découvrit le cadavre de l'homme.

Elle était en retard pour son service, et avait garé son scooter bleu pâle cabossé sur une place habituellement réservée à un 4x4 noir et élégant appartenant à l'un des visiteurs réguliers du centre d'affaires. Le phare du scooter était constellé d'insectes morts écrasés depuis plusieurs jours, y compris un morceau d'une grosse mite qui avait rebondi dessus à quelques mètres seulement de chez elle avant de s'aplatir contre la visière de son casque, la faisant dangereusement vaciller près de la voiture d'un voisin.

Cet après-midi-là, pourtant, la pluie avait fouetté sa combinaison de protection haute visibilité et éclaboussé ses bottes imperméables. Elle avait serré les dents et plissé les yeux tandis que le vent projetait de grosses gouttes sous sa visière, tout en secouant la frêle carcasse du scooter. Le trajet de vingt minutes entre sa maison de Harwell et l'immeuble de bureaux d'Abingdon n'était pas long, mais le temps qu'elle se hâte vers la porte d'entrée, qu'elle passe sa carte de sécurité et retire son casque, ses mains étaient engourdies d'avoir agrippé le guidon et elle était trempée jusqu'aux os.

Elle resta un instant immobile, à contempler la flaque d'eau qui s'était formée autour de ses bottines prétendument imperméables, puis elle soupira.

— Salut, Shelley.

L'homme d'âge mûr derrière le comptoir de la réception leva les yeux de son téléphone avec un sourire en coin.

— Beau temps, hein ?

— Carrément sublime, Mike. Jamais vu mieux. On ne dirait jamais qu'on est en plein mois de juillet, n'est-ce pas ?

Shelley ébouriffa ses cheveux bruns coupés court, envoyant une nouvelle averse d'eau sur le carrelage. Elle aperçut les empreintes de pas boueuses qui sillonnaient le hall et soupira.

— Je suppose que la nuit va être longue pour nettoyer tout ça. Il y avait beaucoup de monde aujourd'hui ?

— Pas trop. L'équipe de l'entreprise de cosmétiques a reporté à jeudi prochain, donc la salle de réunion du deuxième étage n'a finalement pas été utilisée, dit Mike en lisant sur son écran d'ordinateur.

Il se pencha en arrière et sourit.

— Marcie s'est arrêtée en sortant pour dire que les fenêtres de son bureau sont pleines de traces de saleté.

— Il y a plus de chances qu'elle ait besoin de nouvelles lunettes. J'ai nettoyé cette pièce mercredi soir.

Shelley gloussa.

— C'est quoi le programme ce soir ?

— Ce n'est pas trop chargé, répondit Mike. Le troisième étage a été calme. Il y a un type qui loue le bureau tout au fond depuis la semaine dernière, mais il devait le libérer ce matin, donc tu peux t'en occuper maintenant avant qu'on le reloue la semaine prochaine, et la salle de conférence a été utilisée aujourd'hui. À part ça, il y a juste les locataires habituels aux premier et deuxième étages, plus les toilettes et la cuisine. Un des clients a mentionné qu'une ampoule est grillée dans les toilettes des hommes, mais il n'a pas su me dire à quel étage, alors dis-moi quand tu la trouveras et je monterai jeter un œil.

— Merci. Ok, à tout à l'heure.

Elle se dirigea vers l'ascenseur, se demandant dans quel état serait la salle de conférence.

Après avoir appuyé sur le bouton du troisième étage, elle évita de regarder les parois en miroir pendant que les portes se fermaient. Elle était fatiguée, presque divorcée et elle gagnait à peine plus que le salaire minimum en ce moment, et elle n'avait pas besoin qu'on lui rappelle les ravages que tout cela causait sur son teint.

À la place, elle fixa les dalles en PVC maculées qui recouvraient le sol de l'ascenseur et elle réprima un soupir. Elle les garderait pour la fin, ainsi que la rampe chromée et le clavier de commande, aux surfaces tout aussi sales.

L'ascenseur ralentit et les portes s'ouvrirent en un chuintement, la recrachant dans un espace détente décloisonné et vivement éclairé. Des fauteuils colorés, recouverts de velours côtelé vert citron ou orange pour correspondre à l'image de marque du centre d'affaires, étaient dispersés autour d'une grande télévision qui diffusait une chaîne d'information en continu. Çà et là, des tables basses en verre et en chrome avaient été placées entre les fauteuils, et Shelley se dirigea droit vers celles-ci, ramassant les tasses à café et les emballages de sandwichs abandonnés avant de se tourner vers la kitchenette sur sa droite.

Après avoir rempli le lave-vaisselle avec la vaisselle sale

et réarrangé le panier à couverts à sa convenance, elle nettoya l'intérieur du micro-ondes et vérifia le réfrigérateur.

Il n'y avait rien à jeter pour le moment, alors elle reporta son attention sur la poubelle qui débordait sous l'évier. Après avoir changé le sac et laissé le plein près de l'ascenseur, elle sortit le panier de produits de nettoyage d'un autre placard et appliqua une généreuse quantité de désinfectant en spray sur le comptoir stratifié.

Elle fredonnait tout en travaillant, se remémorant une chanson entraînante du Top 40 que sa fille de dix ans passait en boucle chaque matin en se préparant pour l'école.

Une fois toutes les surfaces essuyées, elle vérifia le minuteur du lave-vaisselle.

— Ok, quarante minutes. Allons voir dans quel état est le reste, dit-elle.

En passant devant des bureaux vides, Shelley scrutait l'intérieur de chacun à travers les parois vitrées. C'était plus une habitude qu'autre chose. Même s'ils n'avaient pas été réservés ce jour-là, elle savait d'expérience que des clients pouvaient en utiliser un pour passer un appel privé s'ils avaient besoin d'un peu de calme loin d'une plus grande salle de réunion, et ils laissaient alors souvent derrière eux une traînée de vaisselle abandonnée et d'emballages de snacks usagés.

Elle jeta un coup d'œil au planning de nettoyage qu'elle tenait à la main. Le bureau cent cinq se trouvait par ici, tout au bout, avant que le couloir ne fasse un coude vers le coin et ne longe l'arrière de l'immeuble de quatre étages. Et d'après Mike, il était prêt à être nettoyé pour pouvoir être remis au prochain locataire lundi.

— Avec un peu de chance, il suffira d'un rapide coup de chiffon et d'un coup d'aspirateur, marmonna-t-elle.

Les lumières étaient éteintes, ce qui était bon signe. Elle ne cessait de se demander pourquoi les propriétaires de l'immeuble – une grande société basée en Grèce ou dans un autre endroit tout aussi ensoleillé – n'avaient jamais pensé à investir dans un éclairage automatique qui s'éteindrait si aucun mouvement n'était détecté. À la place, les clients étaient censés éteindre les lumières en quittant leurs bureaux ou leurs salles de réunion pour la journée, et ils oubliaient systématiquement.

Elle se souvenait que l'homme qui avait loué le bureau cette semaine-là travaillait tard lorsqu'elle était passée mardi, et qu'il avait levé la main pour la saluer alors qu'elle passait dans le couloir. Shelley avait répondu à son geste, mais à ce moment-là, son regard s'était déjà reporté sur l'écran de son ordinateur portable posé sur le bureau en face de lui, et elle s'était sentie un peu gênée en baissant la main et en se hâtant vers la salle de conférence. Ce jour-là, l'équipe d'informaticiens l'avait laissée dans un état tel qu'on aurait dit qu'une tornade était passée par là, et elle croisa les doigts.

Avec un peu de chance, le rappel bien senti qui avait été envoyé par email à leur manager mercredi avait porté ses fruits et elle pourrait avoir terminé ici en moins d'une heure.

La chanson du Top 40 lui trottait toujours dans la tête lorsqu'elle tendit la main vers la poignée de la porte du bureau cent cinq. Le refrain était un arrangement répétitif de six notes qui, dans le clip, s'accompagnait d'un simple mouvement de danse que sa fille et ses amies imitaient à la moindre occasion. Un sourire effleura les lèvres de Shelley alors qu'elle poussait la porte, se demandant quand annoncer à sa fille qu'elle leur avait acheté des billets pour voir le groupe en concert à la fin de l'année.

Elle se figea sur le seuil, son sourire vacillant.

— Vous allez bien ? demanda-t-elle.

L'homme qu'elle avait remarqué mardi soir était maintenant assis sur la chaise derrière le bureau, lui faisant face. À la lumière qui se déversait du couloir, elle pouvait voir qu'il portait une chemise bleu pâle, mais sa tête était dans l'ombre.

Elle essaya de nouveau.

— Ça va ?

Il ne répondit rien et ne bougea pas.

— Excusez-moi ?

Shelley tendit la main vers l'interrupteur, puis recula, un cri étranglé s'échappant de ses lèvres.

— Oh mon Dieu.

La tête de l'homme était entièrement enserrée dans du papier bulle.

Elle fit un pas prudent en avant et put voir que sa tête était légèrement renversée en arrière, ses yeux exorbités fixant le plafond. Le papier bulle couvrait son cou, sa bouche et son nez, passant par-dessus ses oreilles et revenant pour couvrir ses yeux. Sa bouche était ouverte, le plastique remplissant le vide béant, et ses poignets avaient été attachés aux accoudoirs de la chaise. Une odeur distincte de pisse et de merde emplissait la pièce, et Shelley eut un haut-le-cœur en s'avançant.

Puis un autre, et encore un autre, jusqu'à ce qu'elle puisse tendre la main et toucher l'un de ses poignets.

Il n'y avait pas de pouls et sa peau était froide sous son contact. Il y avait des marques de griffures sur les accoudoirs en plastique, là où ses ongles les avaient lacérés, et des traces de frottement sur les dalles de moquette sous la chaise, là où ses chaussures s'étaient enfoncées.

Elle retira vivement sa main, puis courut dans le couloir et retourna à l'ascenseur.

— Allez, pressa-t-elle en appuyant sur le bouton des portes.

Elles s'ouvrirent dans un bruissement et la descente vers le rez-de-chaussée sembla durer une éternité tandis que son cœur battait à tout rompre. Un instant plus tard, les portes s'écartèrent pour révéler la réception, et Mike leva une fois de plus les yeux de son téléphone.

— Ne me dis pas que la salle de conférence a été saccagée.

Shelley s'éclaircit la gorge, sentit la bile monter, et déglutit avant de prendre une profonde inspiration.

— Appelle la police. Il y a un homme mort dans le bureau cent cinq.

CHAPITRE 2

L'inspecteur Mark Turpin regarda à travers le pare-brise de la voiture, battu par la pluie, et il expira.

De l'air chaud sortait des bouches d'aération du tableau de bord, se diffusant dans l'habitacle, sans toutefois parvenir à dissiper le froid qui lui glaçait les os.

Il remua les orteils, sentant ses chaussettes humides lui frotter la peau, puis il grimaça lorsque le bas de son pantalon trempé se colla à ses mollets.

Son regard se posa sur l'horloge affichée à côté des aérations et il cligna des yeux pour chasser la fatigue qui le menaçait. Sa journée de travail avait commencé à neuf heures ce matin-là, avec une comparution au tribunal de Reading suite à une enquête conjointe entre les zones de police locales de la vallée de la Tamise, qui avait pris plusieurs heures. Ensuite, il s'était rendu sur les lieux d'un cambriolage avec violence dans une maison à la périphérie de Wallingford. La victime était maintenant dans un coma artificiel à l'hôpital John Radcliffe d'Oxford et aurait de la chance de survivre à la nuit.

Réprimant un bâillement, Mark sortit son carnet et tourna à une page vierge, pour y noter la date et l'heure en haut, puis il tendit la main et coupa le contact de la voiture.

L'air chaud cessa de souffler et en quelques secondes, il sentit le froid s'infiltrer par les joints de porte usés. La voiture sentait les fonds de café à emporter rassis, les emballages de nourriture grasse et le très léger souvenir d'un désodorisant au pin acheté dans une station-service. L'arbre en carton pendait toujours au rétroviseur, tournant doucement d'un côté à l'autre, sa surface autrefois verte blanchie par un soleil éclatant. Ce soleil n'était plus qu'un lointain souvenir après deux semaines de vent et de pluie qui avaient ravagé le Val du Cheval blanc ainsi que le reste de l'Oxfordshire, laissant la campagne inondée et gorgée d'eau.

Il leva les yeux en percevant un mouvement du coin de l'œil pour voir deux silhouettes en combinaison de protection émerger du bâtiment. Elles disparurent au coin de la rue pendant quelques instants avant de réapparaître avec une mallette d'équipement en métal qu'elles transportaient à deux, la tête baissée contre une nouvelle averse qui fouettait leurs visages exposés tandis qu'elles retournaient vers les portes de la réception.

Mark sentit une montée d'adrénaline familière, son rythme cardiaque s'accélérant, puis il jeta un coup d'œil au téléphone portable sur le siège passager dont l'écran s'illumina au son d'un *ping* distinct.

Le message était succinct, direct, et n'appelait aucune réponse.

Il se pencha et tira une paire de gants de protection d'une boîte froissée sur le plancher côté passager. Enfonçant les gants dans une poche de son imperméable trois-quarts ciré et le téléphone portable dans l'autre, il posa la main sur la poignée de la portière et fixa à nouveau le pare-brise.

Au-delà de la voiture, les gyrophares bleus d'une des deux voitures de patrouille aux couleurs de la police de la vallée de la Tamise clignotaient et illuminaient par intermittence les fenêtres inférieures de l'immeuble de bureaux en briques rouges. Le second véhicule baignait dans la lueur pâle d'une lampe de sécurité au-dessus de la porte de la réception, tandis que l'occupante du siège passager était assise, la tête baissée et le menton incliné vers la radio attachée à son gilet de protection.

Il pouvait voir son collègue à l'intérieur, dans le hall de réception du bâtiment, derrière une porte en verre et en chrome. L'agent en uniforme plus âgé, Nathan Willis, était un policier avec qui Mark avait travaillé à plusieurs reprises. Il parlait actuellement avec un homme en chemise et pantalon froissés tout en prenant des notes.

— Et c'est reparti, marmonna Mark en rabattant la capuche de sa veste sur sa tête avant de sortir.

Il sauta sur le trottoir pour atteindre une zone pavée de dalles en béton qui entourait le bâtiment. Ses chaussures éclaboussèrent dans des flaques de plusieurs centimètres de profondeur qui lui projetèrent de la boue fraîche sur les chevilles alors qu'il courait vers les portes tournantes. Il les poussa pour entrer dans le hall de réception et salua l'agent en uniforme d'un signe de tête tout en secouant sa veste pour en enlever le plus gros de l'eau.

— Bonsoir.

— Chef.

Nathan désigna le réceptionniste.

— Voici Mike Fenchase, l'homme qui a appelé.

— Monsieur Fenchase, je suis l'inspecteur Mark Turpin. Connaissez-vous la victime ?

Mike secoua la tête.

— Je disais à votre collègue ici présent que cet homme était un client, comme tous ceux qui louent des bureaux ici.

— Un habitué ?

— Non, cette semaine, c'était sa première fois. Il avait une réservation depuis lundi, juste pour la semaine.

— L'avez-vous rencontré à un moment ou à un autre durant cette période ?

— Seulement quand il arrivait, ce qui était généralement vers neuf heures et quart. Je le saluais, mais il ne s'arrêtait pas pour discuter ou quoi que ce soit.

Mike haussa les épaules.

— Certains clients préfèrent rester discrets, donc je dois respecter ça.

Mark consulta sa montre.

— Vous faites de longues journées.

— Je fais juste des heures supplémentaires le vendredi pour qu'ils puissent faire un dernier nettoyage avant le week-end, expliqua le réceptionniste. La plupart des autres jours, je ne suis là que jusqu'à trois heures de l'après-midi. Vous comprenez, ils ne prennent aucune réservation après quatorze heures, et si les clients n'ont pas de badge permanent, une fois qu'ils sont sortis, ils ne peuvent pas revenir quand il n'y a personne à la réception.

— Je vais finir de prendre la déposition de M. Fenchase, et ensuite je continuerai à surveiller le périmètre ici si vous voulez, chef, dit Nathan.

— Merci. Où est Jasper ?

— Au troisième étage. Les escaliers sont là-bas, par cette

porte à gauche. On relève les empreintes dans l'ascenseur en ce moment.

— Et Jan ?

— En haut, avec lui.

— Merci.

Mark poussa la porte coupe-feu et entra dans une cage d'escalier aux murs de béton brut et de plâtre. Ses pas résonnèrent sur les marches en béton tandis qu'il montait au troisième étage, laissant des empreintes de pas détrempées dans son sillage. Il secoua de nouveau son manteau pour en chasser l'excès d'humidité avant d'ouvrir brusquement la porte du palier du troisième étage et de se retrouver dans une réception recouverte de moquette. À sa droite, les portes de l'ascenseur avaient été calées en position ouverte et deux techniciens de la police scientifique étaient accroupis à l'intérieur, le dos tourné, leur attention focalisée sur la rampe chromée qui entourait les murs recouverts de miroirs.

Mark aperçut son reflet en passant et détourna rapidement le regard en frottant son menton déjà couvert d'une barbe naissante et en maudissant les cernes sombres sous ses yeux.

La journée avait déjà été longue, et la nuit s'annonçait tout aussi longue si l'on en croyait le rapport initial du centre de commandement. Malgré sa fatigue, il était intrigué par ce qui s'était passé ici, et déjà déterminé à trouver des réponses.

L'équipe de la police scientifique de Jasper avait installé son matériel à côté d'une table basse au plateau de marbre, sur sa gauche. Derrière la table, une série de messages de bienvenue à l'effigie de la marque étaient gravés dans le mur en plâtre, rappelant aux clients que le personnel était là pour les aider et que cet endroit devait être considéré comme leur bureau loin de chez eux.

Il fit quelques pas en avant, les mains dans les poches, et

tourna son attention vers la bibliothèque en forme de U qui entourait une paire de fauteuils à l'allure confortable et une petite table basse en bois sur la droite. Un vase de chrysanthèmes fanés trônait sur la table basse, à côté de laquelle étaient disposés une demi-douzaine de magazines d'affaires, dont les couvertures gondolées témoignaient qu'ils avaient été manifestement bien feuilletés au cours du mois écoulé depuis leur publication.

Rien n'indiquait cependant qu'il y avait eu une lutte, ou tout autre acte de violence, dans l'enceinte de la réception.

Mark se retourna au son d'une toux polie pour voir une technicienne de l'équipe de Jasper, vêtue de la tête aux pieds d'une combinaison de protection blanche qui crissait tandis que la femme marchait vers lui.

— Vous devez être l'inspecteur Turpin, dit-elle en baissant son masque avant de rentrer une mèche de cheveux châtain foncé qui s'était échappée sous sa capuche. Je suis Leila Benjamin. Je vais assister Jasper sur cette affaire. Il a appris que vous montiez et il m'a demandé de venir vous trouver.

Elle lui tendit une paire de surchaussures de protection et des gants, ainsi qu'une combinaison assortie dans un emballage en plastique.

— J'espère que ça vous ira. Nous avons réquisitionné un bureau juste au coin où vous pouvez vous changer.

— Merci, répondit-il. Je vous suis.

Il la suivit hors de la réception du troisième étage et tourna au coin d'un couloir pour entrer dans une pièce encombrée de matériel de police scientifique. Leila lui dit signe d'entrer, puis referma la porte pendant qu'il déchirait l'emballage de la combinaison et l'enfilait par-dessus son pantalon humide. Laissant tomber son manteau sur une chaise abandonnée à la roue cassée, il ajusta le reste de la combinaison sur ses épaules, mit les surchaussures par-dessus ses souliers et glissa ses doigts dans les gants.

Après avoir ouvert la porte, il agita ses mains en direction de Leila.

— Bien deviné. Ça me va très bien.

— Parfait, dit-elle, puis elle pointa son pouce par-dessus son épaule. La victime est par ici.

Leila adopta un rythme soutenu alors qu'ils tournaient un coin de couloir où, debout sur le seuil d'une porte de bureau ouverte tout au fond, se tenait l'enquêteuse Jan West. Elle portait une combinaison de protection identique à la sienne et se détourna de l'agitation dans la pièce au bruit de leurs pas, révélant un visage calme aux yeux remplis de détermination.

— Bonsoir, chef, dit-elle. On dirait qu'on va avoir un week-end chargé.

Il sourit, malgré la gravité des circonstances.

— Content de te voir. C'était comment, l'Italie avec la famille ?

— Il a fait chaud. On dirait que c'est parti en vrille pendant mon absence.

Elle désigna de la tête la porte ouverte, s'écartant pour laisser passer Leila, puis lui fit signe de s'approcher.

— Tu as déjà vu un truc pareil ?

Mark s'arrêta sur le seuil et fixa l'homme mort assis derrière un bureau en stratifié blanc piqué. Leila et un autre technicien de la police scientifique étaient en train de dérouler une longue feuille de papier bulle qui entourait la tête de la victime, leurs mouvements méthodiques, tandis qu'une troisième personne les observait.

Gillian Appleworth jeta un regard par-dessus son épaule, ses yeux gris perçants.

— Bonsoir, Mark.

— Bonsoir. Tu as déjà vu quelque chose comme ça ?

— Non, répondit la médecin légiste du quartier général. C'est pour ça que je reste un peu. Je pourrais apprendre quelque chose.

— Pas de problème. On sait déjà qui est la victime ?

— Il n'a pas de papiers sur lui, mais il a réservé le bureau sous le nom de Trent Jardel, dit West. J'ai rappelé Caroline à la salle des opérations et je lui ai demandé de commencer à se pencher sur ses réseaux sociaux et son parcours professionnel. Elle aura préparé quelque chose pour nous d'ici à ce qu'on y retourne.

— Ok, merci.

Jasper se trouvait tout au fond de la pièce, sa silhouette trapue occupant une grande partie de l'espace derrière le bureau en Formica.

— Tu as trouvé quelque chose ? demanda Mark.

— En fait, il y a quelque chose d'intéressant, ici devant le bureau, répondit le chef de la police scientifique.

Mark regarda dans la direction qu'il indiquait.

Dans la moquette fine, on pouvait voir trois renfoncements ronds et nets, comme si quelque chose y avait été enfoncé pendant un certain temps.

— Qu'est-ce qui a provoqué ça ?

— De manière officieuse pour l'instant, jusqu'à ce que je l'aie corroboré, mais je pense que ces marques ont été causées par un trépied, dit Jasper. Le genre qu'on utilise pour un appareil photo numérique. Je pense que quelqu'un pourrait avoir filmé sa mort.

CHAPITRE 3

L'enquêteuse Jan West montait d'un pas lourd les dernières marches menant à la salle des opérations, le dos endolori et un mal de tête lancinant à la tempe droite.

Dans la cage d'escalier flottait une légère odeur d'eau de Javel au citron, vestige du passage des agents d'entretien dans le bâtiment plus tôt dans la nuit, comme en témoignaient les taches révélatrices sur la rampe en acier inoxydable, là où un chiffon avait manqué des traces de graisse ici et là.

L'éclairage artificiel du plafond n'arrangeait rien. C'était un blanc vif et criard qui lui transperçait les yeux et la faisait cligner des paupières avant qu'elle ne s'échappe par la porte du haut et se hâte dans un couloir aux dalles de moquette qui portait des traces de frottement sur ses murs.

Les bureaux de part et d'autre d'elle étaient sombres, silencieux, abandonnés par les agents qui avaient terminé leur service plusieurs heures auparavant, alors que celui du fond avait sa porte ouverte, par laquelle on pouvait entendre un brouhaha d'activité.

L'éclairage de la salle des opérations était un peu

meilleur, et celle-ci vibrait en ce moment d'une énergie née d'une nouvelle enquête.

Il y avait plusieurs ordinateurs fixes et portables sur des bureaux installés par groupes de quatre ou six, certains encadrés par de basses cloisons de séparation où les occupants du moment avaient épinglé des photos de famille et des mèmes à côté de pense-bêtes comportant divers rappels de mots de passe et de numéros de téléphone.

Au fond, un tableau blanc, jadis impeccable, était déjà couvert de notes à puces, à mesure que de nouvelles informations commençaient à filtrer depuis la nouvelle scène de crime. Un tableau en liège, sur le côté, servirait pour les photographies et autres preuves à l'appui à mesure que l'enquête prendrait de l'ampleur.

Trois agents en uniforme étaient assis à des bureaux d'emprunt, les manches de chemise retroussées, pendant qu'ils aidaient l'agent chargé des scellés à traiter les preuves et les dépositions des témoins de l'agence de bureaux équipés. Un autre agent en uniforme, Carl Antsy, était aux commandes, dirigeant les nouveaux venus vers des ordinateurs libres tout en répondant aux appels sur le téléphone de son bureau. Il leva les yeux quand Jan s'approcha.

— Bon sang, Carl… Tu es censé faire ces ultra-marathons pour garder la forme, pas pour peaufiner ton bronzage de vacances, dit-elle. Où est-ce que tu étais cette fois-ci ? À Lanzarote ?

— À Majorque, et je suis arrivé septième de mon groupe. Remarque, ajouta-t-il, son sourire fléchissant un peu, je crois que je commence à sentir le poids des ans. Il m'a fallu jusqu'à mercredi pour avoir l'impression de pouvoir à nouveau marcher correctement.

— Ça a dû être tout un spectacle pour les braves gens de Wantage. Tu as une minute ? Je vais te résumer ce qu'on a trouvé jusqu'ici et ce qui va arriver.

Carl se dirigea vers un bureau voisin et revint en faisant rouler une chaise.

— Tiens. Mark est en route, lui aussi ?

— Il est en bas, au téléphone avec le directeur du laboratoire pour voir s'ils peuvent faire venir quelqu'un pendant le week-end pour commencer à traiter ce que Jasper et son équipe ont trouvé. Il montera dans une minute.

Jan rapprocha la chaise du bureau.

— Tu as rencontré la nouvelle tête de la police scientifique, Leila ?

— Oui, la semaine dernière sur ce cambriolage près de Challow. À mon avis, elle va s'intégrer sans problème.

— Je suis d'accord. Ok, dit Jan en ouvrant son carnet, je suis prête quand tu veux.

Carl fit pivoter sa chaise pour faire face à l'écran de son ordinateur.

— Je suis prêt.

— Bien, la victime est Trent Jardel. Il a réservé le bureau où on l'a trouvé mort la semaine dernière au dernier moment, et il a commencé à y travailler lundi. Il devait le libérer aujourd'hui. La femme qui l'a trouvé, Shelley Tinton, est l'agente d'entretien de l'immeuble. Elle nous a dit que Jardel s'était arrangé pour que le nettoyage prévu mercredi soir soit annulé, disant qu'il ne voulait pas être dérangé. Alice a sa déposition là-bas, donc elle doit avoir un numéro de référence maintenant.

— Tu veux qu'elle soit copiée et distribuée à l'équipe pour le briefing de demain ?

— Oui, s'il te plaît. Kennedy voudra tout le monde ici à

huit heures au plus tard, alors plus on en fait ce soir, mieux ce
sera, répondit Jan. D'après le réceptionniste, Mike Fenchase,
il a vu Jardel pour la dernière fois quand il est arrivé hier
matin à neuf heures et quart.

— Qu'est-ce qu'il fait dans la vie ?

— On est encore en train de vérifier ça.

Jan se pencha pour voir par-dessus son épaule.

— Est-ce qu'Alice a réussi à trouver quelque chose sur lui
sur les réseaux sociaux ?

— Alice ? appela Carl. Tu as une seconde ?

— Bien sûr.

Une petite agente blonde s'approcha en hâte et tendit à
Jan et Carl une liasse de papiers agrafés encore chauds de
l'imprimante.

— Je me suis dit que vous voudriez peut-être voir ça au
plus vite. J'ai trouvé un compte de réseau professionnel pour
Trent Jardel, et il y a aussi un compte de réseau social privé et
verrouillé pour lequel je suis en train de faire une demande
d'accès.

— Merci, Alice.

Jan parcourut des yeux le résumé à puces de la première
page, puis les maigres détails qui avaient été glanés sur le site
de réseautage professionnel sur la seconde.

— C'est tout ce qu'il y a ?

— Désolée, oui, répondit l'agente. À part l'indication de
son ancien lycée d'il y a une trentaine d'années. Est-ce que
Jasper a trouvé son portefeuille ou quoi que ce soit ? Je
pourrais appeler sa banque ou quelque chose comme ça
demain matin et commencer à traiter les demandes officielles
pour ses informations financières…

— Pas de portefeuille, répondit Jan. Pas d'ordinateur

portable, pas de clés de voiture ou quoi que ce soit d'autre non plus. La personne qui l'a tué a tout emporté.

— Donc, on va devoir attendre que l'agence d'enregistrement des véhicules soit ouverte lundi matin, à moins que j'arrive à joindre quelqu'un demain, dit Carl en soupirant. Merde.

— Pas forcément, répondit Alice. Regarde à la page quatre. Il a un nom assez peu commun, alors j'ai fait une recherche via la mairie… il loue une maison à Long Wittenham. J'ai réussi à trouver le numéro de téléphone de l'agent immobilier, et j'ai pris rendez-vous pour que vous le rencontriez là-bas, Mark et toi, demain à neuf heures, si ça te va, Jan. Le type à qui j'ai parlé avait l'air vraiment impatient de le rencontrer.

— Ah bon ? En tout cas, beau travail, dit Jan. L'agent a dit depuis combien de temps Jardel louait là-bas ?

— Il a emménagé il y a seulement deux mois. Apparemment, il leur a dit qu'il avait travaillé à distance à l'étranger pendant quelques années, alors il a proposé de payer les trois premiers mois de loyer d'avance. Ce versement était en dessous du seuil de la lutte contre le blanchiment d'argent, donc il n'a pas eu à fournir de documents supplémentaires. D'après l'agent, la maison était sur le marché depuis un moment et était probablement trop chère, alors ils étaient juste contents de la louer.

— Sa demande de location précisait où il avait séjourné à l'étranger ?

— Non, seulement qu'il était basé à Dubaï la plupart du temps.

— Intéressant.

Jan laissa tomber les documents sur le bureau de Carl et jeta un coup d'œil par-dessus son épaule au moment où

Turpin entrait, le visage las. Il regarda sa montre avant de traverser la pièce pour se diriger vers elle. Il salua Alice et Carl d'un signe de tête, puis se percha sur le bureau.

— Comment ça avance, par ici ? demanda-t-il.

— Ces deux-là ont pris un bon départ, répondit Jan, et j'étais sur le point de t'appeler. Vu qu'il est presque vingt-trois heures, est-ce que tu veux qu'on fasse autre chose, ou est-ce qu'on attend demain matin que Jasper ait fini de traiter le bureau de Jardel ?

— Attendons demain matin, dit Turpin. On est tous là depuis l'aube et on ne sera d'aucune utilité à cette enquête si on est fatigués. Alice, Carl, si vous voulez arriver à un point où vous pouvez raisonnablement vous arrêter pour ce soir, faites-le. Kennedy va attendre demain dix heures pour faire le briefing, afin de donner à l'équipe scientifique le plus de temps possible pour tout envoyer au labo pour analyse et nous alerter s'ils trouvent quoi que ce soit qui pourrait nous donner une longueur d'avance sur cette affaire. Oh, et Gillian Appleworth a accepté de faire l'autopsie à partir de quinze heures trente.

— Alice a pris rendez-vous pour nous avec l'agent immobilier à la maison de Jardel à neuf heures, donc une fois qu'on y sera allés, on sera de retour à temps pour le briefing, dit Jan, des fossettes se creusant sur ses joues alors qu'ils se dirigeaient vers leurs bureaux. Elle a dit que c'était un de tes fans depuis qu'il t'a vu dans cet article de journal publié l'année dernière, et qu'il a hâte de te rencontrer... ce sont ses mots, pas les siens.

Turpin gémit.

— Il ne manquait plus que ça.

CHAPITRE 4

Le lendemain matin, Mark faisait défiler un nombre croissant d'emails sur son téléphone, bercé par les mouvements de la voiture tandis que West quittait le parking du commissariat et mettait le cap sur Long Wittenham.

L'air avait une fraîcheur qui rappelait une journée d'automne, bien que l'on fût à la mi-juillet.

Il avait enfin cessé de pleuvoir à quatre heures du matin et le silence était assourdissant après le martèlement incessant de l'eau sur le toit de sa péniche. Lui et sa compagne, Lucy, avaient passé la matinée à passer la serpillière sur le pont avant qu'il ne parte au travail, et à s'assurer que le bateau était toujours étanche. Il l'était, et une fois de plus, il fut reconnaissant de ne plus habiter sur la péniche qu'il avait louée auparavant. Celle-ci avait eu le malheur de ressembler à une véritable passoire les jours de pluie, avant de connaître une fin prématurée après avoir été incendiée dans un acte criminel.

À présent, le soleil tentait de percer la monotonie des nuages gris qui emplissaient le ciel à perte de vue à travers le pare-brise de la voiture, et il prit un instant pour consulter l'application météo. Elle prévoyait d'autres averses plus tard dans l'après-midi et sa lèvre supérieure se retroussa de dégoût.

Quel bel été.

— Au moins, ce n'est pas loin, dit West. On devrait y être dans une quinzaine de minutes.

— Mmm.

Il baissa son téléphone.

— Caroline et Alex ont aussi été affectés à l'enquête. Caroline vient de m'envoyer un message pour dire qu'Alex contacte la société qui possède les bureaux équipés pour obtenir les images de vidéosurveillance du mois dernier. Il aura de l'aide pour les passer en revue une fois que Tracy aura réglé le planning.

— Ok, bien.

West tourna le volant et fit passer la voiture sur le rond-point, sous l'A34, puis elle dépassa le panneau indiquant un terrain de golf à quelques kilomètres de là.

— Parce que si Jardel a eu des visiteurs en dehors des heures d'ouverture de la réception, c'est notre seule chance de savoir qui. J'ai discuté avec le type de l'accueil quand je suis arrivée hier soir et il n'y a aucun moyen d'enregistrer les entrées et sorties si l'un des clients a des réunions tard le soir. Apparemment, les cartes d'accès de sécurité servent juste de clés électroniques, il n'y a pas d'enregistrement de leur utilisation.

— À quelle fréquence le flux de la caméra est-il renouvelé ?

— Chaque semaine, mais il est sauvegardé à distance pendant trois mois. C'est une condition préalable de l'assurance de l'immeuble, apparemment.

— Une chance pour nous.

Il pointa le doigt à travers le pare-brise.

— C'est là, prochaine à droite.

La rue résidentielle faisait un coude à gauche, puis à droite, et se rétrécissait tandis que West manœuvrait dans l'impasse, slalomant entre les fourgonnettes d'artisans et un assortiment de voitures. Aucune des maisons n'avait de garage, et le stationnement semblait fonctionner sur le principe du premier arrivé, premier servi, avec des cyclomoteurs et des motos garés dans des espaces impossibles entre les véhicules. Çà et là, il apercevait une rangée de saules, d'aulnes et de frênes touffus entre les maisons, preuve que la Tamise serpentait le long de la limite nord du village, le soleil scintillant sur l'eau.

Les maisons étaient d'une conception d'après-guerre, toutes mitoyennes, avec des briques rouges extérieures et des toits en plaques de béton. Certaines avaient été crépies au fil des ans, créant un patchwork le long de la rue. Un mélange de haies de troènes, de palissades en bois et de murets en briques rouges séparait les propriétés d'un trottoir ondulant. Une exception n'avait pas de telle délimitation et sa pelouse de devant jouxtait un lampadaire et une borne d'incendie en béton surélevée. West fit demi-tour au bout de la rue et se retrouva face à la route.

— C'est laquelle ?

— Sur la gauche, juste là. Celle avec la boîte aux lettres devant, près de la haie de troènes.

Une BMW noire était garée le long du trottoir devant la maison. Une fois West garée derrière elle, Mark put voir un homme en costume gris de prêt-à-porter aux cheveux blonds courts, en train d'arpenter les dalles de béton devant une porte d'entrée ouverte. Il tenait un porte-documents en cuir noir dans une main et son téléphone à l'oreille de l'autre, mais il mit fin à son appel en entendant les portières de la voiture claquer, redressa sa cravate et fit un pas en avant à l'approche de Mark.

— Inspecteur Turpin ? Je suis Peter Fernsby, de l'agence immobilière Latchworth and Co.

Il tendit la main, rayonnant.

— Enchanté de vous rencontrer.

Mark haussa un sourcil.

— Dommage que ce soit dans de telles circonstances, monsieur Fernsby.

— Oh, oui. Bien sûr.

L'homme eut la décence de rougir, puis il fit un geste du bras vers la porte d'entrée ouverte du numéro trente-deux.

— On y va ?

— Vous êtes entré ?

— Seulement dans le salon pour ouvrir les fenêtres. Ça sentait un peu le renfermé quand je suis arrivé. Mais je ne suis pas monté.

Fernsby haussa un sourcil.

— Y a-t-il un problème ?

— Nous enquêtons sur un homicide, monsieur Fernsby. Celui de votre locataire. Bien sûr qu'il y a un problème.

Mark retint un soupir et regarda West.

— Tu as une mallette de relevés d'empreintes dans la voiture, par hasard ?

— Je reviens tout de suite, dit-elle en se détournant.

— Des empreintes ? s'étonna l'agent immobilier. Est-ce que ce sera nécessaire ?

— Est-ce que ce sera un problème ?

Mark s'avança, le regard fixé sur l'autre homme.

— Non, non. Bien sûr que non. Puis-je vous demander pourquoi ?

— Parce que, pour le dire simplement, monsieur Fernsby, tout ce qui se trouve dans cette maison peut être considéré comme une preuve potentielle dans le meurtre de votre locataire. C'est assez clair pour vous ?

Fernsby serra la mâchoire, mais le retour de West l'empêcha d'exprimer le fond de sa pensée.

— Bon, dit-elle. Autant faire ça ici.

L'agent immobilier regarda par-dessus son épaule, puis observa une femme et son chien qui passaient le long du mur du jardin, le dévisageant tous deux avec un vif intérêt.

— Ici ? Nous ne pouvons pas entrer ?

— Je viens de vous expliquer ce point, dit Mark. Non, ce n'est pas possible. Nous allons donc relever vos empreintes ici à des fins d'élimination avant d'entrer dans le bâtiment. À moins que vous ne préfériez nous accompagner au poste pour que nous le fassions là-bas ?

— Euh, non. Non, ce ne sera pas nécessaire.

Fernsby força un sourire, glissa son porte-documents en cuir sous son bras et remua les doigts.

— Je suis prêt quand vous voulez.

West s'exécuta rapidement, et après avoir relevé les empreintes et tendu à l'agent immobilier une lingette antibactérienne sortie de son sac à main, elle sortit son carnet et adressa un bref signe de tête à Mark.

— Bien, monsieur Fernsby, dit-il. Êtes-vous l'agent qui a loué cette maison à Trent Jardel ?

— C'est bien moi, oui.

Fernsby finit de s'essuyer les doigts, chercha du regard un endroit où jeter la lingette, puis y renonça et la fourra dans la poche intérieure de sa veste.

— M. Jardel a vu notre annonce en ligne et a appelé l'agence pour visiter le bien.

— Combien de dossiers de candidature avez-vous reçus ?

— Plusieurs. C'est un quartier très prisé, évidemment. Très bien desservi pour aller à Londres via Didcot Parkway, accès facile au réseau autoroutier...

Mark leva la main.

— Je ne cherche pas à la louer, monsieur Fernsby. Je m'intéresse uniquement à la location de M. Jardel.

— Bien sûr.

Fernsby esquissa un léger sourire.

— Réflexe professionnel. Désolé.

— Pourquoi avoir accordé la location à Jardel plutôt qu'à quelqu'un d'autre ? Il a dû y avoir un bon nombre de familles qui ont postulé pour une maison comme celle-ci. Est-ce que M. Jardel vivait avec quelqu'un ?

— Non, c'était une demande de location pour une seule personne. M. Jardel disposait simplement d'une somme supérieure au dépôt de garantie minimum immédiatement disponible, et il pouvait emménager tout de suite. Entre vous et moi, le propriétaire était dans une situation un peu délicate après le départ des derniers locataires et il y a eu pas mal de frais pour redécorer la maison afin de la remettre sur le marché. Ce n'était pas la faute des locataires, je m'empresse de le préciser, juste des travaux de rénovation structurelle qui auraient dû être faits depuis longtemps. Nous n'avons pas pu faire visiter la maison aux locataires potentiels pendant cette période, et une fois que nous l'avons pu, nos instructions étaient de la louer le plus vite possible. M. Jardel a offert le prix demandé plus dix pour cent, il était donc notre choix évident.

— Et les références ?

— Elles ne sont pas arrivées à temps pour la date à laquelle il voulait emménager, dit Fernsby. Nous en avons avisé le propriétaire, mais étant donné que M. Jardel avait proposé de payer trois mois de loyer d'avance, nous avons reçu l'instruction de procéder sans elles et de les relancer une fois qu'il serait installé.

— Il va nous falloir les coordonnées des référents.

— Je me suis permis d'imprimer une copie de sa demande initiale.

Fernsby ouvrit la fermeture éclair de son porte-documents en cuir avec un geste théâtral et en retira une pochette en plastique rose vif.

— Il est venu à notre agence d'Abingdon pour remplir ce formulaire, plutôt que de le soumettre en ligne, mais son écriture est assez lisible.

— Merci, dit Mark en prenant la pochette et en l'inclinant pour que West puisse lire le contenu.

Il y avait la photocopie d'une demande de location ainsi qu'un formulaire de prélèvement bancaire. L'adresse précédente de Jardel était celle d'un hôtel à Dubaï, et il y avait aussi une adresse email d'une agence de location dans cette ville. Les coordonnées des référents étaient celles d'un homme du nom de John Flackman et d'une femme nommée Deidre Kyte. Pour chacun d'eux, Jardel avait fourni des adresses de boîtes postales et des numéros de portable.

— Pourquoi n'a-t-il pas rempli de demande en ligne ?

— Il a dit qu'il passait devant l'agence et qu'il n'avait pas eu le temps de la remplir en ligne, répondit Fernsby. Nous tenons à garantir l'accessibilité à tous nos locataires, nous n'insistons donc pas sur une demande en ligne au cas où ils n'auraient pas accès à un ordinateur. Certains de nos locataires ont des budgets serrés.

— Est-ce qu'il a payé le dépôt de garantie via la banque indiquée ici ?

— Ah, non. Il a payé le dépôt par carte de débit. Cela a bien sûr été enregistré auprès de l'organisme de dépôt de garantie compétent.

L'agent immobilier fronça les sourcils.

— Pensez-vous que quelqu'un le réclamera, maintenant qu'il est mort ?

— Je n'en ai aucune idée, monsieur Fernsby, répondit Mark en refermant la pochette et en la tendant à West. Vous devrez vérifier auprès de l'organisme de dépôt. Avez-vous touché à quoi que ce soit à l'intérieur de la maison ?

— Uniquement le courrier que j'ai laissé sur le plan de travail de la cuisine. Oh, et les rideaux du salon. Ils étaient encore fermés. J'ouvrirai les fenêtres de l'étage une fois que vous aurez terminé ici.

— Je préférerais que vous ne le fassiez pas, monsieur Fernsby.

Mark tendit la main.

— Et j'apprécierais que vous me donniez les clés, s'il vous plaît. Selon ce que nous trouverons ici, il se pourrait que nous demandions l'intervention d'une équipe de la police scientifique. Et vous pourriez être considéré comme un suspect.

CHAPITRE 5

La maison de Trent Jardel avait toute l'atmosphère d'un box de stockage, et les cartons qui allaient avec.

Ils longeaient le couloir étroit, contre le mur de gauche qui faisait face à un escalier dont les marches recouvertes de moquette étaient tachées de traces de boue. D'autres cartons étaient empilés sur deux hauteurs dans le salon, que Mark découvrit par une porte à droite de l'escalier.

Le salon était empli d'une odeur de renfermé, de carton, d'acétone, et de rien d'autre.

Il n'y avait aucun meuble, aucune télévision, aucune œuvre d'art aux murs, aucune photographie. Les murs étaient nus, à l'exception de crochets à tableaux vides et d'une ligne noire là où un canapé avait autrefois reposé contre le plâtre peint en blanc cassé. Les fibres beiges de la moquette montraient des traces là où des cartons avaient été traînés dessus, et étaient parsemées de minuscules billes de polystyrène blanc et de morceaux de ruban adhésif.

Et dans le coin le plus éloigné, poussé derrière une pile de nouveaux cartons encore à plat, se trouvait un épais rouleau de papier bulle.

Mark jeta un coup d'œil à West et fit un signe de tête en direction du couloir.

— On va laisser ça à Jasper. Jetons un coup d'œil rapide au reste de la maison avant de l'appeler.

Il marqua une pause pour refermer la porte d'entrée en passant, notant l'expression déçue dans les yeux de Peter Fernsby alors qu'il était exclu de leurs activités.

— On devrait en ouvrir un pour voir ce qu'il y a dedans ? suggéra West en examinant la rangée de cartons dans le couloir.

— Oui. Je ne voulais pas ouvrir l'un de ceux du salon, pas avec ce papier bulle à côté.

Mark la remercia d'un sourire quand elle lui tendit une paire de gants de protection de son sac, puis il se tourna vers le carton le plus proche.

— Tu peux filmer ça avec ton téléphone, juste au cas où ?

— Bien sûr. Ok, vas-y.

Mark s'éclaircit la gorge.

— Pour les besoins de l'enregistrement, ici l'inspecteur Mark Turpin de la police de la vallée de la Tamise. Je suis actuellement avec l'enquêteuse January West au domicile de Trent Jardel. L'accès à la propriété a été obtenu à l'aide d'une clé fournie par son agent de location.

Il récita la date et l'heure, puis gratta un coin du ruban adhésif marron qui avait servi à sceller le carton, et l'arracha.

— Le salon et le couloir de la propriété sont remplis de cartons scellés. Le salon contient également un grand rouleau de papier bulle, semblable à celui trouvé autour de la tête de la victime. Nous ouvrons maintenant l'un des cartons dans le couloir pour déterminer ce qu'il y a à l'intérieur afin de faire avancer notre enquête en cours, avant de laisser le reste à l'équipe de la police scientifique… À l'intérieur de ce carton, il y a du papier bulle posé sur le dessus, et une fois que je l'ai retiré… il y a plusieurs couches de papier d'emballage marron… À l'intérieur de l'emballage, il y a… rien.

Il ravala sa déception, puis fit signe à West d'orienter la caméra de son téléphone sur le carton vide.

Après avoir répété l'opération avec un deuxième carton, il fit la même découverte, il était plein de papier d'emballage froissé, mais rien d'autre, et il referma les rabats.

— On va laisser le reste des cartons à la police scientifique.

Il mit fin à l'enregistrement après avoir regardé sa montre et récité l'heure une fois de plus, puis West abaissa son téléphone pendant qu'il retirait ses gants.

— Qu'est-ce que tu en penses ? demanda-t-elle.

— Aucune idée. Peut-être qu'il les a juste utilisés pour les remplir de déchets à recycler, mais ça n'explique pas les nouveaux cartons encore à plat dans le salon, n'est-ce pas ? Voyons ce qu'on peut trouver d'autre.

Il suivit West le long du petit couloir, s'arrêtant pour ouvrir une porte qui se révéla être celle d'une salle à manger remplie d'autres cartons, tous scellés, et il continua jusqu'à ce qu'ils atteignent une petite cuisine fonctionnelle à l'arrière de la propriété.

Elle était sombre, et quand il actionna l'interrupteur juste à gauche du cadre de la porte, cela ne fit pas grand-chose pour atténuer l'effet. La fenêtre au-dessus de l'évier en acier inoxydable donnait sur une rangée de thuyas épais à quelques mètres de la maison qui leur cachaient la vue sur la rivière au-delà. La pelouse, de la taille d'un timbre-poste, était un mélange d'herbe plus près de la fenêtre de la cuisine et de mousse sous les arbres, et un petit portillon menait à la berge. Un merle solitaire picorait les parterres de fleurs envahis de mauvaises herbes, projetant des cailloux de-ci de-là alors qu'il cherchait de la nourriture.

Le rebord de la fenêtre était parsemé de mouches mortes et, dans un coin, les restes squelettiques d'une araignée pendaient d'une vieille toile qui tournait dans un courant d'air indéterminé.

Les plans de travail de la cuisine en stratifié à motifs noirs étaient plissés par endroits, où des plats ou des casseroles chaudes avaient été posés dessus, et les coins du stratifié se décollaient sur les bords, là où il rejoignait la plaque de cuisson et l'évier. Il y avait des taches de nourriture incrustées sur les surfaces, et quand Mark ouvrit le réfrigérateur derrière la porte, il recula devant la puanteur de lait caillé qui agressa ses narines. Il y avait une barquette de beurre sur l'étagère supérieure de la porte du réfrigérateur avec une moisissure bleue accrochée dans la fente sous le couvercle, et une demi-laitue iceberg flétrie aux feuilles brunes et détrempées était tout ce qui restait sur l'étagère du milieu. Le bac à légumes fit un bruit sec quand il l'ouvrit, et il découvrit deux canettes d'une bière européenne bien connue.

Il fronça les sourcils, se retournant vers la pièce.

— Il n'y a pas de barquettes de plats à emporter, pas de boîtes à pizza… quelque chose dans les placards ?

— Attends.

West tendit le bras et ouvrit le premier des placards au-dessus des plans de travail, révélant des étagères chargées de poussière. Puis un autre, et encore un autre.

— Il n'y a même pas d'assiettes ici. Pas de conserves, pas de paquets de nourriture sèche… rien du tout.

— Allons voir à l'étage, et ensuite je vais appeler Jasper,

dit Mark en secouant la tête. Mais c'est bizarre. On n'a pas l'impression que quelqu'un vivait vraiment ici, n'est-ce pas ? Ou c'est juste moi ?

— Eh bien, s'il vivait ici, ce n'est pas ici qu'il mangeait en tout cas, dit West en le suivant dans les escaliers. Selon son travail, peut-être qu'il était trop occupé pour défaire ses valises, et qu'il mangeait à l'extérieur en rentrant du bureau, ou de n'importe quel autre endroit où il travaillait depuis son retour de Dubaï.

Mark perçut le doute dans sa voix, mais il ne dit rien alors qu'il arrivait en haut des escaliers et qu'il s'arrêtait un instant sur un palier étroit. Il y avait une salle de bain sur la droite, et deux portes fermées qu'il supposa être les chambres. Une fenêtre composée de neuf panneaux de verre dépoli diffusait une lumière tachetée là où il se tenait. Il jeta un regard aux murs nus et redressa les épaules.

— La salle de bain d'abord, alors.

Il passa la tête par la porte et laissa échapper un « hein » surpris.

Au lieu du désert stérile auquel il s'attendait, il y avait des produits de rasage et une bouteille de gel douche dans la cabine de douche, ainsi qu'une bouteille de savon pour les mains à côté des robinets du lavabo. Un tapis de bain bleu marine avait été placé sur le rebord de la baignoire, et une serviette assortie était suspendue à la barre derrière la porte. Il y avait une légère odeur d'eau de Javel parfumée au citron dans l'air et une raclette jaune sur le bord de la baignoire.

— Eh bien, c'est plus prometteur, dit West. La chambre ensuite ?

— Oui.

Il se retourna pour la suivre par la porte la plus proche de la salle de bain, mais la plus petite des deux chambres s'avéra être vide. Il n'y avait même pas de rideaux aux fenêtres, et une odeur de renfermé émanait de la moquette. Les murs en plâtre étaient abîmés par endroits, et une tache d'humidité s'étendait au plafond dans le coin le plus éloigné.

— Bon, allons voir la chambre principale, alors.

West se dirigea d'un pas décidé vers le fond du palier, puis poussa la porte menant à la pièce située à l'avant de la maison.

Les rideaux à la fenêtre étaient d'un tissu épais et manifestement doublés, car aucune lumière ne pénétrait dans l'espace. Mark tendit la main, ses doigts gantés trouvant l'interrupteur tandis que West s'avançait plus loin dans la pièce.

Alors que l'unique ampoule au plafond s'allumait brusquement, elle vacilla, puis poussa un cri étranglé.

— Oh, putain.

CHAPITRE 6

Jan but une gorgée hésitante du gobelet de café à emporter que Turpin venait de lui fourrer dans la main, et elle grimaça tant la dose de sucre agressa ses dents.

Appuyée contre la vitre passager de la voiture de service, elle regarda son collègue retourner vers le jardin avant de la maison de Jardel, où Mark et un agent en uniforme se tenaient à côté de Peter Fernsby. L'agent immobilier se passa la main sur la tête à plusieurs reprises, le visage pivoine depuis qu'on l'avait informé qu'il était désormais suspecté du meurtre de son locataire, étant donné qu'il était la dernière personne à être entrée dans la maison.

Des agents en uniforme éloignaient les voisins bouche bée de la maison, tandis que deux jeunes agents établissaient un périmètre avec du ruban de scène de crime bleu et blanc tendu entre des poteaux temporaires. Une voiture de patrouille bloquait maintenant l'entrée de l'impasse, et d'autres agents faisaient du porte-à-porte pour interroger les voisins qui ne s'étaient pas encore approchés de la propriété. Plusieurs voitures avaient dû être déplacées dans une rue voisine pour faire de la place à la voiture du médecin légiste et à deux camionnettes appartenant à l'équipe de la police scientifique de Jasper, et un hélicoptère, que Jan était sûre d'avoir été loué par l'une des chaînes d'information locales, survolait la zone.

Les médias allaient s'emparer de cette histoire et en faire leurs choux gras pendant des mois si l'équipe d'enquête ne faisait pas attention, et tout ce qu'elle et ses collègues feraient serait scruté à la loupe par les journalistes comme par leur propre direction. Elle ne pouvait qu'imaginer l'ambiance qui règnerait dans la salle des opérations une fois que l'inspecteur principal Ewan Kennedy aurait été informé de leur dernière découverte.

Jan frissonna et se força à boire une autre gorgée de café sucré en reportant son regard sur la maison.

La victime était un homme, ou du moins l'avait été.

Ce qu'il restait de lui gisait sur le plancher nu dans la pièce qu'elle pouvait voir au-dessus de la porte d'entrée, dont les rideaux étaient toujours tirés mais laissaient désormais échapper des éclairs de lumière vive sur les côtés, tandis qu'un photographe de la police scientifique prenait des clichés qui hanteraient l'équipe d'enquête pour le restant de leurs jours.

Ses jambes et ses bras avaient été découpés de son torse, les os brisés en plusieurs endroits aux poignets, aux pieds et aux chevilles. Ses oreilles manquaient, et celui qui l'avait massacré lui avait aussi arraché les yeux.

Il y avait du sang séché et coagulé partout, et les mouches avaient déjà trouvé un moyen d'entrer dans la maison.

Elle entendait encore leur bourdonnement dans ses oreilles.

— Merde, marmonna-t-elle, et elle se pencha pour vider

le reste du café dans une bouche d'égout proche avant de jeter le gobelet vide dans l'espace pour les pieds du passager de la voiture.

Après avoir claqué la portière, elle roula des épaules, rajusta sa veste et retourna vers la maison au moment où Gillian Appleworth apparaissait sur le perron.

La médecin légiste était vêtue de la tête aux pieds d'une combinaison de protection blanche, ses yeux gris perçants alors qu'elle regardait par-dessus son masque en papier. Elle vit Jan et se dirigea vers elle.

Turpin, qui se tenait à côté de l'agent en train de parler à Fernsby, leva les yeux et tendit l'index.

— Je vais l'attendre, ne t'en fais pas, dit Gillian en retirant son masque et en repoussant la capuche de la combinaison de ses cheveux.

Elle les ébouriffa un peu, se gratta le crâne, puis jeta un regard par-dessus son épaule vers la maison.

— C'est un sale coup, celui-là, non ?

— Ouais.

— Ça va aller pour toi ?

— Ça va aller. Et toi ?

Gillian eut un léger haussement d'épaules.

— Alistair est à la maison ce soir. Ça aidera.

— Bien.

Jan fit une pause pendant que Turpin s'approchait et que Fernsby se précipitait vers sa voiture avant de faire vrombir le moteur et de se frayer un chemin en zigzaguant au-delà du cordon de police. Elle le regarda partir, puis elle se tourna vers son collègue.

— Qu'est-ce qu'il avait à dire pour sa défense ?

— Il m'assure qu'il n'est pas monté à l'étage, répondit Turpin. Ses empreintes nous diront le contraire une fois que

Jasper aura eu le temps de tout analyser, mais vu la réaction de Fernsby quand je lui ai donné une idée de ce que nous avions trouvé, je ne pense pas que ce soit notre tueur. On va le garder à l'œil, au cas où, et je lui ai demandé de venir au poste demain pour un interrogatoire plus poussé.

— Ok.

— Quelles sont tes premières impressions, Gill ? demanda-t-il en tournant son attention vers la médecin légiste. C'est un sacré carnage là-dedans, n'est-ce pas ?

— Tu peux le dire.

Gillian retira ses gants et baissa sa combinaison de protection, révélant un simple t-shirt noir alors qu'elle nouait les bras de la combinaison autour de sa taille.

— Je dirais qu'il est là depuis au moins une semaine, vu l'activité des insectes. Les asticots que nous avons trouvés sont encore assez petits. Il manque des parties du corps qui pourraient se trouver ou non quelque part dans cette pièce. Jasper a trouvé un œil dans l'un des cartons dans la chambre. Je vais devoir faire des analyses pour voir s'il appartient à notre victime, par contre.

— Bonté divine, réussit à dire Turpin. Tu as vu combien de cartons il y a dans cette maison ?

— Oui, mais pour l'instant, l'équipe qui fouille ceux du salon n'a pas trouvé d'autres parties du corps.

Jan déglutit.

— Est-ce qu'il était en vie quand il a été…

— Difficile à dire avant d'avoir fait l'autopsie, répondit Gillian. D'ailleurs, il faut que j'y retourne. Je vais voir si on peut la faire juste après celle de Trent Jardel pour que vous ayez le plus d'informations possible.

— Merci.

Turpin lui adressa un petit sourire.

— On apprécie. On va te laisser.

— On se parle bientôt.

Jan la regarda s'éloigner.

— Bon sang, à quoi est-ce qu'on a affaire ? Tu crois que ça pourrait être un gang organisé qu'on aurait loupé, ou quoi ?

— Je n'en ai aucune idée, dit-il, le visage soucieux. Mais quoi que ce soit, j'ai bien peur que ce ne soit que le début.

CHAPITRE 7

Lorsque Mark entra dans la nouvelle salle des opérations dédiée à quatorze heures cet après-midi-là, il fut assailli par une cacophonie de voix, de sonneries de téléphone et, quelque part à un étage inférieur du commissariat, par une perceuse électrique dont le vrombissement strident couvrait le chaos habituel d'une enquête à ses débuts.

Une cloison amovible avait été ouverte, transformant deux pièces en un grand espace pour accueillir les agents et le personnel administratif affectés à l'enquête. Pour l'instant, il y avait encore quelques bureaux vides, bien qu'il pût voir plusieurs ordinateurs et écrans en cours d'installation par Tracy, la magicienne de l'administratif habituelle de l'inspecteur principal Kennedy.

Elle lui adressa un sourire entendu alors qu'il passait en hâte, puis il aperçut deux visages familiers dans le coin, au fond.

L'enquêteuse Caroline Roberts parlait à quelqu'un sur son portable quand il s'approcha, et elle leva la main en guise de salut. Elle coinça son téléphone entre l'oreille et l'épaule et se remit à taper tout en écoutant, mais Mark comprit à la teneur de la conversation qu'elle parlait à quelqu'un d'un cabinet dentaire.

— Bonjour, chef.

L'enquêteur Alex McClellan leva les yeux de son écran d'ordinateur et désigna un siège libre à côté de lui.

— On s'est dit qu'on allait s'installer ici, à l'écart. Tracy a monté ton ordinateur portable et tes affaires, et elle a programmé ton téléphone de bureau pour que tu aies ton numéro habituel.

— Merci.

Mark se laissa tomber sur le siège et se frotta la nuque.

— Bon sang, cette perceuse. Qu'est-ce qui se passe ?

— Ils refont le câblage dans la zone d'accueil.

Alex soupira.

— Apparemment, c'est mieux de le faire aujourd'hui que lundi. Quelqu'un du service des achats a pensé que ça dérangerait moins aujourd'hui.

Mark leva les yeux au ciel.

— Comment ça avance, ici ?

— Caroline a étendu la recherche du nom de Jardel à l'échelle nationale pour essayer de retrouver ses proches, pendant que moi, j'ai appelé les médecins et les dentistes du coin pour savoir si Trent Jardel s'était inscrit chez quelqu'un depuis qu'il avait emménagé dans la maison à Long Wittenham. J'ai aussi vérifié les groupes locaux sur les réseaux sociaux, au cas où il serait mentionné.

L'expression du jeune enquêteur s'assombrit.

— Rien pour l'instant, cela dit. Et maintenant, on a une autre victime.

— Ça va se compliquer, c'est certain.

— Sans blague. Gillian Appleworth a téléphoné juste

avant que tu n'arrives. Elle fait l'autopsie de Jardel dans une heure, et elle a dit qu'elle comptait rester tard pour faire celle de notre dernière victime.

— Tu vas y assister ?

— Je peux aller à celle de Jardel, mais je ne peux pas me libérer pour l'autre, Kennedy m'a demandé de gérer la recherche du véhicule de Jardel. Il a bien dû se rendre à ce bureau d'une manière ou d'une autre, mais il n'y a aucune voiture enregistrée à son nom garée là-bas, donc j'attends les images de vidéosurveillance de la mairie et des commerces environnants.

— Ok, j'irai à la deuxième autopsie. Espérons qu'une fois que Gillian les aura faites, on aura plus de réponses, même si Dieu seul sait ce qu'elle va trouver avec ce qu'il reste du type chez Jardel. L'équipe de Jasper a trouvé des empreintes, mais certaines seront celles de Fernsby, l'agent immobilier, et les autres vont devoir être vérifiées dans le système. Les empreintes de l'autre victime vont poser problème, dit Mark en grimaçant au souvenir.

Les sourcils d'Alex se haussèrent.

— Pourquoi ?

— Parce qu'ils n'ont pas encore trouvé un seul de ses doigts.

— Oh.

Le jeune enquêteur se retourna vers son écran d'ordinateur et frissonna.

— Mon Dieu, pas étonnant que Jan ait eu l'air pâle en arrivant.

Mark tendit le cou par-dessus les autres agents qui s'affairaient dans la pièce.

— D'ailleurs, où est-elle ? Je pensais qu'elle était montée ici après avoir garé la voiture.

— Elle est descendue à la garde à vue pour parler à Tom Wilcox, dit Caroline après avoir terminé son appel. Ça fait une vingtaine d'années qu'il est dans le coin, alors elle voulait savoir s'il avait déjà rencontré un cas similaire. Il connaît aussi quelques-uns des anciens qui ont pris leur retraite au fil des ans, alors elle s'est dit que ça valait le coup de creuser cette piste.

— Bonne idée. Bon, je vais aller trouver Kennedy pour lui faire un point. Il a déjà eu le temps de faire un briefing ?

— Pas encore, dit Alex.

Il rassembla ses clés et son portable.

— Je crois qu'il attendait juste que vous arriviez tous les deux.

— Bien. À tout à l'heure.

Mark regarda le jeune enquêteur partir et il sourit. Il n'y a pas si longtemps, Alex aurait rechigné à l'idée d'assister à une autopsie, mais maintenant il était comme les autres, avide d'en apprendre plus, et encore plus avide d'utiliser ces connaissances pour trouver un tueur.

La perceuse s'arrêta et un soupir collectif s'éleva des agents rassemblés.

— Dieu merci, dit Caroline en repoussant sa chaise. Quoique je pense que mes oreilles vont siffler pendant une heure encore. Tu veux un café ? J'ai besoin de caféine avant mon prochain appel.

— Non merci, ça va.

Mark se faufila entre les bureaux jusqu'à celui de l'inspecteur principal Kennedy, un autre espace temporaire réquisitionné par l'enquête. Il frappa une fois, puis entra.

— Bonjour, chef.

L'inspecteur principal leva les yeux d'un rapport qu'il lisait et désigna l'une des chaises visiteur près de son bureau.

— Ces dernières vingt-quatre heures ont été chargées, Mark. Et pas très agréables ce matin, d'après ce que j'ai entendu.

— Il va falloir faire attention à qui verra les photos, ça c'est sûr.

— C'est ce que je me suis dit, alors pour l'instant, nous allons limiter l'accès à vous, Jan et moi, dit Kennedy. J'évaluerai toute autre demande de l'équipe au cas par cas, en fonction de son utilité pour leurs missions.

— Ça me va.

Mark s'affala sur la chaise, les coudes sur les genoux, le regard fixé sur la moquette un instant.

— Et il va sans dire que je vais garder un œil sur Jan cette semaine.

— Je m'en doutais, merci. Qui assiste à l'autopsie ?

— Alex est en route pour celle de Jardel. J'irai à celle de notre victime mystère quand Gillian s'en chargera plus tard. Je pense qu'on devrait laisser Jan rejoindre sa famille.

— Bonne idée.

Kennedy repoussa le rapport sur le côté.

— C'est aussi leur anniversaire, à elle et à Scott, la semaine prochaine, je crois. Sacrée façon de fêter ça.

Mark se redressa au bruit de pas qui approchaient et il sourit en voyant apparaître sa collègue, dont le teint retrouvait une couleur normale.

— Jan, entrez… Comment est-ce que vous tenez le coup ? demanda Kennedy en se levant pour lui tirer une chaise. On m'a dit que vous étiez tombée sur lui.

— Un sacré choc, pour être honnête, chef, répondit-elle. Mais ça va aller.

— Vous savez où me trouver si vous avez besoin de moi, dit l'inspecteur principal en retournant à son bureau.

— Contentons-nous de coincer le salaud qui lui a fait ça, et celui qui a tué Jardel.

Elle redressa les épaules.

— Ne me retirez pas de l'affaire, chef. Je suis sérieuse. Je vais bien.

— Compris. Bien, alors… Mark, ce que je voudrais, c'est faire un briefing avec tout le monde pour récapituler les événements de la nuit dernière, faire le point sur les entretiens avec les autres locataires de l'immeuble de bureaux, et découvrir où Jardel travaillait pendant son séjour à Dubaï.

Kennedy tapota du bout des doigts sur son bureau tout en parlant.

— J'ai vu la vidéo que Jan a filmée à la maison avant de découvrir le corps… Vous pensez que Jardel faisait du recel ?

— Difficile à dire pour le moment, chef. Nous n'avons rien trouvé dans les cartons que nous avons ouverts qui puisse le suggérer. Mais quoi qu'il ait fait, ça ne me semble pas légal, même sans prendre en compte ce cadavre. La maison n'avait pas l'air d'avoir été habitée, à part la salle de bain en tout cas.

On frappa alors à la porte et Caroline passa la tête, le visage soucieux.

— Vous avez une minute, chef ?

Kennedy lui fit signe d'entrer.

— Bien sûr. Qu'est-ce qu'il y a ?

— J'ai élargi la recherche sur Trent Jardel cet après-midi, en essayant de savoir où il aurait pu être avant d'aller à Dubaï puis de louer la maison à Long Wittenham, dit-elle, et je suis tombée sur un problème.

— Lequel ?

Caroline leur tendit à chacun une feuille de papier, encore chaude de l'imprimante.

— Trent Jardel est mort il y a trois ans. Il a été retrouvé assassiné dans son studio à Birmingham. C'est la page de résumé de l'affaire dans le système. Je viens de finir de parler avec l'inspecteur chargé de surveiller l'affaire non résolue, et il m'a dit que le corps de Jardel avait été découpé en plusieurs morceaux et disposé sur le sol—

— Exactement comme notre dernière victime, la coupa Turpin en parcourant la page.

Il regarda Kennedy, qui affichait une expression perplexe.

— Alors si le vrai Trent Jardel a été assassiné il y a trois ans, qui diable avons-nous trouvé avec la tête enroulée dans du papier bulle la nuit dernière ?

CHAPITRE 8

Cinq minutes plus tard, Ewan Kennedy arpentait la moquette devant un tableau blanc déjà couvert de notes manuscrites, de cartes et de photographies montrant les bureaux équipés et la maison de Long Wittenham.

Il avait tenu parole. Aucune photographie des horreurs à l'intérieur de la maison n'était affichée, et l'accès aux images de la base de données HOLMES2 était protégé par un mot de passe que seuls lui, Mark et West connaissaient.

Cependant, il y avait une unique photographie de la victime qui avait été découverte la nuit dernière avec du papier bulle autour de la tête, avec le nom « Trent Jardel » écrit au-dessus. Trois points d'interrogation étaient maintenant griffonnés à la suite.

Mark regarda Kennedy reboucher son feutre pour tableau blanc et se tourner vers son équipe.

— Grâce à la découverte de Caroline, nous allons nous reconcentrer sur l'identité de cette personne, commença-t-il. Et une fois que nous aurons un nom, nous devrons déterminer s'il était responsable du massacre de l'autre homme retrouvé plus tôt aujourd'hui dans la maison.

— Chef, l'équipe de Birmingham qui m'a parlé du vrai Trent Jardel va m'envoyer une copie de leur dossier d'enquête, dit Caroline. Je commencerai à l'étudier dès qu'il arrivera, je devrais recevoir un lien par email d'ici demain matin.

— Bien, merci. Une fois que vous l'aurez, je veux savoir si vous trouvez un lien entre notre victime au papier bulle et la région de la vallée de la Tamise. Pourquoi est-il venu ici après avoir quitté Dubaï ? Ses empreintes digitales sont maintenant dans le système, et j'ai parlé à Alex et lui ai demandé de dire à Gillian de lancer une recherche orthodontique auprès des dentistes britanniques dès qu'elle aura terminé l'autopsie. Si elle trouve quoi que ce soit d'autre pendant l'autopsie, Alex nous contactera.

Des murmures parcoururent les rangs des agents rassemblés avant que l'inspecteur principal ne poursuive.

— Qui s'occupe d'examiner les dossiers des bureaux équipés pour retrouver la réservation de la salle pour notre victime ?

— C'est moi, chef, répondit l'agent Nathan Willis en élevant la voix. Jardel, ou qui que soit cet homme, a fait la réservation via leur centrale d'appel la semaine dernière, mais le numéro de téléphone que Jardel a utilisé n'est plus en service et malheureusement, comme la société qui gère les bureaux n'est qu'une petite entreprise, elle n'enregistre pas les conversations téléphoniques pour la formation des nouveaux employés, sinon j'en aurais fait la demande. Jardel a spécifiquement demandé un bureau calme, à l'écart des autres clients, disant qu'il était en train de finaliser une proposition pour un contrat majeur et qu'il ne pouvait pas se permettre d'être dérangé.

— Est-ce que d'autres demandes ont été faites avant son arrivée, ou pendant qu'il utilisait le bureau ?

— Non, aucune, dit Nathan. Il est arrivé chaque matin cette semaine vers neuf heures vingt, mais il partait souvent après la fermeture de la réception. La personne à l'accueil laisse les clients tranquilles à moins qu'ils ne demandent de l'aide avec l'équipement ou quelque chose comme ça. La femme de ménage a un planning selon lequel les bureaux sont nettoyés tous les deux jours, puis elle fait un nettoyage final le jour où le client quitte le bureau avant l'arrivée d'un nouveau.

— La personne qui a parlé à l'appelant qui a fait la réservation a-t-elle pu déceler un accent, ou quelque chose de ce genre ?

— Non, chef. Elle a dit qu'elle ne se souvenait pas de sa voix, parce qu'ils reçoivent énormément de réservations par cette centrale d'appel.

— Ok, merci Nathan. Bien, tout le monde, j'ai chargé Alex de demander les images de vidéosurveillance de l'extérieur du bâtiment et des rues avoisinantes via la municipalité, donc une fois que nous les aurons, nous pourrons retracer les déplacements de notre victime. D'après le type de la réception, notre victime ne s'est pas garée sur le parking derrière le bâtiment, et vu l'emplacement du bureau, il a peut-être dû prendre un bus ou un taxi pour s'y rendre.

Mark leva la main.

— Chef, et si quelqu'un l'avait déposé ?

— Encore une fois, il faudra attendre d'avoir les images de vidéosurveillance. Le réceptionniste ne l'a pas vu arriver accompagné, mais c'est une bonne remarque.

Kennedy fit une pause pour mettre à jour les notes sur le tableau blanc, puis il lança par-dessus son épaule.

— Jan, comment ça s'est passé avec Tom en bas ? Il a déjà vu quelque chose de semblable ? Je n'ai aucun souvenir de ce genre de chose depuis que je suis ici, mais il a dix ans de plus que moi.

— Pas aussi horrible que notre dernière victime, dit West. Il s'est souvenu d'un cas où quelqu'un avait été étouffé avec un sac en plastique, et j'ai mis à jour le système pour noter la référence de cette affaire, mais après avoir lu les notes, je ne suis pas convaincue. Ce n'est qu'une intuition que les deux ne sont pas liés, cependant, donc je garde l'esprit ouvert.

— Noté, dit l'inspecteur principal.

Il se tourna vers Caroline et haussa un sourcil.

— À part nous mettre des bâtons dans les roues concernant l'identité de notre victime, qu'avez-vous réussi à trouver d'autre ? Est-ce qu'il y a quelque chose dans notre système concernant des personnes disparues qui correspondent à sa description ?

— Il n'est pas sur la liste des personnes disparues, chef, répondit l'enquêteuse.

Elle fit un geste vers les deux agents en uniforme qui se tenaient à côté d'elle.

— Alice et Grant m'ont aidée, et les images que Jasper a envoyées une fois le papier bulle retiré ne correspondent à personne dans la région de la vallée de la Tamise.

— Élargissez la recherche, ordonna Kennedy. Envoyez sa photo à toutes les divisions, et vérifiez aussi avec Interpol. Si notre Jardel a vécu à Dubaï pendant quelques années, il a peut-être déménagé avant d'y arriver. S'il a vraiment tué le vrai Trent Jardel, ils ont peut-être une idée de qui est ce salaud.

CHAPITRE 9

Une demi-heure plus tard, Mark suivait West à travers le parking en direction de sa petite voiture à hayon, qui était garée à l'autre bout, près d'un grillage séparant le commissariat du lotissement voisin.

Çà et là, des nuages sombres parsemaient l'horizon et, quelque part dans le roncier qui s'emmêlait dans le grillage, un rouge-gorge chantait. La circulation de la quatre-voies au-delà de la zone industrielle s'était calmée, à l'exception d'un camion occasionnel qui vrombissait entre Oxford et Winchester.

— Je conduis, déclara Mark.

Il attrapa au vol les clés que West lui lança, déverrouilla la voiture et mit le contact avant de tendre la main vers les commandes de la climatisation, tandis qu'elle s'installait sur le siège passager.

— Scott est à la maison avec les garçons ce soir ?

— Oui, répondit-elle. Il a fini plus tôt aujourd'hui et il est allé les chercher chez sa mère. Il y a plein de choses dans le congélateur qu'ils peuvent réchauffer s'il n'a pas envie de cuisiner, et il ne travaille pas demain, alors j'imagine qu'ils vont se regarder un film ou deux en streaming ce soir.

— Sympa.

Il lui jeta un regard.

— Kennedy a dit que c'était ton anniversaire de mariage cette semaine.

— Oui, quinze ans déjà, dit-elle, le visage mélancolique. On devait aller dîner au restaurant ce soir pour fêter ça, mais…

— Dommage que ce soit dans ces circonstances.

— Exactement.

Elle se força à sourire.

— De toute façon, je n'aurais pas eu le cœur à manger dans un restaurant chic avec tout ce qui se passe au travail en ce moment, et dès que j'ai téléphoné à Scott ce matin pour lui dire que la journée allait être longue, il a suggéré de reporter à la semaine prochaine ou à celle d'après. Ou peut-être qu'on s'échappera juste pour un long week-end sans les enfants quand tout ça sera terminé.

Elle sortit son téléphone de son sac et se mit à faire défiler ses emails.

— Des nouvelles d'Alex ? demanda-t-il.

— Pas encore. Il est peut-être encore avec Gillian. Je suis sûre qu'il appellera quand il aura du nouveau, ou alors elle pourra nous mettre au courant quand on arrivera.

Mark quitta le parking puis s'engagea à toute vitesse sur la rocade qui encerclait la zone industrielle. Au lieu de prendre la sortie pour l'A34, il continua sa route, traversa un rond-point et tourna de ci, de là, jusqu'à entrer dans un lotissement à la périphérie nord d'Abingdon.

West leva les yeux de son téléphone et se pencha en avant sur son siège.

— Qu'est-ce que… ?

Mark freina devant une maison mitoyenne bien entretenue, avec la camionnette d'un peintre en bâtiment garée dans l'allée. Par la fenêtre ouverte, il pouvait entendre un ballon de foot qu'on se renvoyait dans le jardin et de la musique qui provenait de la fenêtre du salon. Il laissa le moteur tourner et se tourna vers sa collègue.

— J'ai parlé à Kennedy. On est tous les deux d'accord que tu devais être avec ta famille ce soir, pas à une autopsie.

Elle se tourna vers lui, la bouche ouverte pour protester, mais il leva la main pour la faire taire.

— Tu n'es pas retirée de l'affaire, je te le promets. Tu seras de retour demain, dès la première heure. Mais ça, c'est demain.

Il lui adressa un petit sourire.

— Va boire un verre de vin et te reposer. Si Gillian trouve quelque chose d'urgent, je t'appellerai, mais sinon je te mettrai au courant demain matin. Ça te va ?

Les larmes lui montèrent aux yeux et elle se mordit la lèvre avant de hocher la tête.

— Ok. Merci.

— Tu ferais la même chose pour moi, dit-il, puis il lui fit un clin d'œil. Allez, file, sinon je vais être en retard et de nouveau sur la liste noire de Gillian.

Elle sourit à cette remarque, puis ouvrit la portière et sortit.

— C'est moi qui paie le déjeuner demain, chef. Pas de discussion.

— Marché conclu.

— Et tu m'appelleras si Gillian trouve quelque chose ?

— Seulement si ça ne peut pas attendre demain. Va donc trouver ce vin.

West soupira et ses épaules s'affaissèrent un peu.

— Je te revaudrai ça.

Il lui fit un petit salut, puis quitta le bord du trottoir dès qu'elle eut refermé la portière.

— Bien, marmonna-t-il. Espérons qu'on obtiendra des réponses, sinon les médias vont s'en donner à cœur joie.

———

Gillian attendait à la porte du bâtiment de la morgue quand Mark arriva sur le parking de l'hôpital John Radcliffe.

Il pouvait voir sa silhouette à travers la porte en verre dépoli alors qu'elle faisait les cent pas et il se dépêcha de la rejoindre.

La porte s'ouvrit à son approche et elle s'écarta pour le laisser entrer avant de la refermer à clé derrière lui.

— Clive est en train de nettoyer après la dernière autopsie et notre réceptionniste à temps partiel est en vacances, expliqua-t-elle, alors on doit garder la porte fermée quand on est occupés.

— Alex est toujours là ? demanda-t-il en griffonnant sa signature dans le registre sur le bureau de la réception.

— Tu viens de le rater.

Gillian lui tint la porte du vestiaire des hommes ouverte et désigna une pile de combinaisons de protection emballées sous plastique sur un banc dans le fond.

— Change-toi et je te retrouve dans la salle d'examen. Pendant que Clive prépare notre deuxième victime, je te mettrai au courant de mes conclusions sur la première.

Mark s'exécuta, retirant sa veste et sa cravate et les plaçant avec les clés de sa voiture, son portefeuille et son téléphone portable dans un casier. La combinaison de protection se zippait sur le devant, et après avoir enfilé des surchaussures assorties et pris un masque en papier dans un distributeur à côté de la porte, il retourna à pas feutrés vers la porte pour rejoindre Gillian et son assistant qui attendaient.

Bien qu'il ait vu les restes de la deuxième victime à la maison ce matin-là, il eut tout de même un haut-le-cœur en voyant la tête et le torse de l'homme disposés sur une table, et ses jambes et ses bras sur une autre, juste à côté. Il avait vu de nombreux cadavres au cours de sa carrière dans la police, mais aucun n'avait été aussi choquant que celui-ci.

Il déglutit et fit quelques pas en avant alors que Gillian se tournait vers lui, délaissant son ordinateur portable posé sur un comptoir à gauche de la salle d'examen.

— Parfait, tu es prêt. Viens par ici, je vais te montrer mes conclusions de la première autopsie.

— Est-ce qu'il a été assassiné, ou c'est quelque chose qu'il s'est auto-infligé et qui a mal tourné ?

Elle attendit qu'il la rejoigne, puis désigna une série de photographies qu'elle avait prises pendant l'examen.

— C'est quelqu'un d'autre qui lui a fait ça. La première victime est morte d'asphyxie après avoir eu la tête enveloppée dans du plastique. Et ça n'a pas été une mort rapide. Il s'est mordu la langue jusqu'au sang et il lui manque trois ongles, là où il a enfoncé ses doigts dans les accoudoirs du fauteuil où on l'a trouvé. Il a aussi des ecchymoses à l'arrière des jambes et sur les hanches, ce qui pourrait suggérer qu'il a été forcé de s'asseoir dans ce fauteuil. Tu vois cette ecchymose sur son visage ? Il s'est manifestement débattu, car à un moment donné, quelqu'un l'a frappé au visage pour le maîtriser. On peut voir les marques des phalanges de l'autre personne ici.

Mark grinça des dents.

— Et ils ont réussi à faire ça sans que personne n'entende rien. D'après toi, quelle est l'heure du décès ?

— Je vais indiquer dans mon rapport que je pense que la mort est survenue au moins seize heures avant qu'il ne soit découvert par l'agente d'entretien, répondit Gillian. Ce qui situerait ça à peu près entre deux et quatre heures du matin hier.

— Quand les bureaux sont normalement vides, commenta Mark. Nous allons donc devoir nous fier aux images de vidéosurveillance pour essayer de découvrir qui d'autre était avec lui.

— Gillian, il est prêt, appela Clive.

Mark se tourna pour voir l'assistant de la médecin légiste qui attendait patiemment à côté des deux tables d'examen, ses yeux lugubres par-dessus son masque.

— Très bien, dit Gillian en fermant son ordinateur portable et en allumant son micro-cravate. Voyons voir ce que ce pauvre homme peut nous dire.

CHAPITRE 10

Mark se tenait à quelques pas de la table d'examen pendant que Gillian en faisait le tour, son regard se posant sur chaque partie du corps tandis qu'elle décrivait ses observations pour l'équipement d'enregistrement.

Son rapport serait généré en temps réel, lui permettant de le relire peu après et d'apporter les corrections qu'elle jugerait nécessaires avant de le signer et de l'intégrer au dossier. La nécessité d'être précise donnait à sa voix un ton froid et sans émotion, mais il savait à quel point chaque victime comptait pour elle.

Il le voyait dans ses yeux quand elle passa à côté de lui.

Malgré le masque qu'il portait, une forte odeur de liquide antiseptique et de produit pour le sol persistait, là où Clive, l'assistant de laboratoire, avait nettoyé toute la salle d'examen entre les autopsies. Il se tenait maintenant prêt à passer tout instrument à Gillian, et à prendre les organes internes qu'elle retirait pour les préparer à la pesée et aux analyses.

La posture de Clive témoignait d'un stoïcisme né

d'années d'expérience, et d'un détachement qui ne parvenait pas tout à fait à effacer le souvenir des victimes qui avaient franchi ces portes. Mark le savait, car il avait trouvé Clive tard un jeudi soir, en train de boire tranquillement une pinte dans le même pub qu'il fréquentait près de la Tamise à Abingdon, après qu'une affaire particulièrement sordide s'était soldée par une condamnation à perpétuité pour l'auteur des faits. La diligence de Clive et son aide dans le travail de Gillian avaient été déterminantes pour que le jury rende un verdict de culpabilité unanime.

Il évita le regard de Mark, se concentrant plutôt sur leur victime actuelle alors que Gillian retournait vers la tête de l'homme, tendant doucement la main pour envelopper son crâne.

— Alors, dit-elle, voyons voir ce que tu peux nous dire sur le salaud qui t'a fait ça, et pourquoi tu es mort comme ça.

Elle redressa les épaules et se tourna vers l'autre table.

— Pour les besoins de l'enregistrement, les jambes et les bras de la victime ont été sectionnés du torse à l'aide d'un instrument de type scie, dont nous tenterons de déterminer le type exact par des tests. Il y a des traces de coupure sur les humérus de la victime, qui pourraient indiquer une méthode de torture, ou que son tueur a d'abord tenté de retirer les membres à ce niveau. Ses jambes portent des marques similaires au niveau des fémurs.

Mark déglutit et enfonça ses doigts gantés dans ses paumes.

Gillian poursuivit.

— L'activité des insectes indique qu'il a dû rester là où on l'a trouvé entre cinq et sept jours. Il y a des marques sur ce qui reste de son cou, qui pourraient être attribuables à une forme de strangulation, mais des tests supplémentaires sur ses poumons devront être effectués. La lividité sur ses fesses suggère qu'il a été tué en position assise. D'autres preuves médico-légales seront nécessaires pour le corroborer.

Elle prit délicatement le bras droit de l'homme et examina son poignet.

— Il y a des ecchymoses aux poignets et aux chevilles qui suggèrent qu'il a été ligoté à un moment donné avec de la corde. Les ecchymoses laissent place au poignet à des marques de brûlure similaires à celles trouvées lorsqu'une corde grossière comme de la ficelle de presse ou autre est utilisée. Je serais tentée de dire que notre victime a essayé de se libérer de ses liens à un moment donné, ce qui a provoqué l'enfoncement de la corde dans sa peau à la jonction entre le radius et le carpe. Pour l'instant, ses doigts manquent toujours, je ne peux donc pas prélever d'empreintes. J'ai demandé une analyse ADN sur le globe oculaire qui a été trouvé près de l'endroit où les autres parties du corps de la victime ont été découvertes, mais l'autre est manquant.

Elle se retourna vers le torse de l'homme et regarda Clive.

— Très bien, passe-moi la scie, s'il te plaît. Voyons voir dans quel état sont ses organes internes.

Mark se détourna au démarrage de la scie, incapable de regarder mais désespéré d'obtenir des réponses.

Une heure plus tard, l'autopsie était terminée et Clive étiquetait plusieurs échantillons et prélèvements pour une analyse plus approfondie par un laboratoire privé de l'autre côté d'Oxford. Le reste avait été envoyé par coursier à moto une demi-heure plus tôt, dans le vain espoir que cela donnerait à l'équipe une longueur d'avance sur les résultats.

Les restes mutilés de la victime seraient placés dans les réfrigérateurs de la morgue et, tandis qu'il regardait Gillian les préparer pour le stockage, Mark se jura de découvrir le nom de cet homme.

La médecin légiste regarda par-dessus son épaule.

— Je t'entends penser d'ici.

— Mm, marmonna-t-il, puis il s'éclaircit la gorge. Je me demande juste comment diable je vais annoncer à sa famille ce qui lui est arrivé.

— Tu ne le fais pas, sauf s'ils le demandent, dit-elle.

Elle retira ses gants en se dirigeant vers l'évier et commença à se frotter la peau.

— Et s'ils demandent, tu leur dis le strict minimum. Épargne-leur les cauchemars.

Mark défit sa combinaison de protection au niveau du cou et s'approcha.

— Tu as déjà vu quelque chose comme ça avant ?

— Non, répondit Gillian en fermant le robinet et en secouant ses mains au-dessus de l'évier.

Elle tira une serviette en papier d'un distributeur et regarda Clive commencer à remplir les documents pour finaliser le rapport.

— Je pourrai confirmer si cela lui a été fait avant ou après sa mort une fois que les résultats de laboratoire seront revenus, mais je suis encline à suggérer qu'il a d'abord été étranglé ou étouffé.

— Donc ses membres ont été retirés après sa mort ?

— Je crois, oui.

Gillian jeta un coup d'œil au petit bureau à l'autre bout de la pièce alors que son ordinateur portable émettait un *ping*.

— Un instant. Ce sont peut-être les résultats ADN que j'attends du laboratoire. Ils ont quelques techniciens qui font des heures supplémentaires ce soir pour nous aider.

— Pas de problème.

Mark fixa les restes étalés sur la table, le torse de l'homme maintenant réduit en pièces par la scie et les pinces de la médecin légiste.

Qui était-il ? Qu'avait-il fait pour se retrouver sur le chemin de son tueur ?

Il ferma les yeux un instant et expira, résistant à l'envie de se pincer le nez alors qu'il portait encore les gants de protection.

Il y avait tant de questions.

Trop de questions.

— Mark ?

Gillian pivota sur sa chaise pour se tourner vers lui.

— Où en est Jasper avec les cartons dans la maison ?

Il ouvrit les yeux.

— D'après lui, ils en auront au moins jusqu'à demain après-midi. Pourquoi ?

— Le globe oculaire qu'on a trouvé dans la même pièce que la victime… ce n'est pas le sien, et ta victime au papier bulle a ses deux yeux, dit Gillian, le visage de marbre. Donc cet œil appartient à quelqu'un d'autre. Il faut que tu cherches un troisième corps.

CHAPITRE 11

Il y avait une pleine lune cette nuit-là.

La Tamise était silencieuse ; tous les touristes qui avaient encombré le cours d'eau sur des bateaux de location pendant la journée avaient maintenant regagné leur logement en ville ou le camping voisin.

Il n'y avait pas non plus beaucoup de circulation sur le pont séculaire, juste une ou deux voitures qui filaient à toute allure. Un halo orangé s'accrochait au ciel nocturne au-dessus de la ville, mais ici, sur le fleuve, on pouvait encore apercevoir quelques rares étoiles entre des bancs de nuages blancs.

Six bateaux occupaient la rive de la Tamise, au-delà du pont d'Abingdon, mais un seul disposait d'un amarrage permanent. Il était plus large que la plupart, âgé de trois ans tout au plus, et on avait ajouté sur son toit quatre panneaux solaires et plusieurs pots de fleurs contenant diverses herbes aromatiques.

Le parfum du basilic, du thym et de la sauge était porté par une brise légère jusqu'à l'endroit où Mark était assis sur le toit, baigné par la lumière résiduelle du jardin du pub près du pont, en aval. À côté de lui, un petit chien au poil hirsute se tenait au garde-à-vous, la truffe pointée vers l'eau.

Mark fit tourner le verre en cristal dans sa main et écouta le grondement lointain de l'eau qui s'échappait du déversoir plus en amont. De l'autre côté du fleuve, dans les jardins de l'abbaye, un couple de chouettes hulottes hululaient en se répondant, puis il y eut un *plouf* et le chien poussa un jappement excité.

— Chut, Hamish, fit Mark. Tu vas réveiller les voisins.

Le chien grogna entre ses dents, mais obéit. Il trottina jusqu'à l'extrémité de la péniche et s'assit face au pont, les oreilles dressées.

Mark retourna à l'écran de son téléphone et tapa une réponse pour Kennedy, qui avait demandé un bref compte-rendu avant le briefing du matin. Il informa l'inspecteur principal que, d'après Gillian, ils allaient devoir chercher une troisième victime, et il termina son SMS en promettant d'arriver tôt le lendemain matin pour aider à rassembler les informations et à distribuer les tâches.

Un mouvement à la poupe du bateau attira son attention. Il leva les yeux et vit sa compagne, Lucy, poser une bouteille de whisky et un deuxième verre sur le toit avant de grimper pour le rejoindre.

— Désolé, dit-il. Je comptais descendre il y a un moment, mais je n'ai pas vu le temps passer.

Elle lui sourit, lui tendit la bouteille et s'assit en tailleur à côté de lui en baissant la voix.

— Ce n'est pas un problème. Il est à peine onze heures, et comme j'ai fini mon livre, je me suis dit que j'allais monter te rejoindre un petit moment, si ça ne te dérange pas.

— Bien sûr que ça ne me dérange pas, dit-il en lui faisant

signe de tendre son verre pendant qu'il versait une dose généreuse. Je vais juste en prendre une goutte, parce que je viens de dire à Kennedy que je serai là tôt demain. Tu en veux plus ?

— Ça va aller, merci. Comment tu vas ?

— Ça va.

Il prit une gorgée de whisky et laissa les arômes colorer sa langue avant d'avaler. La subtile brûlure lui réchauffa la gorge et il tendit la main pour enfouir ses doigts dans les boucles de Lucy.

— Désolé. Tu dois te sentir un peu délaissée ce soir.

— Pour voir le bon côté des choses, le bateau, lui, ne l'est pas, dit-elle. J'ai nettoyé la cuisine.

— Là, je me sens encore plus coupable. J'avais dit que je le ferais cette semaine.

— Ne t'en fais pas, dit-elle en se penchant pour l'embrasser. Et je suis là si jamais tu as besoin de parler de tout ça.

— Je sais.

Il lui adressa un sourire triste.

— Mais pas de cette affaire, mon amour. Elle est sordide.

— Je m'en doutais. Tu as l'air plus réticent que pour certaines de tes autres affaires ces derniers temps.

Elle marqua une pause tandis que Hamish trottait vers elle et se mit à fureter dans la poche de son sweat.

— Oui, d'accord, tu m'as démasquée, petite terreur. Tiens, mais une seule friandise avant de dormir, sinon tu vas péter toute la nuit.

Hamish s'assit, la queue battante, pendant que Lucy sortait la lamelle de viande séchée. Il la prit délicatement dans sa gueule et se coucha à côté d'elle.

— Comment va Jan ? demanda-t-elle.

Elle sirota son whisky et regarda Mark de côté.

— Elle est allée à l'autopsie avec toi ?

— Non, je l'ai déposée chez elle en chemin. Inutile qu'elle voie ça, pas après ce matin.

Il se rapprocha et l'attira contre lui, posant son menton sur sa tête.

Ici, il était en sécurité, loin des pensées qui tourbillonnaient dans sa tête, du regret d'avoir laissé Jan franchir cette porte avant lui ce matin, de la frustration de n'avoir pas pu la protéger de ce qu'elle avait découvert, et de la certitude qu'elle passait une sale nuit.

— Je t'aime, murmura-t-il en embrassant les cheveux de Lucy. Je ne sais pas ce que je ferais sans toi.

Elle leva les yeux vers lui.

— Je t'aime aussi. Après cette affaire, on devrait peut-être partir quelques semaines avec le bateau. Tu as pas mal de congés en retard, non ?

— Je crois qu'on me doit environ trois semaines, dit-il. Ça te dirait de descendre le cours du fleuve ? On pourrait s'arrêter un peu à Streatley ou à Pangbourne si tu veux. Peut-être un peu plus loin.

— J'adorerais ça.

Elle fit glisser sa main sur sa cuisse.

— Ce serait bien de passer un peu de temps ensemble sans…

— Ouais, je sais.

Il l'embrassa de nouveau avant qu'elle ne se redresse pour prendre une autre gorgée de son whisky, mais il garda son bras autour de ses épaules.

— Sans avoir à s'inquiéter de ce que les gens se font les uns aux autres.

Hamish tapota la lamelle de bœuf séché avec une patte

pour la maintenir sur le toit du bateau, plantant ses crocs dans la viande et reniflant tout bas en la mastiquant, puis il éternua.

Lucy gloussa.

— Il n'arrêtait pas de fourrer sa tête dans les ronces et les mauvaises herbes pendant notre promenade de cet après-midi. Je suis sûre qu'il a le rhume des foins, mais je ne peux pas l'en empêcher : il y a trop d'odeurs intéressantes le long du chemin de halage.

— Il y a quelques nouveaux bateaux ce soir aussi, dit Mark en baissant la voix et en tendant le cou pour regarder le long de la file d'embarcations.

Il y avait une vedette blanche tout au bout, après les pénichettes de location, dont les rideaux de cabine étaient tirés et d'où aucune lumière ne filtrait.

— Encore un propriétaire privé, en plus.

— Oui, dit-elle. Il est arrivé tôt ce matin. Je lui ai fait un signe de la main, mais il n'a pas répondu. Il est probablement juste de passage. Il y en a eu un ou deux autres plus tôt, mais ce n'étaient que des vacanciers. J'ai pris quelques photos pendant qu'ils étaient amarrés. Je me suis dit que je pourrais en peindre un, un de ces jours, parce que le reflet du soleil sur l'eau était parfait. Je t'enverrai une copie, tu me diras ce que tu en penses. Celui à l'autre bout est un bateau de location d'Oxford avec quelques enfants à bord. Hamish a déjà sympathisé avec eux.

— Je n'en doute pas une seconde.

Mark ébouriffa la fourrure qui se dressait entre les oreilles du chien.

— Tant qu'il se souvient de ne pas monter à bord clandestinement.

— Eh bien, s'il le fait, ils doivent de toute façon revenir

par ici pour rendre le bateau, et au moins, ça nous économiserait sa facture de nourriture pour quelques jours.

— Dit celle qui lui achète des friandises gourmet.

Mark eut un petit rire et vida le fond de son verre avant de consulter sa montre.

— Bon, il faut que j'aille me coucher. Tu viens ?

Lucy lui tendit la main et il l'aida à se relever avant de la suivre jusqu'à la cuisine, Hamish sur leurs talons. Toutes les surfaces étincelaient et elle avait mis des fleurs dans un vase sur le comptoir en bois, qui emplissaient la cabine d'un parfum enivrant.

Après s'être déshabillé et glissé sous les draps, il passa ses bras autour d'elle tandis que sa respiration ralentissait. Bientôt, elle fut profondément endormie et il resta éveillé, à écouter le clapotis de l'eau contre la coque.

Et il se demanda comment diable il allait trouver un tueur, ainsi que l'identité de leurs trois victimes.

CHAPITRE 12

Le lendemain matin, depuis la camionnette de son mari, Jan observait une file de voitures passer à toute allure devant l'embranchement de leur lotissement, et elle résista à l'envie de consulter son téléphone.

Scott l'avait réveillée avant que le réveil ne sonne, en posant une tasse de thé sur sa table de chevet et en lui annonçant qu'il l'emmènerait au travail.

— Je serai ton chauffeur aujourd'hui.

— Oh.

— Eh bien, je dois passer devant le poste de police en allant à Wantage pour faire un devis, alors je me suis dit que je pourrais te déposer. Ça évitera à Mark de venir te chercher, non ?

— Ok, merci.

Les jumeaux avaient des projets pour la journée, profitant au maximum du début de leurs vacances d'été en partant camper pour une nuit avec la famille d'un ami, et la maison avait donc été plus calme, plus tranquille que d'habitude.

Scott s'engouffra dans un espace qui venait de se libérer

entre un bus et une ambulance hors service, et il monta le son de la radio tout en fredonnant.

Jan sourit. C'était l'une de ses chansons préférées, une de celles qu'il chantait habituellement à tue-tête dès qu'ils étaient en voiture.

Le trajet jusqu'au poste de police prit encore quinze minutes par le périphérique, pendant lesquelles elle feuilleta son carnet et tenta de rassembler les différentes pistes qui avaient été collectées jusqu'à présent. Toute enquête est cruciale dans les premières vingt-quatre heures, et pourtant, trois jours plus tard, ils n'avaient toujours aucune idée de l'identité de la victime des bureaux équipés, ni de celle qui avait été massacrée dans la propriété de Long Wittenham.

— On est arrivés, dit Scott, la sortant de ses pensées.

Après avoir tendu son badge de sécurité à Scott pour qu'il le passe devant le lecteur, elle commença à rassembler son téléphone et son carnet tandis qu'il passait sous la barrière de sécurité.

— Ok, dit-elle, ça devrait aller pour que Mark me ramène ce soir, alors si tu veux aller au club de foot pour taper dans le ballon, je pourrais lui demander de me déposer là-bas quand j'aurai fini. Je sais qu'il y a des pizzas au congélateur, mais je me disais que pour se faire plaisir, on pourrait prendre un chinois à emporter ce soir.

— Attends, dit Scott.

Il se gara sur une place à l'autre bout du parking, loin du bâtiment principal, serra le frein à main et se pencha vers la boîte à gants. Il en sortit une petite boîte emballée et la lui tendit avec un sourire timide.

— J'espère que ça va te plaire.

Curieuse, elle prit le cadeau, tira sur le fil rose scintillant qui l'entourait, puis déchira le joli papier cadeau à motifs crème pour révéler un écrin à bijoux en velours noir.

— Qu'est-ce que c'est ?

— Ouvre-le, dit-il.

Elle souleva le couvercle pour découvrir une délicate chaîne en argent à laquelle était attaché un pendentif ouvragé en forme d'attrape-rêves.

— C'est magnifique, souffla-t-elle. Merci.

— Pour t'aider avec tes cauchemars, dit-il.

— Oh. J'ai encore parlé dans mon sommeil cette nuit ?

— Un peu. Et la semaine dernière aussi, alors quand j'ai vu ça dans la vitrine de la nouvelle boutique de cadeaux en ville, je n'ai pas pu résister.

Il tendit la main et glissa une mèche de cheveux rebelle derrière son oreille.

— Je sais que tu adores ton travail, alors je ne te dirai jamais d'arrêter, mais je m'inquiète pour toi. Je m'inquiète de ce que tout ça te fait. Je n'ose pas imaginer les horreurs que tu dois affronter chaque jour…

— Scott, je—

— Laisse-moi finir, dit-il en lui prenant le visage en coupe. Je suis si fier de toi, January West. Et tes enfants sont fiers de toi. Et je te dis ça parce que je pense que tu as besoin de l'entendre, d'accord ?

Elle hocha la tête, la gorge nouée. Essuyant les larmes qui menaçaient au coin de ses yeux, elle adressa à Scott un sourire tremblant et le serra dans ses bras.

— Je t'aime.

— Je t'aime aussi, dit-il, puis il s'écarta doucement. Tu veux que je t'aide à le mettre ?

— Oui, s'il te plaît.

Elle releva ses cheveux pendant qu'il attachait le collier, puis glissa l'attrape-rêves sous le col de son chemisier.

— Et merci encore.

Il attendit qu'elle se retourne sur son siège pour lui faire face, et c'est alors qu'elle vit l'inquiétude dans ses yeux.

— Promets-moi de me le dire si jamais ça devient trop dur à supporter.

— Promis juré.

Elle tendit son petit doigt et l'enroula autour du sien, puis soupira.

— Je suis désolée, Scott. Il faut que j'y aille.

— Je sais. Je t'aime.

— Moi aussi, je t'aime. À plus tard.

Jan sortit du véhicule, fit un signe de la main tandis que Scott s'éloignait, puis se retourna et se dirigea vers le poste de police. Elle renifla, puis pensa aux familles qui avaient perdu des êtres chers. Redressant les épaules, elle passa sa carte de sécurité, poussa la porte et monta en hâte vers la salle des opérations.

———

Lorsque Jan franchit la porte, un attroupement d'agents se pressait déjà autour du tableau blanc. Elle salua donc Caroline et Alex, adressa un sourire reconnaissant à Turpin qui, à l'avant de la salle, lui fit signe de la main et lui désigna une chaise qu'il lui avait gardée, puis elle sortit son carnet de son sac et se dépêcha de le rejoindre.

— Tu vas bien ? murmura-t-il alors qu'elle s'asseyait à côté de lui.

— Je vais bien, merci, répondit-elle. Et toi ?

— Oui, merci.

Il reporta son attention vers l'avant de la salle au moment où Kennedy sortait de son bureau d'un pas décidé et réclamait le silence d'un geste.

— Bien, dit l'inspecteur principal. Ne perdons pas de temps. La journée va être chargée. Tout d'abord, merci à ceux d'entre vous qui ont annulé leurs jours de congé pour soutenir cette enquête. Faisons en sorte que ça en vaille la peine, d'accord ?

Un murmure parcourut le groupe en réponse et l'un des sergents en uniforme plus âgés se redressa légèrement, visiblement touché par cette reconnaissance.

— Passons aux choses sérieuses, poursuivit Kennedy. Caroline, où en sommes-nous avec les empreintes de notre première victime, l'homme retrouvé dans le local de bureaux ?

La détective se faufila entre deux membres du personnel administratif et éleva la voix.

— Chef, j'ai passé ses empreintes dans le système, mais il n'a pas de casier judiciaire. J'ai aussi fait une demande auprès d'un contact à Interpol, au cas où quelque chose apparaîtrait de ce côté-là étant donné le temps que notre victime a passé à Dubaï, mais ça n'a rien donné non plus.

Un grognement collectif emplit la pièce.

— Attendez, je n'ai pas fini, dit Caroline. J'ai parlé avec le détective de Birmingham hier soir et je lui ai demandé si l'enquête initiale avait identifié des suspects. Il m'a envoyé leurs informations et leurs dépositions par email ce matin. Il y avait trois suspects au total. Malheureusement, nous n'allons pas pouvoir parler à l'un d'eux, car il a été tué dans un accident de voiture il y a dix-huit mois, mais il avait été écarté assez rapidement par l'équipe d'enquête de l'époque, car il avait fourni un alibi en béton.

— Je pensais que vous alliez nous annoncer une bonne nouvelle, dit Kennedy. Et les deux autres ?

— Le suspect numéro deux était très évasif au début, ce qui a poussé l'équipe d'enquête à croire qu'il était leur tueur, mais lorsqu'ils l'ont interrogé une troisième fois, il a avoué qu'il avait une liaison avec un collègue de travail et il a fourni le nom de l'homme en question. Sa femme a demandé le divorce peu de temps après.

Caroline brandit un dossier cartonné et Jan vit un sourire se dessiner sur ses lèvres.

— C'est le troisième suspect qui m'intéresse le plus. Il a été vu pour la dernière fois avec Jardel vingt-quatre heures avant sa mort, mais plus depuis. L'équipe de Birmingham n'a pas pu l'identifier à l'époque, mais ils m'ont envoyé des copies des images de vidéosurveillance et je crois qu'il y a une ressemblance avec la victime retrouvée dans le bureau vendredi soir.

Elle traversa la pièce jusqu'à Kennedy et lui tendit une photographie au format A4.

L'inspecteur principal chaussa ses lunettes de lecture et examina l'image de plus près, puis la photographie épinglée au tableau blanc qui avait été prise par Gillian Appleworth avant l'autopsie de la veille.

— Je pense que vous avez raison, détective. Bien joué. Vous avez un nom ?

— J'ai parcouru d'autres enregistrements qui ont été ajoutés au dossier lors de l'enquête initiale, et il sort d'une banque dans cette rue deux jours avant que cette photo n'ait été prise. Je les appellerai demain pour voir si quelqu'un qui y travaille se souvient de lui.

Caroline haussa les épaules avec résolution.

— C'est une piste fragile, je sais, d'autant plus que l'équipe de Birmingham n'a rien obtenu, mais—

— Mais ça vaut la peine d'être exploré, et c'est la meilleure piste que nous ayons jusqu'à présent.

Kennedy retira ses lunettes et mit à jour les notes sur le tableau blanc.

— Tenez-moi au courant dès que vous avez du nouveau.

— Entendu, chef.

— En attendant, Alex, où en êtes-vous avec les images de vidéosurveillance des alentours de l'entreprise de bureaux ?

— J'en ai reçu une partie, chef, mais beaucoup d'entreprises ne rouvrent que demain, ou leurs sièges sociaux qui gèrent les transferts vidéo sont fermés le week-end, expliqua le jeune détective. Je les relancerai dès demain matin, mais nous allons commencer avec ce que nous avons après la réunion.

— Merci.

Kennedy se tourna vers Mark.

— Alors, d'après Gillian, nous pourrions bien avoir une troisième victime quelque part, c'est ça ?

Jan regarda son collègue, horrifiée.

— L'œil que Jasper a trouvé ?

Il acquiesça de la tête, puis s'avança à l'avant de la salle et se posta à côté de l'inspecteur principal pour s'adresser aux agents réunis.

— Hier en fin de journée, j'ai assisté à l'autopsie de notre deuxième victime, celle qui a été retrouvée dans la maison de Long Wittenham. Gillian a effectué un test ADN pour le comparer aux restes trouvés dans la pièce, et les résultats sont arrivés alors qu'elle terminait la seconde autopsie. Le globe oculaire trouvé dans l'un des cartons n'appartient pas à l'homme retrouvé dans la maison, il n'y a pas de correspondance. Par conséquent, nous avons une troisième victime dont l'identité reste inconnue pour le moment, bien que le laboratoire ait confirmé qu'il s'agit d'une femme.

Le stylo de Jan volait sur la page tandis qu'elle suivait le commentaire de Turpin, toute l'horreur de ce qu'elle entendait ne s'imposant à elle que lorsqu'il marqua une pause pour reprendre son souffle et qu'elle relut ses notes.

Une sueur froide lui piqua la nuque et elle expira, se concentrant sur les questions qui fusaient maintenant en direction des deux officiers supérieurs.

— Est-ce que Jasper a trouvé d'autres parties de corps dans la maison, chef ? demanda l'agente Marie Collins.

En réponse, Turpin se tourna vers Kennedy.

— Chef ?

L'inspecteur principal s'éclaircit la gorge.

— Je lui ai parlé avant le briefing. Et oui, d'autres parties de corps ont été retrouvées, cette fois dans quatre des cartons du salon. Ces restes sont en cours d'analyse ADN pour le moment, et dès que nous aurons les résultats, je ferai un nouveau point. En attendant, je veux que vous fassiez un suivi avec les voisins. Des dépositions ont été recueillies hier, et il semble que les occupants de la maison mitoyenne aient parlé au locataire à plusieurs reprises après son emménagement. Mark, Jan, j'aimerais que vous les réinterrogiez ce matin. Nous allons conclure ce briefing pour l'instant, et nous nous réunirons de nouveau demain à dix heures.

— Est-ce qu'il y a quelque chose en particulier que vous voulez qu'on leur demande, chef ? demanda Jan en refermant son carnet.

— Oui, dit Kennedy alors que les agents commençaient à se lever et à retourner à leurs bureaux. Vous pouvez leur demander comment diable notre tueur a fait pour massacrer au moins deux personnes sans qu'ils n'entendent le moindre foutu bruit.

CHAPITRE 13

Lorsque Mark et West quittèrent le poste de police pour retourner à Long Wittenham, un soleil éclatant perçait les nuages et baignait le parking d'une chaleur qui s'était fait attendre depuis plusieurs semaines.

Mark enleva sa veste et la posa sur la banquette arrière avant de retrousser ses manches et de tourner la clé dans le contact. Il jeta un regard à sa collègue tandis qu'elle s'installait sur le siège passager.

— Tu es sûre que ça va ? Tu as eu une sacrée frousse hier.

— Oui.

Elle hocha la tête et passa ses doigts sur la fine chaîne en argent qu'elle portait autour du cou.

— Vraiment, ça va. Bon, je vais sûrement faire des cauchemars de temps en temps, mais ce n'est pas différent des autres affaires sur lesquelles on a travaillé ensemble, n'est-ce pas ? Je suis sûre que tu n'as pas bien dormi non plus cette nuit.

— C'est vrai.

— Donc, Jardel, ou plutôt, qui qu'il soit en réalité, assassine l'homme dans la maison, puis va simplement travailler au bureau loué comme si de rien n'était, dit West. Ça, c'est si on se base sur l'affirmation de Gillian selon laquelle l'homme de la maison a été tué cinq à sept jours avant qu'on le trouve.

Mark reconstitua la chronologie dans sa tête, puis fronça les sourcils.

— Mais les gens des bureaux de location ont dit que quelqu'un avait téléphoné la semaine précédente pour faire cette réservation pour Jardel, ou qui que ce soit d'autre.

— Je me demande ce qu'il faisait comme travail ?

— On ne le saura jamais, à moins de retrouver son ordinateur portable, si tant est qu'il en avait un là-bas, dit Mark.

Il actionna le clignotant et ralentit en approchant de l'embranchement menant à l'impasse.

— Ce n'est pas parce qu'il y avait des câbles d'alimentation qu'ils étaient forcément branchés à quelque chose.

— Et on ne sait pas encore si Jasper a raison au sujet de ces marques sur la moquette, si elles ont bien été causées par un trépied d'appareil photo.

West rentra la chaîne sous son col et soupira.

— Plus vite on aura ces foutues images de vidéosurveillance du bureau, mieux ce sera.

La maison de Louise et Miles Laverton était, comme l'avait décrite l'inspecteur principal Kennedy, celle qui jouxtait la maison louée par Trent Jardel, et elle était actuellement l'objet de l'attention d'une myriade de journalistes et de cameramen qui s'alignaient sur le trottoir.

En tournant dans l'impasse, Mark jeta un œil à la maison des Laverton en passant devant, puis il fronça les sourcils.

— Il n'y a pas de voiture dans l'allée. Ils doivent être au travail ou quelque chose du genre. Qu'est-ce que le dossier dit sur leur profession ?

West ouvrit le dossier et en parcourut le contenu pendant qu'il faisait demi-tour.

— Ils devraient être là. Louise travaille dans un jardin d'enfants à Drayton, et Miles est consultant financier pour une petite boîte à Oxford. Ils ont une fille de six ans et un fils de huit ans qui vont tous les deux à l'école primaire du coin.

Mark gara la voiture le long du trottoir, devant la maison mitoyenne, et baissa la vitre alors qu'un jeune agent stagiaire s'approchait.

— Où sont les Laverton ?

— Vous les avez manqués d'une demi-heure, chef, répondit-il. Ils ont fait leurs valises et sont partis chez une amie à la périphérie de Wantage en attendant que tout ce petit monde s'en aille. On ne peut pas leur en vouloir, surtout avec deux jeunes enfants. C'était un peu trop pour eux, d'être bombardés de questions à chaque fois qu'ils sortaient de la maison.

— Ça ne m'étonne pas.

Mark jeta un regard par-dessus son épaule pour vérifier que West tenait son carnet, puis il se retourna vers l'agent.

— Vous avez l'adresse de cette amie ?

En réponse, l'agent sortit son téléphone portable et le tendit, montrant la photo d'une adresse manuscrite. Il eut un sourire malin pendant que West la notait.

— Je me suis dit que si je la donnais à voix haute, un de ces types lirait sur mes lèvres et cette pauvre famille serait bonne pour déménager à nouveau.

— Bien pensé, dit Mark. Tout le reste est en ordre, ici ?

— Ces journalistes finiront par se lasser, chef. Leila et Jasper pensent finir leurs recherches ce soir, et Jasper a dit qu'il enverrait un inventaire complet pour le briefing de demain.

— Merci.

Le trajet jusqu'à Wantage dura moins de trente minutes, et bientôt, Mark freinait devant une grande maison individuelle sur une avenue verdoyante qui serpentait à travers l'est de la ville.

Un rideau bougea à l'étage au moment où il sortit, puis la porte d'entrée s'ouvrit avant qu'il ait eu le temps de sonner.

Un homme approchant la quarantaine jeta un coup d'œil dehors, le front plissé.

— Je ne répondrai à aucune de vos questions, d'où que vous veniez. On vient de se faire chasser de chez nous à cause de gens comme vous.

— Nous ne sommes pas des journalistes, dit Mark en brandissant sa carte de police, et je comprends tout à fait votre exaspération à leur égard. Je suis l'inspecteur Mark Turpin, et voici ma collègue, l'enquêteuse January West. Nous aurions quelques questions à vous poser. Nous pouvons entrer ?

Les épaules de l'homme se détendirent et il s'écarta.

— Je suis désolé. Ces dernières vingt-quatre heures ont été trop éprouvantes pour ma famille, et j'ai deux jeunes enfants dont je dois m'inquiéter.

Mark remarqua que la main de l'homme tremblait alors qu'il refermait la porte et leur faisait signe de le suivre vers l'arrière de la maison.

— Louise vient de mettre la bouilloire en route, dit-il. Vous voulez un café ou autre chose ?

— Ça va aller, merci.

Mark entra dans une cuisine carrée avec des plans de travail sur le côté droit et un grand réfrigérateur qui occupait un angle. Une petite fille le regarda par-dessus un verre de jus d'orange, les yeux écarquillés. Il lui fit un clin d'œil.

— Bonjour. Je m'appelle Mark.

Elle déglutit, puis leva les yeux vers son père.

— Papa ?

— C'est bon, ma chérie, ce n'est pas un journaliste. Tu veux aller aider ton frère à défaire vos valises ?

Elle lui tendit le verre à moitié vide et fila hors de la pièce. Quelques instants plus tard, Mark l'entendit parler avec un jeune garçon dans une chambre à l'étage, leurs voix rivalisant avec celle d'une autre fille.

— Voici Louise, dit Miles en se tournant vers une femme du même âge que lui et en lui adressant un pâle sourire. C'est la maison de sa meilleure amie, elles se connaissent depuis l'université.

— Et heureusement, les enfants ont grandi ensemble, alors ça a rendu les choses un peu plus faciles, dit-elle en versant du café frais dans une tasse avant de la tendre à son mari. Vous êtes sûrs que vous ne voulez rien boire ?

— Non, ça va aller.

Mark désigna une table à manger ronde en pin dans un coin.

— Et si on s'asseyait là-bas le temps de vous poser quelques questions, ensuite on vous laissera tranquilles ?

Le couple le suivit docilement, s'asseyant sur les chaises adossées au mur, et Mark tira une chaise pour West avant de s'installer à côté d'elle.

— Ma collègue va prendre des notes, mais est-ce que ça

vous dérange si on enregistre aussi ? Je dois également vous notifier de vos droits, c'est la procédure.

— D'accord, dit Miles.

Il jeta un coup d'œil à sa femme.

— Je suppose que ça ne pose pas de problème.

— Aucun problème, acquiesça-t-elle.

Elle tendit la main pour prendre celle de son mari.

— Je suis horrifiée par ce qui s'est passé. Tout ce qu'on peut faire…

— Merci.

Mark lança l'enregistrement, récita de mémoire la notification des droits, puis observa le couple.

— Alors, Trent Jardel, parlez-moi de lui. Quand l'avez-vous rencontré pour la première fois ?

— Quelques jours après qu'il a emménagé, dit Louise. Le vendredi, je finis le travail à quinze heures, et il était dans le jardin de devant quand je suis rentrée ce jour-là. Je lui ai dit bonjour et bienvenue, et il m'a demandé où il pouvait acheter des rideaux d'occasion.

— Des rideaux ? répéta Mark.

— Oui. Apparemment, il n'y en avait pas dans les chambres. Les anciens locataires avaient installé les leurs et les avaient emportés en partant.

Louise frissonna.

— Quand je pense que c'est là que…

Miles serra la main de sa femme.

— Nous n'avions aucune idée de ce qui se passait dans cette maison, détective Turpin, je vous l'assure. J'y ai repensé sans cesse depuis que nous avons découvert hier ce qu'il a fait. Nous n'avons absolument rien entendu.

Un bruit sourd retentit à l'étage, suivi de gloussements. Mark se figea et leva les yeux au plafond.

— Combien de chambres y a-t-il dans votre maison à Long Wittenham ?

— Trois. Pourquoi ?

Mark repoussait déjà sa chaise. Il mit précipitamment fin à l'entretien officiel pour l'enregistrement et attrapa son téléphone sur la table.

— Jan, avec moi. Monsieur et madame Laverton, merci. Vous nous avez été d'une grande aide.

Il traversa le couloir presque en courant jusqu'à la porte d'entrée, l'ouvrit brusquement, puis s'arrêta une fois arrivé à la voiture.

West était encore sur le pas de la porte, en train de s'excuser auprès du couple pour ce départ précipité.

Mark fit défiler la liste de contacts sur son téléphone, trouva celui qu'il cherchait et appuya sur la touche d'appel. On lui répondit au bout de trois sonneries.

— Jasper ?

— C'est Leila, répondit une voix. Jasper a les mains prises pour le moment.

— Vous pouvez le mettre sur haut-parleur ? Il faut que vous entendiez ça tous les deux.

— Bien sûr.

Il y eut une conversation étouffée, puis la voix de Jasper sortit du haut-parleur.

— Mark ? On a un problème ici. Je suis en train de mesurer les pièces à l'étage et il y a quelque chose qui cloche.

— Je crois que je sais pourquoi, dit Mark alors que West le rejoignait, l'air perplexe.

Il activa le mode haut-parleur pour qu'elle puisse entendre les deux experts de la police scientifique.

— D'après les voisins de Jardel, leur maison a trois

chambres. Celle de Jardel devrait être identique, vu que c'est une maison mitoyenne, non ?

— Sauf qu'il n'y en a que deux… à moins que—

— Jardel ait condamné la porte de la troisième chambre, le coupa Mark. Vous allez donc devoir abattre le mur. Je pense que c'est là qu'il a caché l'autre corps, celui à qui il manque un globe oculaire.

CHAPITRE 14

Quand Mark et West arrivèrent à Long Wittenham, les journalistes avaient été parqués hors de l'impasse et rôdaient près d'une barrière temporaire, positionnée de telle manière qu'ils ne pouvaient pas voir la maison en location.

Une atmosphère de prédateurs se dégageait de la foule grandissante, qui se tourna comme un seul homme vers Mark alors qu'il se dirigeait d'un pas décidé vers un agent en uniforme et présenta sa carte de police. L'agent fit un bref signe de tête et s'écarta pour le laisser passer avec West, tandis que les journalistes se ruaient en avant, tendant leurs microphones vers les deux détectives en exigeant une mise au point et des commentaires sur les activités dans la maison.

Mark les ignora et s'assura que West passait devant lui, la protégeant de l'éblouissement des appareils photo et des téléphones portables brandis en l'air.

Une fois le cordon de police franchi, Mark accéléra le pas sur le trottoir pour la rattraper et lui jeta un regard.

— Ça va ?

— J'imagine que beaucoup d'autres voisins vont se trouver un autre logement après aujourd'hui, dit-elle en observant les maisons qui bordaient la rue, dont la plupart avaient maintenant les rideaux tirés pour empêcher les journalistes de regarder à l'intérieur.

— Et je me demande combien reviendront un jour. Je veux dire, certains n'auront pas le choix, mais d'autres si.

Ils restèrent silencieux en approchant de l'allée du numéro trente-deux et ils attendirent près d'un second cordon.

Deux tentes blanches en polyester avaient été érigées dans le jardin avant, occupant la majeure partie de la pelouse envahie de mauvaises herbes, et Mark repéra une camionnette supplémentaire un peu plus loin dans la rue. Puis un technicien de la police scientifique en combinaison de protection apparut à la porte d'entrée avant de se diriger vers la tente la plus proche, les bras chargés de sacs de preuves et le bas de son pantalon de protection couvert de poussière de plâtre.

Mark entendait le bruit d'un grand marteau en train de frapper contre quelque chose à l'intérieur de la maison, le son étant entrecoupé d'une instruction criée de temps à autre.

Le technicien de la police scientifique sortit de la tente et s'approcha en abaissant son masque.

— Vous êtes l'inspecteur Turpin ?

— C'est moi.

— Il y a des combinaisons de rechange dans la deuxième tente… changez-vous, et je vais prévenir Jasper et Leila que vous êtes là.

Les coups de marteau cessèrent et un cri de soulagement s'échappa du haut des escaliers jusqu'à la porte d'entrée. Le technicien eut un sourire sinistre.

— On dirait que le mur est tombé. Je viendrai vous chercher dès qu'ils diront que vous pouvez monter.

Il remonta son masque et disparut à l'intérieur, tandis que Mark se dirigeait vers la tente, tenant le rabat pour West.

— Les dames d'abord.

— Merci.

Après quelques secondes, on entendit un froissement de tissu provenant de l'intérieur de la tente avant qu'elle ne parle.

— Tu penses qu'ils vont trouver quelque chose ?

Pour toute réponse, Mark entendit quelqu'un jurer bruyamment à l'intérieur de la maison, puis Jasper donner des instructions. Il tendit l'oreille pour essayer de comprendre ce qui se disait, puis abandonna.

— Je crois que c'est ce qu'ils viennent de faire.

West sortit de la tente et remonta la fermeture éclair de sa combinaison.

— Je suis prête.

— Bien, et ne le prends pas mal, mais laisse-moi entrer le premier cette fois, d'accord ?

Elle acquiesça d'un signe de tête.

— Je t'attends.

— Je n'en ai que pour une minute.

C'était un mensonge, bien sûr. La combinaison de protection était encombrante et il lui fallut deux essais pour l'enfiler par-dessus son pantalon avant que Mark ne glisse ses bras dans les manches et la remonte. Elle se plissait contre son cou et lui piquait la peau, mais il tira la capuche sur ses cheveux et rejoignit West à l'extérieur avant de se diriger vers la porte d'entrée ouverte et de mettre des surchaussures en plastique par-dessus leurs chaussures.

Il entendait toujours la voix de Jasper quelque part en

haut de l'escalier, et il se demandait si le chef de la police scientifique les avait oubliés lorsqu'une silhouette apparut sur la marche supérieure et se pencha jusqu'à ce qu'elle puisse le voir.

— Inspecteur Turpin ?

La voix de Leila émanait de derrière son masque.

— Vous pouvez monter maintenant.

— Merci.

Il franchit le seuil, puis s'arrêta et jeta un coup d'œil par-dessus son épaule.

— Tu veux rester ici ?

West hésita une fraction de seconde, mais secoua la tête.

— Je viens. J'ai besoin de savoir à quoi nous avons affaire, et je veux attraper le salaud qui a fait ça.

— Alors allons-y.

Le cœur battant, il monta les treize marches, ses pas lourds sur la moquette usée. En haut, Leila ne dit rien, mais montra quelque chose par-dessus son épaule. En se retournant, il vit un trou béant qui avait été percé dans le mur en plaques de plâtre entre la chambre de devant et celle de l'arrière, un mur qui avait été construit par Jardel – qui qu'il soit réellement – pendant les quelques mois où il avait été locataire ici, puis repeint pour dissimuler son œuvre.

Mark expira et s'approcha, entendant le froissement de la combinaison de protection de West qui le suivait.

Le trou faisait plus d'un mètre de haut et était assez large pour que quelqu'un puisse s'y faufiler, mais Mark resta sur le palier et jeta un coup d'œil à l'intérieur.

Il faisait sombre. Aucune lumière ne pénétrait dans la pièce, à l'exception du faisceau d'une unique torche qui balayait le mur du fond tandis qu'un bruit de grattement résonnait sur le plancher nu.

— Jasper ? C'est Mark.

— Attends une seconde, on est en train de déplacer nos lumières, répondit la voix. Ah, voilà.

Mark cligna des yeux quand un projecteur s'alluma, puis il réprima un grognement avant de se tourner vers West.

— Tu ne veux pas voir ça.

Elle se figea, les yeux écarquillés.

— Vraiment ?

— Vraiment. Attends là, d'accord ?

Il se tourna de nouveau vers la pièce.

— Tu as eu l'occasion d'appeler Gillian ?

— Elle est en route, répondit Jasper en apparaissant à côté des restes du mur en plâtre. Pour ce que ça vaut. En attendant qu'elle arrive, tu peux entrer jeter un œil pour faire ton rapport à Kennedy, mais ne me demande pas de déplacer quoi que ce soit, pas avant qu'elle ait déclaré le… enfin…

Mark hocha la tête, puis passa de l'autre côté en s'assurant de se tenir dos au palier pour bloquer la vue à West.

Gillian avait eu raison dans ses conclusions : le globe oculaire avait bien appartenu à une femme.

Ce qui restait de la victime était éparpillé sur le sol, sa tête dans une position étrange et ses cheveux emmêlés lui recouvrant le visage.

Puis il y avait le…

— Merci, articula Mark avant de se détourner. J'en ai vu assez.

Il repassa par le trou dans le mur, posa la main sur le bras de West et la guida vers les escaliers.

— De l'air frais.

— Nous vous enverrons ce que nous pourrons par email

cet après-midi, lui lança Leila. Mais dites à Kennedy que ça pourrait encore prendre quelques heures.

— Merci, je n'y manquerai pas.

Il descendit les escaliers en titubant et sortit par la porte d'entrée. Il arracha son masque de protection, rabattit sa capuche, puis posa les mains sur ses genoux et ferma les yeux.

— Chef ?

West posa une main douce sur son épaule.

— Donne-moi une minute.

Il garda les yeux fermés, se concentrant sur la simple tâche d'inspirer par le nez et d'expirer par la bouche. Il fit abstraction des voix en provenance de la maison, préférant écouter le roucoulement d'un pigeon ramier dans la haie de troènes qui séparait la propriété de la route. Au loin, il entendit le klaxon d'un train de la ligne de la vallée de Cherwell, et les cris occasionnels qui fusaient du cordon de sécurité retenant les journalistes. Au bout d'un instant, il se redressa.

West l'observait, les yeux pleins d'inquiétude.

— C'est si terrible que ça ?

Il hocha la tête.

— C'est si terrible que ça.

— Retirons ces combinaisons, puis retournons au poste pour faire un point avec Kennedy.

Elle jeta un coup d'œil par-dessus son épaule alors qu'une voiture familière se garait le long du trottoir.

— Voilà Gillian.

La médecin légiste arborait une expression sinistre en franchissant le portail.

— J'imagine que vous êtes déjà entrés. Tu es pâle, Mark.

— C'est une sale affaire, Gill.

— Merci de m'avoir prévenue.

— Tu es arrivée vite.

— Je revenais de Didcot quand j'ai reçu l'appel.

Elle fixa la maison un instant.

— Il vaudrait mieux que je m'y mette, alors.

Elle laissa sa mallette sur le seuil, puis se dirigea vers la tente pour se changer.

— Pas la peine de rester, lança-t-elle. Dis à Kennedy que je le contacterai dès que j'aurai une date et une heure pour l'autopsie, mais j'essaierai de la faire demain s'ils ont fini ici et qu'ils me transfèrent tout.

— Je le ferai, dit Mark, puis il suivit West jusqu'à une poubelle pour déchets biologiques à côté de la tente et se débarrassa de sa combinaison de protection en la fourrant à l'intérieur.

Gillian sortit et se dirigea vers la maison. Il se tourna vers sa collègue.

— J'ai toujours l'air mal en point ou je peux passer devant les journalistes ?

— Tu as repris quelques couleurs. Prêt à affronter la meute ?

— Allons-y. Garde la tête baissée et prépare les clés de voiture.

Sur ce, il ouvrit la marche vers le cordon de sécurité extérieur, se frayant un chemin à coups de coude devant les journalistes qui s'approchaient de trop près dans leur hâte d'obtenir une déclaration exclusive, leur curiosité piquée par l'arrivée de la médecin légiste. Mark leur lança un « sans commentaire » sec et monta dans la voiture alors que West mettait le contact.

Elle attendit d'être en périphérie d'Abingdon pour jeter un coup d'œil vers lui.

— Bon sang, à quoi est-ce que nous avons affaire ? dit-elle. Et comment diable est-ce que nous allons découvrir qui sont ces deux victimes, alors qu'on ne sait même pas qui est vraiment Jardel ?

— Je ne sais pas, dit Mark. Mais la personne qui l'a tué devait savoir qui il était et ce qu'il faisait, et pour cette raison, cette personne, qui que ce soit, est encore plus dangereuse.

CHAPITRE 15

L'inspecteur principal Ewan Kennedy était d'humeur morose quand Mark entra dans son bureau trente minutes plus tard.

Une subtile odeur de déodorant en spray flottait dans l'air, masquant presque l'odeur de renfermé de la pièce, et lorsque l'inspecteur principal leva les yeux du rapport qu'il tenait à la main, Mark remarqua les cernes sombres sous ses yeux.

— Asseyez-vous, dit Kennedy en désignant l'une des chaises visiteur devant son bureau. Il semblerait que Jan et vous traversiez une période difficile en ce moment avec cette affaire.

— C'est le moins qu'on puisse dire, confirma Mark, incapable de retenir un soupir en s'asseyant. Et pourtant, la situation est encore pire pour Jasper, Leila et leur équipe.

Kennedy repoussa le rapport sur le côté et joignit les mains sur son bureau.

— Le quartier général va publier un communiqué de presse d'ici une heure, et ils ont accepté qu'une équipe gère ce périmètre de sécurité pour les quarante-huit prochaines heures afin d'accorder un peu de répit aux voisins. J'aimerais que nous puissions faire plus pour eux, mais…

— C'est déjà ça, chef.

— Est-ce que vous avez besoin de parler à quelqu'un de ce que vous avez vu ? J'allais en discuter avec Jan aussi.

— Ça ira pour moi, et j'ai dit à Jan que si elle avait besoin de parler, j'étais là pour elle, mais oui… rappelez-lui qu'une aide est disponible, si elle en a besoin.

Mark s'autorisa un petit sourire.

— Ne soyez pas surpris si elle refuse, cela dit. Elle est plus résistante qu'on ne le croit.

— C'est possible, mais ça nous atteint tous de différentes manières. Message reçu, en tout cas.

Kennedy attrapa la souris de son ordinateur et naviguaa sur son écran.

— J'allais vous demander, à Jan et à vous, d'interroger les deux personnes qui ont servi de référence sur la demande de location de cette propriété, mais vu la matinée que vous avez eue, je peux confier ça à Caroline.

— En fait, chef, ça ne me dérangerait pas de leur parler moi-même et je suis sûr que Jan voudra aussi assister aux entretiens. Vous avez réussi à les retrouver, alors ?

— Alice a appelé ces numéros de portable ce matin et elle a organisé des entretiens consécutifs. Le premier doit commencer dans une demi-heure.

Mark jeta un œil à l'horloge murale.

— Ok, eh bien, ça nous laisse le temps de consulter les notes qu'elle a préparées avant de commencer. Nous savons quelle est leur relation avec Jardel ?

— Deidre Kyte était apparemment sa propriétaire à Dubaï avant qu'il ne s'installe à l'hôtel quelques semaines avant de revenir au Royaume-Uni. Alice pense qu'elle avait un faible pour Jardel, d'après la conversation qu'elle a eue avec elle pour organiser l'entretien. John Flackman était une connaissance avec qui il jouait au golf de temps en temps. Alice n'a pas pu en savoir plus, car Flackman était sur le point de partir à une réunion, mais il a accepté l'entretien.

— Bien.

Mark recula sa chaise et se dirigea vers la porte tout en observant l'activité frénétique de la salle des opérations.

— Avec un peu de chance, ils pourront nous éclairer sur qui est vraiment ce foutu Jardel, et ce qu'il faisait à Dubaï.

CHAPITRE 16

Deidre Kyte les attendait.

Elle répondit à l'appel de Mark dès la première sonnerie, et semblait fumer une cigarette entre ses exclamations de surprise initiales.

— Franchement, détective, je n'aurais jamais cru ça possible. Trent, de toutes les personnes.

Elle marqua une pause pour tirer sur sa cigarette, toussota, puis s'arrêta de nouveau.

Mark pouvait entendre une bouteille qu'on ouvrait et le bruit de la boisson de son choix qui s'écoulait dans un verre rempli de glaçons. Puis elle reprit :

— Quand votre collègue m'a téléphoné ce matin, je me suis dit, non, ce n'est pas possible.

— Et pourtant, nous en sommes là, dit Mark.

De l'autre côté du bureau de la salle de conférence, West leva les yeux de son carnet et lui lança un regard d'avertissement, la bouche tordue.

Il lui fit un clin d'œil, puis reporta son attention sur

Deidre, réalisant qu'elle était probablement aussi contente que lui que l'interrogatoire ne se fasse pas par appel vidéo.

— Madame Kyte—

— Appelez-moi Deidre.

— Merci. Quand est-ce que vous avez rencontré pour la première fois l'homme que vous connaissez sous le nom de Trent Jardel ?

— Il y a dix-huit mois, répondit-elle. J'avais fait passer le mot à des amis que notre chambre d'amis était disponible, et j'avais demandé si quelqu'un connaissait une personne qui pourrait vouloir la louer. Enfin, je dis chambre d'amis, mais c'est plus une annexe de la maison. Elle a sa propre entrée séparée.

— Qui vous l'a présenté ? demanda Mark.

— Je crois que c'était un des associés de mon mari. En fait, oui, c'était ça. Il a dit à Neville, c'est mon mari, que le bail de Trent pour le logement qu'il louait à son arrivée à Dubaï était terminé. Ou était-ce un bungalow… ? Oh, je ne sais pas, dit-elle d'un ton dédaigneux. Bref, Trent est passé jeter un coup d'œil à l'annexe, il a dit que ça lui suffisait pour ce dont il avait besoin, et il a emménagé dans la semaine.

— Vous avez pris la peine de lui demander des références ?

— Non, parce qu'il venait sur recommandation, et comme nous l'avons tous les deux rencontré quand il est venu voir le logement, nous n'en avons pas vu la nécessité. Il nous a versé une caution de deux mois d'avance et il a emménagé la semaine suivante.

— Comment a-t-il payé la caution ?

— Directement sur notre compte en banque, comme il l'a fait pour les loyers suivants.

— Nous allons avoir besoin des coordonnées bancaires qu'il a utilisées, s'il vous plaît.

— Pas de problème. Je vous les enverrai par email dès que je les aurai retrouvées.

— Merci. Et pour ce qui est des meubles, des effets personnels, ce genre de choses ? Qu'a-t-il apporté avec lui ?

— L'annexe est entièrement meublée, donc il n'a pas eu à s'inquiéter de ça, et apparemment son appartement précédent avait le même arrangement.

Deidre marqua une pause pour prendre une gorgée de ce qu'elle buvait, les glaçons cliquetant dans le verre lorsqu'elle le reposa.

— J'ai été surprise qu'il n'apporte rien d'autre, mais il a dit qu'il aimait voyager léger.

— Qu'est-ce qu'il avait avec lui ? demanda Mark.

— Oh, juste deux valises, et elles ne contenaient que des vêtements, car j'ai vu à l'intérieur. Il a commencé à les déballer pendant que je lui montrais comment utiliser le climatiseur dans la chambre.

— Est-ce que vous avez eu beaucoup de contacts avec lui pendant qu'il vivait là ?

— Pas au début, non. Il était plutôt réservé. Comme je l'ai dit, l'annexe a sa propre entrée, et aussi son propre garage de l'autre côté du nôtre, donc je ne le voyais que si je lui déposais du courrier.

Mark se redressa.

— Vous receviez son courrier ?

— Eh bien, oui, l'annexe n'a pas sa propre adresse, vous comprenez. Cela dit, il n'en recevait pas beaucoup, juste une seule enveloppe blanche toute simple toutes les quelques semaines.

— Est-ce que vous pouviez dire d'où les enveloppes étaient envoyées, ou qui les envoyait ?

— Ça venait du Royaume-Uni, mais je ne sais pas qui les envoyait, et je n'allais certainement pas demander. Ce ne sont pas mes oignons.

— Combien de temps Trent a-t-il été votre locataire ? demanda Mark.

— Jusqu'au début de cette année. Il a donné son préavis début avril en disant qu'il devait retourner au Royaume-Uni. Il n'a pas dit pourquoi, et comme son contrat avec nous devait durer jusqu'en août, il a proposé de payer la différence. Évidemment, j'ai refusé, ce n'est pas comme si on avait besoin d'argent. Nous voulions juste quelqu'un dans l'annexe pour qu'elle ne soit pas vide quand nous partions à l'étranger. Trent était bien pour ça. Si nous devions nous absenter pour les affaires de mon mari, il s'occupait de la maison pour nous.

Mark pouvait entendre le sourire dans sa voix, et il fronça les sourcils.

— Quand vous dites qu'il s'occupait de la maison, que faisait-il exactement ?

— Eh bien, il s'assurait simplement que l'alarme antivol de la maison principale était activée, et que le système d'éclairage automatique s'allumait la nuit pour nous, ce genre de choses... juste pour notre tranquillité d'esprit. Nous sommes dans un quartier sécurisé, mais on ne sait jamais.

Elle fit une pause et but une autre gorgée.

— Neville est généralement trop occupé par son travail pour faire quoi que ce soit à la maison, alors après la première année, Trent a commencé à nous donner un coup de main par-ci par-là. Il aimait travailler dans le jardin, même si la copropriété nous fournit des jardiniers. Il disait que ça le détendait, alors il était souvent dehors une fois le soleil couché, quand il faisait plus frais pour travailler. Il nous a surpris en construisant un nouveau kiosque de jardin en février dernier pendant que nous étions en vacances à l'étranger. Il a dit que c'était un cadeau d'anniversaire pour nous, nous avons fêté nos quarante ans ce mois-là. À lui tout seul, il a déterré toutes les vieilles dalles, en a reposé des nouvelles, puis il a construit le plus magnifique des kiosques et il a planté des vignes matures tout autour. Vous devriez les voir en fleurs maintenant, c'est splendide.

Mark regarda West de l'autre côté de la table et vit ses yeux s'écarquiller.

— Deidre, quand Trent est parti en avril, vous a-t-il laissé quelque chose à garder pour lui ?

— En fait, oui.

La femme gloussa.

— Il était vraiment désolé, mais nous lui avons dit de ne pas s'en faire. Après tout, nous avons beaucoup de place ici, maintenant que les enfants sont partis et vivent leur vie. Notre fille est mariée et a deux jeunes enfants en Nouvelle-Zélande et notre fils travaille au Japon en ce moment.

— Et donc, qu'est-ce que Trent vous a laissé ?

— Juste quelques boîtes en carton. Elles sont toutes scellées dans le garage qui appartient à l'annexe. Nous ne prévoyons pas de la louer pour le moment, alors nous avons dit à Trent que ce n'était pas un problème. Pourquoi ?

CHAPITRE 17

Le cœur de Jan battait encore la chamade lorsqu'elle et Turpin retournèrent à leurs ordinateurs.

Caroline arpentait la moquette entre les bureaux, le portable collé à l'oreille alors qu'elle tentait d'accélérer l'obtention des résultats d'analyse des preuves recueillies dans l'immeuble de bureaux équipés, et Alex arborait une expression d'ennui perpétuel en visionnant des enregistrements de vidéosurveillance dans le vain espoir de retrouver la voiture de la victime.

La porte du bureau de Kennedy était fermée pendant qu'il téléphonait au quartier général pour expliquer pourquoi l'un de ses officiers supérieurs était à présent en contact avec Interpol et leurs homologues aux Émirats arabes unis.

Entre-temps, l'inspecteur principal Kennedy avait demandé à Jan de poursuivre l'interrogatoire prévu avec John Flackman, le deuxième référent fourni par Jardel sur sa demande de location. Elle était en train d'ajuster leur stratégie d'interrogatoire pour tenir compte des révélations de Deidre Kyte.

Elle leva les yeux lorsque Turpin se redressa sur sa chaise et elle entendit une voix brusque à l'autre bout du fil alors qu'il était mis en communication avec quelqu'un à Dubaï.

— Sergent Abadi ? dit-il. Je suis l'inspecteur Mark Turpin. Je crois que mon inspecteur principal, Ewan Kennedy, vous a déjà contacté ce matin au sujet d'une affaire impliquant… Oui, c'est exact… Oui, elle s'appelle Deidre Kyte et elle et son mari… Oh, parfait, vous avez déjà l'adresse. Dans combien de temps pouvez-vous envoyer quelqu'un sur place ? … Non, nous ne pensons pas qu'ils soient impliqués, mais l'homme qui était leur locataire jusqu'en avril fait l'objet de notre enquête. Vraiment ? D'accord, c'est parfait, merci. Oui, j'attends de vos nouvelles.

Jan se reconcentra sur son travail, elle faisait tournoyer son stylo entre ses doigts tout en parcourant les questions, s'arrêtant pour griffonner des rappels dans la marge. Elle releva la tête et vit Turpin faire défiler ses emails, sa souris raclant et tapotant sur le bureau alors qu'il tentait de la manœuvrer autour d'une traînée de miettes de biscuits laissée par l'occupant précédent.

— Où sont les vérifications d'antécédents sur Flackman que Caroline a préparées ? demanda-t-il.

— Tiens, dit-elle en les lui tendant. D'après ses réseaux sociaux, il est graphiste indépendant. Aucune trace de Jardel dans ses listes de contacts ou quoi que ce soit du genre. Il semble par contre être un golfeur régulier ; il y a plein de photos de lui avec différentes personnes, alors c'est peut-être lui qui a recommandé à Jardel de parler à Neville Kyte pour louer l'annexe que Deidre et lui possèdent.

— D'où leur présence à tous les deux sur la liste de référents qu'il a fournie, dit Turpin. Est-ce que Jardel, ou qui que ce soit, apparaît sur les photos des réseaux sociaux de Flackman ?

— Non, Caroline les a toutes vérifiées.

Il rassembla ses notes et jeta un coup d'œil à sa montre.

— On doit parler à Flackman dans moins de cinq minutes, alors descendons. Je te laisse mener l'interrogatoire, et si je pense à quelque chose ou si on a besoin d'une clarification, je te le ferai savoir. Ça te va ?

Elle hocha la tête.

— Allons-y.

———

Quand John Flackman répondit au téléphone, il dut élever la voix pour couvrir le bruit de la circulation, et il parut agacé.

— Un instant, dit-il. Désolé, je n'attendais pas votre appel avant une heure.

Jan fronça les sourcils.

— Je vous prie de m'excuser, monsieur Flackman. C'est ma collègue qui a organisé l'interrogatoire, elle a dû se tromper dans les fuseaux horaires.

— Pas de souci. Ne quittez pas, je suis seulement au deuxième étage, mais le réseau a tendance à couper si je prends l'ascenseur.

Jan entendit le bip familier d'un clavier de sécurité, une porte s'ouvrir, puis le bruit de la circulation s'estompa.

— Vous voulez que je vous rappelle dans une demi-heure environ ?

— Non, ça va aller. Restez en ligne, dit Flackman alors que sa voix résonnait dans une cage d'escalier. Je suis sûr que ça ne prendra qu'une minute, n'est-ce pas ? Et ensuite, nous pourrons tous les deux reprendre le cours de notre journée.

— Merci.

Elle entendit un trousseau de clés tinter avant qu'une porte ne soit déverrouillée, puis il sembla que Flackman avait jeté les clés sur une table ou une autre surface dure. Quelques secondes plus tard, il s'assit avec un soupir.

— C'est mieux comme ça, dit-il. Bien, détective, qu'est-ce que vous vouliez me demander ? Je n'ai pas eu de nouvelles de Trent depuis quelques semaines. Il y a un problème ?

— Je suis vraiment navrée d'être la porteuse de cette nouvelle, monsieur Flackman, mais Trent Jardel a été retrouvé mort vendredi après-midi.

— Oh, mon Dieu, souffla-t-il. Je ne sais pas quoi dire. Vous m'excusez un instant ?

— Bien sûr.

Elle l'entendit poser le téléphone, puis ses pas s'éloignèrent avant que le faible tintement de l'eau versée dans un verre ne parvienne à ses oreilles. Puis il revint, soupira une fois de plus et reprit le téléphone.

— Désolé pour ça, dit-il.

— Ne vous excusez pas, monsieur Flackman, dit Jan. Je comprends que cela ait dû être un choc pour vous.

— Que s'est-il passé ?

— Je suis désolée, je ne peux faire aucun commentaire sur notre enquête pour le moment. Quand est-ce que vous avez rencontré M. Jardel pour la première fois ?

— Au club de golf… ça doit faire un an et demi, songea Flackman. Oui, vers le mois de décembre de cette année-là. Il fait un peu plus frais pour jouer à cette période, alors j'en profite généralement.

— Est-ce que vous connaissez Neville et Deidre Kyte ?

— Je travaillais pour Neville, oui. Je n'ai rencontré

Deidre que quelques fois lors d'événements d'entreprise. C'est pour ça que je leur ai suggéré de louer leur chambre d'amis quand Trent cherchait un logement. Ils ne savaient pas trop quoi faire de la pièce une fois que les enfants étaient partis de la maison. Avant ça, Neville m'avait dit que sa fille l'utilisait, tandis que leur fils avait une chambre dans l'aile est de la maison.

Jan cligna des yeux, se demandant quelle pouvait bien être la taille de la maison des Kyte, puis elle se reconcentra sur ses questions.

— Depuis combien de temps connaissiez-vous Trent avant de faire cette recommandation_?

— Seulement quelques semaines, mais il avait l'air d'un type assez respectable, donc je n'ai eu aucun problème à leur en parler.

La voix de Flackman s'adoucit à ce souvenir.

— Je suis tombé sur Trent pour la première fois après avoir joué une partie en fin d'après-midi avec un autre membre du club. Trent ne jouait pas au golf, mais il aimait boire un verre au bar parce que c'était plus calme que certains des autres lieux de rencontre pour expatriés de la ville, et un peu plus… comment dire_? Raffiné.

— Est-ce qu'il venait parfois avec quelqu'un d'autre_?

— Non, il était toujours seul chaque fois que je le voyais au bar. Nous n'avons commencé à discuter qu'un après-midi après une petite plaisanterie amicale avec l'un des employés à propos d'une course automobile qui passait à la télévision. Nous pensions tous les deux que c'était devenu ennuyeux avec toutes les nouvelles règles et limitations.

— Depuis combien de temps était-il à Dubaï à ce moment-là_?

— Je ne suis pas sûr.

— Vous saviez ce qu'il faisait comme travail_?

— Une sorte de consultant, je crois.

Il fit une pause et elle pouvait presque entendre son haussement d'épaules.

— Je ne lui ai jamais demandé. Ce n'étaient pas vraiment mes affaires. Je veux dire, on parlait de choses générales, de sport, ce genre de trucs, mais je n'aime jamais être indiscret avec les gens. Je me dis simplement que si quelqu'un veut me dire quelque chose, il le fera en temps voulu.

— Et quand est-ce que vous avez vu M. Jardel pour la dernière fois_?

— Euh, ça devait être… en mars, je pense. Il a quitté Dubaï peu de temps après.

— Est-ce qu'il a dit pourquoi_?

— Non, et encore une fois, je n'ai pas voulu demander.

— Vous avez été en contact avec lui depuis_?

Flackman soupira.

— Écoutez, sa mort est un choc parce que j'aimais bien ce type, mais ce n'est pas comme si nous étions des amis proches ou quoi que ce soit. On se fréquentait juste au club de golf, c'est tout.

Jan pinça les lèvres un instant, puis dit :

— Merci pour votre temps, monsieur Flackman. Nous vous recontacterons si nous avons d'autres questions.

CHAPITRE 18

L'inspecteur principal Ewan Kennedy commença le briefing du matin dès que l'équipe fut réunie dans la salle des opérations ce lundi.

Il faisait les cent pas entre les bureaux, incapable de tenir en place. Mark franchit la porte à ce moment précis et remarqua que l'inspecteur principal pressait les gens de se diriger vers le tableau blanc.

Caroline était à son bureau, en train de rassembler divers documents. Quand il s'approcha, elle ramassa les derniers rapports à la hâte, lui adressa un sourire affairé et se précipita vers l'endroit où Kennedy attendait.

West surgit avec deux tasses de café fumant au moment où Mark laissait tomber son sac à dos sur sa chaise, et elle lui en tendit une.

— Il s'est passé quelque chose. Kennedy a dit qu'il y a eu une avancée majeure.

— Vraiment ?

Mark jeta un œil par-dessus son épaule alors que quelques

retardataires du personnel administratif entraient, puis il reporta son regard sur l'inspecteur principal qui discutait avec Caroline près du tableau blanc, têtes baissées. Un frisson d'excitation lui parcourut les épaules.

— Je me disais aussi qu'elle avait l'air contente d'elle.

— Allons-y.

Il suivit West jusqu'à des chaises abandonnées après le briefing précédent et il s'assit face à Kennedy avec le reste de l'équipe. Une atmosphère électrique régnait dans la pièce, à peine troublée par un murmure des plus jeunes et de l'équipe administrative de Tracy. Alex se laissa tomber sur le siège à côté de Mark, lui fit un bref signe de tête, puis tourna son attention vers l'avant de la salle lorsque Kennedy s'éclaircit la gorge.

— Merci de votre attention. Nous avons beaucoup de choses à voir ce matin, alors je ne vais pas traîner. Caroline, vous voulez bien mettre tout le monde au courant de vos découvertes concernant notre première victime ?

L'enquêteuse le rejoignit après avoir remis une épaisse liasse de papiers à Tracy.

— Tu peux me distribuer ça ? C'est un résumé de ce que je vais vous présenter. Alors, ce week-end, j'ai parlé avec l'équipe de Birmingham qui a initialement enquêté sur la mort du vrai Trent Jardel il y a trois ans, avant que l'affaire ne soit classée. Ils m'ont fourni des copies des images obtenues à l'époque par les caméras de vidéosurveillance. Sur les trois suspects qu'ils avaient, le dernier ressemblait à notre victime, et a été vu devant une banque dans la ville. Il était difficile de dire s'il ne faisait que passer ou s'il sortait du bâtiment, mais j'ai réussi à joindre un des cadres supérieurs de la banque hier soir, tard, via leur centre d'appel central, après leur avoir expliqué l'urgence de la situation. Cet employé a confirmé que l'homme était un client.

— Beau travail, dit West. Tu dois être l'une des rares personnes capable d'obtenir une réponse de ce genre d'endroit un week-end.

Caroline laissa l'esclandre de rires s'éteindre et sourit.

— J'en suis consciente. Mieux encore, cet employé se souvient de l'homme sur l'image de vidéosurveillance. Il a dit que c'était un client régulier, qui venait peut-être deux ou trois fois par mois, mais il a confirmé ne pas l'avoir vu depuis environ trois ans. Je lui ai demandé s'il se souvenait de l'activité de cet homme, et il n'a pas pu me le dire, mais il a ajouté que l'homme avait un coffre-fort à la banque, et que c'était pour cela qu'il y venait. Je lui ai demandé si les précédents enquêteurs avaient demandé à y avoir accès, mais même s'il était suspect, il n'avait rien fait qui justifiait une action plus poussée, et comme il n'avait pas été arrêté ni inculpé, l'équipe d'enquête n'avait pas le droit de demander l'accès au coffre-fort. L'employé de la banque a confirmé cela, en disant qu'ils n'avaient jamais reçu une telle demande. En plus, le coffre-fort a été vidé et le compte clôturé il y a trois ans. Malgré cela, l'employé a pu me donner le nom de l'homme ce matin, après s'être connecté à leur système à la banque.

Caroline se tourna vers le tableau blanc, prit un dossier qu'elle avait laissé sur le bureau à côté et en retira une unique photographie qu'elle épingla au tableau.

— Je vous présente David Wannick.

Mark se pencha en avant sur son siège en fixant la photographie.

Caroline avait réussi à agrandir l'image juste avant qu'elle ne se pixellise pour obtenir une vue nette de l'homme en train de sortir de la banque. L'homme qui avait été retrouvé avec la tête enveloppée dans du papier bulle levait les yeux vers une affiche publicitaire collée à l'intérieur de la vitrine de la banque au moment où il passait, et à cet instant précis, la caméra de vidéosurveillance avait capturé une photo nette de son visage.

Il était rasé de près, avec des cheveux sombres et une calvitie naissante. Il portait une doudoune de couleur foncée avec un jean, et avait les mains fourrées dans ses poches.

— C'est lui, dit West. N'est-ce pas ?

— J'ai demandé des copies des relevés bancaires de Wannick, et ils nous ont aussi donné une adresse en ville, continua Caroline pendant que l'inspecteur principal barrait le nom de Jardel et écrivait celui de Wannick au-dessus de la photo de la première victime. J'ai parlé à l'équipe de Birmingham ce matin, et ils organisent une patrouille pour se rendre à la maison avec l'un de leurs enquêteurs dès que possible.

— Donc ils ont confirmé ne jamais avoir parlé à ce David Wannick il y a trois ans ? demanda Kennedy. Même s'ils avaient cette image de vidéosurveillance pour travailler ?

— Ils ont interrogé le personnel de la banque à l'époque pour essayer de retrouver Wannick, mais il semble que la personne à qui j'ai parlé hier soir était détachée dans une autre succursale lorsque l'équipe d'enquête s'est présentée. J'ai vérifié la chronologie, et le temps que ce membre du personnel revienne à Birmingham, Wannick était hors du pays avec le passeport de Jardel.

Caroline eut un haussement d'épaules désolé.

— C'est un coup de malchance, chef, c'est tout. Ça aurait pu arriver à n'importe lequel d'entre nous.

— C'est juste. Très bien, pendant ce temps, Alex a fait

une recherche rapide pour voir ce qu'il pouvait trouver sur David Wannick.

Kennedy jeta un œil par-dessus ses lunettes de lecture au jeune enquêteur.

— Est-ce que vous voulez bien venir ici et nous dire ce que vous avez trouvé jusqu'à présent ?

— Merci, chef.

Alex contourna l'agente Marie Collins et se tourna vers le groupe.

— Wannick n'avait qu'un seul compte sur les réseaux sociaux, et il semblait être à l'abandon depuis six ans. Je vais passer en revue les contacts qui y sont listés aujourd'hui, et je vais demander de l'aide pour les interrogatoires.

— Tracy, assignez deux agents à Alex, s'il vous plaît, dit Kennedy avant de se retourner vers l'enquêteur. Autre chose ?

— Oui, répondit Alex. Et je pense que ça va vous plaire, chef. En parcourant son fil d'actualité, j'ai remarqué que Wannick avait posté quelques photos d'endroits du coin que j'ai reconnus. J'ai vérifié dans notre système, et il y a un signalement à son nom en lien avec un incident près de Didcot il y a cinq ans. Il y a eu un incendie dans un cottage abandonné en bordure de terres agricoles, et selon l'un des voisins, Wannick avait travaillé à temps partiel à la ferme pour conduire les tracteurs pendant la moisson, et il a été vu dans les environs du cottage avant que celui-ci ne parte en fumée.

Mark fronça les sourcils.

— Il y a eu des morts ?

— Non, répondit Alex, un sourire se dessinant sur son visage. Mais parmi les décombres, les pompiers ont trouvé beaucoup de fragments d'os. Personne n'a jamais été arrêté dans cette affaire parce que les résultats des tests n'ont pas permis de déterminer si les restes étaient d'origine animale ou humaine, et les détails n'ont pas été communiqués aux médias. Il y a toujours un dossier ouvert à ce sujet dans HOLMES2.

CHAPITRE 19

Mark balaya ses collègues du regard et vit la même expression stupéfaite qu'il était certain d'arborer.

Kennedy fixait Alex, la mâchoire de l'inspecteur principal contractée, tandis que l'horloge murale entamait l'heure suivante.

Derrière les fenêtres, la circulation défilait dans un bruissement continu, le bruit d'un moteur de camion occasionnel laissant place au sifflement subtil d'une porte de bus s'ouvrant à l'arrêt devant le commissariat. Une mouche se cognait contre la vitre, son bourdonnement frustré perçant le silence stupéfait qui emplissait la salle des opérations.

Au bout d'un moment, Kennedy secoua légèrement la tête.

— Comment diable est-ce qu'on n'était pas au courant de ça ? Qui a mené l'enquête ?

— Un inspecteur du nom de Stackleton, répondit Alex en consultant ses notes. Apparemment, il a pris sa retraite juste après que l'affaire a été auditée—

— Et il est mort peu après, le coupa l'inspecteur principal

en ajustant ses lunettes de lecture tout en regardant par-dessus l'épaule d'Alex le carnet du jeune détective. Je m'en souviens, je suis allé à l'enterrement de ce salaud. Qui travaillait sur l'affaire avec lui ?

— Une enquêteuse du nom de Hazel Abbotsford. Elle est aussi à la retraite maintenant, mais j'ai son adresse. Elle vit à Southmoor.

Kennedy croisa le regard de Mark.

— Je veux que vous et Jan alliez là-bas après ce briefing pour lui parler. Prenez une copie du dossier avec vous pour lui rafraîchir la mémoire si besoin.

— Entendu, chef.

— Alex, où en êtes-vous dans la recherche de la voiture de Wannick ? demanda l'inspecteur principal. Vous avez eu de la chance ?

— Oui, malheureusement une patrouille l'a retrouvée aux premières heures ce matin, calcinée sur une aire de repos des Berkshire Downs, répondit le jeune détective. Elle est en cours d'expertise, mais la plaque d'immatriculation correspond à celle que nous avons vue sur les images de vidéosurveillance fournies par une autre entreprise dans la même rue que le bureau que Wannick louait. Toujours aucune trace de l'ordinateur portable ou du téléphone, par contre. Il n'y en a aucune trace dans le véhicule.

— Ne lâchez pas l'affaire. Il est impératif que nous les trouvions pour savoir sur quoi il travaillait quand il était là-bas.

— Oui, chef.

— Alors, si je résume bien, dit West en se calant dans son fauteuil et en croisant les bras, le regard fixé sur le tableau blanc. Wannick *aurait* mis le feu à ce cottage près de Didcot il y a cinq ans, et *aurait pu* tuer une ou plusieurs personnes avant ça. Ensuite, il déménage dans les Midlands et assassine Trent Jardel à Birmingham il y a trois ans, disparaît à Dubaï, puis revient il y a environ deux mois pour s'installer à Long Wittenham. Il assassine la femme dans la maison après avoir emménagé, puis, il y a une dizaine de jours, il a assassiné l'homme que nous avons trouvé samedi, pour ensuite aller travailler dans son bureau de location comme si de rien n'était. Ça, c'est si l'on se base sur l'affirmation de Gillian selon laquelle la victime dans la chambre du fond a été tuée cinq à sept jours avant que nous ne la trouvions. Pourquoi revenir dans cette région si cela pouvait éveiller les soupçons ?

— Il devait y avoir quelque chose ici qu'il voulait ou dont il avait besoin.

Mark reconstitua la chronologie dans sa tête, puis fronça les sourcils.

— Mais nous ne savons pas encore quand exactement la femme que nous avons trouvée dans la troisième chambre murée a été tuée.

— Le rapport final de Gillian doit arriver plus tard dans la journée, donc je vous tiendrai au courant s'il apporte de nouvelles informations, dit Kennedy. En attendant, Jasper m'a appelé ce matin pour me dire que les résultats du labo sont arrivés, et l'ADN de Wannick correspond aux prélèvements effectués sur les corps dans la maison.

Il retira ses lunettes et les fit tourner entre ses mains en fixant le tableau blanc un instant.

— Mais qui a tué Wannick ? Et pourquoi ?

Mark expira.

— La seule chose qui me vienne à l'esprit pour le moment, c'est que quelqu'un lié à l'une des victimes a découvert ce que Wannick avait fait et a décidé de faire justice lui-même au lieu de venir nous voir.

Un téléphone sonna alors, la sonnerie stridente en provenance du bureau de Kennedy perçant la conversation.

— J'y vais, dit Tracy en s'éclipsant.

Mark entendit sa voix porter par la porte ouverte, puis le téléphone de bureau à côté du tableau blanc se mit à sonner avant qu'elle ne réapparaisse. Elle désigna le téléphone.

— C'est le sergent Abadi de Dubaï au téléphone, chef. Il dit que c'est urgent.

Kennedy se jeta sur le téléphone.

— Sergent ? Je vous ai mis sur haut-parleur pour que le reste de mon équipe puisse vous entendre, ça vous va ?

— Aucun problème, répondit Abadi. L'inspecteur Turpin m'a demandé de vous appeler dès que j'aurais des nouvelles, et je n'ai pas réussi à le joindre sur son numéro.

— Il est ici avec moi, dit Kennedy. Qu'est-ce que vous avez pour nous ?

— Je suis chez Neville et Deidre Kyte, dit Abadi. J'ai deux équipes qui travaillent ici. La première examine les cartons que leur locataire a laissés dans le garage. C'est… dérangeant. Il semble qu'il y ait des restes humains : des doigts, des orteils, par exemple. Étant donné le temps qu'ils ont passé là, notre médecin légiste va mettre un certain temps à déterminer leur âge, car ils ont été emballés au milieu de vieux livres et magazines, ce qui a contribué à garder les boîtes au sec.

— Et pour le jardin ? demanda Kennedy.

— Nous avons demandé à notre équipe scientifique de faire des analyses autour du kiosque. Ils ont utilisé un géoradar pour évaluer la zone. Il y avait des anomalies, alors ils ont soulevé une partie du dallage et ont excavé la terre en dessous. Je peux vous confirmer que nous venons de trouver des restes humains là aussi.

Le cœur de Mark se serra. La bouche sèche, il humecta ses lèvres tandis que Kennedy pâlissait.

— Sergent, êtes-vous en mesure de confirmer s'il s'agit d'un seul corps, ou…

— Monsieur, pour l'instant notre médecin légiste est encore en train d'examiner les lieux, répondit Abadi. Toutefois, son premier avis est qu'il y a au moins trois victimes. C'est très difficile à dire pour le moment, car elles ont été—

— Mises en pièces, compléta Kennedy. Exactement comme les autres.

CHAPITRE 20

L'ancienne enquêteuse Hazel Abbotsford vivait dans une petite maison victorienne en bout de rangée, entre Kingston Bagpuize et Southmoor. La demeure mariait la pierre des Cotswolds à un toit en ardoise grise, et une haie d'orangers du Mexique séparait le petit jardin avant de la route.

Le parfum enivrant chatouilla les narines de Mark alors qu'il poussait le portillon et entraînait West à sa suite sur un court sentier qui serpentait autour d'une baie vitrée et sous un treillis couvert de lierre, menant à une porte d'entrée sur le côté de la propriété.

Après avoir sonné, il se tourna vers une jolie bordure de fleurs qui entourait une pelouse fraîchement tondue. Divers arbustes à fleurs, qu'il reconnut sans pouvoir les nommer, étaient mélangés à du troène et du laurier pour créer un écran de verdure naturel qui protégeait les propriétaires des regards du voisinage.

Un chat blanc et roux sortit de derrière un buisson de romarin et s'avança vers eux à pas feutrés, émettant un léger miaulement lorsque West se pencha pour le gratter entre les oreilles. Elle se redressa au bruit du loquet qui se tournait dans la serrure, et Mark recula d'un pas au moment où la porte s'ouvrit.

La femme qui se tenait sur le seuil approchait de la soixantaine, avec des cheveux blonds teints et des yeux bleus curieux. Elle haussa un sourcil.

— Vous êtes arrivés plus tard que je ne le pensais, j'en déduis que vous avez eu une matinée chargée. Je suppose que vous êtes les détectives Turpin et West ?

— C'est bien nous, confirma Mark. Merci de nous accorder un peu de temps ce matin, madame Abbotsford.

— Appelez-moi Hazel, je vous en prie. J'ai eu mon lot de formalités avant de prendre ma retraite.

Elle s'écarta pour laisser le chat filer à l'intérieur de la maison, puis leur sourit et leur fit signe d'entrer.

— Venez. Je me suis dit qu'on pourrait s'asseoir dans la cuisine. Il y a plus de lumière et mon mari est en train de refaire la décoration du salon, alors c'est un peu le chantier.

En passant, Mark jeta un coup d'œil à la porte fermée sur sa droite et sentit une légère odeur de peinture fraîche. Une musique jouait en fond sonore, une sorte d'ensemble de jazz, puis il suivit West sur un sol en pierre et descendit une petite marche pour entrer dans la cuisine.

Hazel avait eu raison. La cuisine avait été agrandie à l'arrière de la propriété et de grandes fenêtres avaient été installées au fond, inondant de soleil une grande table en pin. Même si trois chaises étaient rangées sous le côté le plus proche, une banquette en L avait été aménagée à l'arrière de la table, garnie de coussins moelleux de couleur rouille. Hazel avait déjà préparé une carafe d'eau et trois verres, et tandis que Mark et West s'installaient sur la banquette, elle leur servit à chacun un verre. Après avoir tiré une chaise pour elle, elle s'assit et joignit les mains sur la table.

— Alors, qu'est-ce que David Wannick a encore fait ?

Mark leva la main.

— Avant que nous en venions à ça, comment a-t-il croisé votre route pour la première fois ?

— Il y a environ huit ans.

Elle désigna le dossier en carton que West avait sorti de son sac.

— Je vois que vous avez déjà lu le dossier sur l'incendie de la maison il y a cinq ans, mais trois ans avant ça, il y a eu un autre incendie dans un garage désaffecté sur l'une des routes qui sortent de Wantage.

Le regard de Hazel était perçant tandis qu'elle racontait son histoire.

— Il s'est avéré que le garage était à vendre et qu'un homme du coin, un certain David Wannick, en avait hérité ainsi que d'une petite parcelle de terrain attenante, de ses parents. Il nous a dit qu'il n'avait aucune intention de garder la propriété ou de la gérer en tant que garage, alors il allait la mettre à vendre.

— Qu'est-ce qui a attiré votre attention sur Wannick ?

— Des fragments d'os ont été trouvés dans ce qui devait être un petit bureau à l'arrière. D'après les matériaux trouvés autour, notre équipe scientifique a émis la théorie qu'ils avaient été initialement placés dans ces boîtes d'archives que les gens utilisent pour leurs papiers. En attendant les résultats des analyses, nous nous sommes demandé si David n'avait pas mis le feu à l'endroit pour toucher l'assurance, mais il s'est avéré qu'il n'avait en fait pas assuré la propriété depuis qu'il en avait hérité quelques mois avant l'incendie. C'est là que l'inspecteur en charge, Stackleton, a orienté notre attention vers un groupe d'adolescents qui avaient été repérés sur des images de vidéosurveillance dans une rue adjacente au garage peu de temps avant que le feu ne se déclare.

Elle haussa les épaules.

— Bref, ils avaient tous des alibis et peu de temps après, Stackleton a classé l'affaire avec l'accord d'un officier supérieur, qui trouvait que c'était la meilleure chose à faire étant donné que personne n'avait été blessé. Et Wannick a vendu le terrain à un promoteur. Il y a des maisons là-bas maintenant.

— Attendez, dit Mark. Qu'est-ce que Stackleton a fait pour les fragments d'os qui ont été trouvés ?

Sa bouche se tordit.

— Les résultats du laboratoire n'étaient pas concluants, alors l'inspecteur a estimé qu'il s'agissait d'os d'animaux et il a avancé une autre théorie : qu'un chat ou quelque chose du genre s'était retrouvé coincé dans le bâtiment.

— Et vous, qu'est-ce que vous en pensiez ?

— Vous savez très bien ce que j'en pensais, dit-elle. Sinon, vous ne seriez pas là, n'est-ce pas ?

Mark remarqua l'étincelle dans ses yeux.

— Je peux vous demander pourquoi vous avez pris votre retraite ? J'ai l'impression que nous avons perdu un atout quand vous êtes partie.

— Mon mari est tombé assez malade, et j'avais déjà cotisé assez d'années pour toucher ma retraite, alors nous avons décidé de nous concentrer sur sa santé.

Elle plissa le nez.

— La politique interne ne me manque pas, mais ça, ça me

manque : le cœur du métier, comprendre pourquoi les gens se font ça les uns aux autres.

— Comment va votre mari maintenant ?

— Il est complètement rétabli, merci.

— C'est une bonne nouvelle. Parlez-moi de l'incendie de la maison il y a cinq ans.

— Je peux ? demanda Hazel en tendant la main vers le dossier, avant de passer quelques instants à en parcourir le contenu. Je me souviens de la plupart de ces éléments, bien sûr. Ça m'a dérangée à l'époque, et ça me dérange encore. Je suis sûre que vous avez aussi des affaires qui vous hantent, celles où vous vous demandez si vous n'avez pas laissé un monstre s'en tirer.

Mark ne dit rien tandis que le stylo de West s'immobilisa au-dessus de son carnet.

— L'incendie a été signalé par un couple qui habitait plus haut dans la rue, en direction de la route de Blewbury, poursuivit Hazel. Le cottage se trouvait au bout de la rue, enfin, ça ressemblait plus à un chemin de terre quand on y arrivait, et il avait appartenu à un homme plus âgé, décédé un an ou deux auparavant. La famille avait des problèmes avec le testament, toutes sortes de querelles à propos de l'héritage, d'après ce qu'on a pu comprendre, et ils ne s'étaient pas donné la peine de la louer. Le couple qui a appelé les pompiers a dit qu'ils avaient senti une odeur de fumée et qu'ils étaient descendus le long du chemin pour voir ce qui se passait, et quand ils sont arrivés, ils ont trouvé le cottage en flammes. Une fois l'incendie éteint et pendant que les pompiers enquêtaient sur la cause, ils ont découvert des fragments d'os dans ce qui devait être la chambre principale, à l'étage.

— Tout ça est dans le dossier, dit Mark, et si j'ai bien

compris, Wannick travaillait dans une ferme voisine. Alors, qu'est-ce qui vous a poussée à vous concentrer sur lui ?

— Stackleton n'était pas d'accord, mais c'était une piste sérieuse et après que je l'ai suggérée lors d'un briefing, il n'a pas eu d'autre choix que de me laisser la suivre, expliqua Hazel. J'étais surprise que Wannick travaille là-bas. Je veux dire, il avait dû bien s'en tirer avec la vente du garage et du terrain, et le travail agricole, ça ne paie pas des masses. Attendez, sa déposition est là-dedans, n'est-ce pas ?

Mark attendit qu'elle fouille dans le contenu du dossier, puis qu'elle parcoure le document.

— C'est vous qui avez recueilli sa déposition, n'est-ce pas ?

— Oui, et à ce moment-là, j'ai su que je tenais quelque chose, dit-elle en relevant les yeux du papier. Il était trop confiant, trop… *sournois*. Comme s'il s'amusait.

— Y avait-il des preuves qui le reliaient au cottage ?

— Aucune, répondit-elle avec une note de dégoût dans la voix en replaçant la déposition dans le dossier. Juste une intuition, vous savez ? En plus, il a réussi à fournir un alibi, il était au pub quand l'incendie a démarré. Mais il y avait une fête pour un des habitués avec un concert, et je pense qu'il aurait eu le temps de s'éclipser, de mettre le feu et de revenir sans que personne ne le remarque. Et personne ne le connaissait vraiment, il était très réservé pendant qu'il louait son studio meublé à Harwell, alors qu'il travaillait à la ferme. J'avais commencé ma carrière dans ce secteur comme enquêteuse volontaire à Didcot et je connaissais beaucoup de gens du coin de cette époque. C'est l'une d'entre eux, une femme qui travaillait au supermarché, qui l'a reconnu sur une photo que je lui ai montrée. Il y allait faire ses courses une ou deux fois par semaine.

— Et le fermier pour lequel il disait avoir travaillé ?

— Après l'incendie, j'ai interrogé le fermier, qui a confirmé ce que Wannick m'avait dit : qu'il avait obtenu le poste après avoir parlé à l'un des autres ouvriers dans un pub local un soir. Ils avaient juste besoin d'une paire de bras supplémentaire pour la récolte, et Wannick est parti après ça. Le truc, c'est que le cottage donnait sur le champ que Wannick était en train de moissonner, et je pense que c'est à ce moment-là qu'il a dû attirer son attention.

— Quand est-ce que vous avez découvert que Wannick avait quitté la région ?

— Comme je l'ai dit, le fait qu'on ait un deuxième incident avec des fragments d'os retrouvés après un incendie, dans des propriétés auxquelles il était associé, ça ne m'a jamais plu, alors j'ai gardé un œil sur lui.

Le rouge est monté aux joues de la femme.

— Je ne le harcelais pas, j'étais juste… je ne sais pas. Je suppose que je m'attendais vraiment à ce qu'il se passe autre chose où il allait être impliqué à un moment ou à un autre. De temps en temps, je passais en voiture devant son studio pour voir si je pouvais l'apercevoir, mais à part une fois où il marchait le long de la route avec un sac de courses à la main, c'est tout. Puis, un jour, j'ai vu un panneau d'agence immobilière devant la maison et j'ai découvert qu'il avait déménagé deux semaines plus tôt. Je ne l'ai jamais revu.

— Et c'était quand ?

— Il y a quatre ans environ, je suppose.

Hazel poussa le dossier vers Mark et croisa les bras.

— Mais vous savez où il est, n'est-ce pas ? C'est pour ça que vous êtes ici.

— Deux victimes ont été découvertes dans une maison à Long Wittenham ce week-end, dit-il. Elles ont été étouffées, puis dépecées. Des parties de corps ont été retrouvées dans des boîtes de rangement en carton dans la propriété.

La détective à la retraite pâlit.

— Il est de retour ?

— En quelque sorte, dit West en levant les yeux de ses notes. Il est mort.

CHAPITRE 21

Adossée à la portière arrière de la voiture de service, Jan observait une famille de quatre personnes regagner son véhicule sur l'aire de repos, les deux enfants chargés de cadeaux offerts par le fast-food.

Les voix des enfants se mêlaient au vrombissement de la circulation de la quatre-voies derrière elle et, quelque part dans le ciel, elle pouvait entendre le cri plaintif d'un épervier qui planait sur les courants thermiques.

Une odeur de gras et de friture flottait dans l'air jusqu'à elle, et son estomac gargouilla en réponse avant que la pompe à essence ne clique. Elle reporta alors son attention sur ce qu'elle devait faire.

Après avoir verrouillé la voiture, elle se dirigea vers la caisse pour payer et jeta un œil au présentoir à journaux devant les portes coulissantes en approchant. Il y avait un journal local et quatre tabloïds nationaux, dont les gros titres hurlaient les découvertes macabres faites par elle et ses collègues. Après être entrée dans la boutique, un frisson lui parcourut l'échine, qui n'avait rien à voir avec le climatiseur sous lequel elle passait.

La station-service se trouvait de l'autre côté de Didcot. Après un rapide appel à la salle des opérations en quittant la maison de Hazel Abbotsford, elle et Turpin avaient découvert que l'agence de location qui louait le studio à David Wannick était toujours en activité.

Jan passa sa carte de débit et regarda par la fenêtre en attendant le reçu. Elle vit Turpin revenir du fast-food avec deux sacs en papier à emporter à la main et son téléphone portable à l'oreille. Elle remercia la caissière et se dépêcha de sortir avant de se garer sur l'une des places libres à côté de lui.

— Double cheeseburger, dit-il en lui tendant l'un des sacs. Et une frite moyenne.

— Merci, chef.

Elle baissa la vitre d'un cran pour éviter que l'odeur de fast-food ne s'imprègne dans l'habitacle, et elle mordit dans le burger. Turpin fit de même avec le sien. Elle déglutit.

— C'était qui, au téléphone ?

— L'agence de location. La femme qui a traité la demande de Wannick pour le studio est en rendez-vous pour le moment, mais son directeur a dit qu'elle était libre à partir de quatorze heures.

Jan regarda l'horloge sur le tableau de bord.

— Dans une demi-heure.

— On a largement le temps.

Il piocha dans ses frites.

— Tu as décidé ce que tu allais faire pour votre anniversaire ?

Elle soupira.

— Vu la tournure que prend la semaine, on va

probablement reporter les célébrations jusqu'à ce qu'on puisse vraiment se détendre. Je dois poser des congés annuels, et Scott a un créneau dans son agenda entre deux chantiers, alors on pourrait demander à ma mère de garder les garçons quelques jours et partir quelque part pour un long week-end. J'ai toujours eu envie de visiter Copenhague.

— Ça te plairait. J'y suis allé il y a trois ans avec mes filles pendant les vacances d'été.

Il eut un petit rire.

— Pour une raison que j'ignore, elles venaient de se découvrir un intérêt pour les Vikings, alors je leur ai fait ce plaisir. Elles ont adoré l'endroit, et moi aussi.

Jan finit son repas et s'essuya les mains sur une serviette avant de tout fourrer dans le sac en papier et de démarrer le moteur.

— Je te demanderai des conseils pour le logement plus tard, alors. Je préfère de loin avoir une recommandation.

— Ça marche.

Il se cala dans son siège et engloutit le reste de ses frites alors qu'elle dirigeait la voiture vers Didcot, puis il baissa les yeux en entendant son téléphone portable émettre un *bip*.

— C'est un message de Kennedy. Le rapport final de Gillian est arrivé : elle confirme que la victime trouvée dans la chambre principale a été étouffée avant d'être découpée en morceaux.

Jan essaya d'ignorer la façon dont son estomac se noua à ce souvenir, et elle tendit la main pour ouvrir les bouches d'aération du tableau de bord, prenant une grande bouffée d'air froid.

— C'est déjà ça. Et pour la femme qui a été trouvée dans la pièce murée ?

— Gillian a trouvé des marques d'abrasion sur son cou et

quelques ecchymoses résiduelles, et elle estime qu'il a d'abord essayé de l'étouffer, avant de recourir à la strangulation. Et après avoir reçu les résultats des tests des prélèvements effectués dans la bouche de la première victime, elle a confirmé qu'il y avait des traces de plastique entre ses dents.

Jan tourna le volant et entra sur un parking public derrière Broadway, à Didcot.

— Du papier bulle, peut-être ?

— Difficile à dire, mais Kennedy a avancé l'idée que les deux victimes ont été tuées de la même manière que Wannick, ce qui donne du poids à la théorie selon laquelle son meurtre était une vengeance pour l'une des victimes.

Turpin détacha sa ceinture de sécurité mais ne sortit pas tout de suite. Au lieu de ça, il fixait le pare-brise, le regard lointain.

— Étant donné qu'il semble avoir des antécédents d'incendies criminels, je me demande ce qui l'a poussé à quitter Dubaï avant de faire de même avec l'annexe des Kyte, et s'il prévoyait de déclencher un incendie dans la maison de Long Wittenham ? Et, comme tu dis, s'il est connu dans la région, pourquoi prendre le risque de revenir ici, même en ayant changé de nom ?

— Je ne sais pas si c'est audacieux ou stupide, dit Jan. Il devait avoir une sacrée motivation, vu le risque encouru.

— C'est vrai, acquiesça Turpin.

Il secoua légèrement la tête et ouvrit la portière.

— Ok, allons voir ce que cette agente immobilière peut nous dire.

L'agence était coincée entre une boutique de vapotage et une boulangerie sur Broadway, et on la reconnaissait facilement à sa façade rose vif et à l'enseigne aux couleurs assorties qui dépassait au-dessus de la porte. Plusieurs biens étaient affichés en vitrine, mais Jan remarqua que la plupart portaient des autocollants indiquant que les baux avaient été signés, et que très peu étaient en fait disponibles.

Lorsqu'elle suivit Turpin à l'intérieur, une odeur de renfermé émanait de la moquette et, malgré la tentative de quelqu'un pour égayer l'endroit avec des plantes artificielles et quelques reproductions encadrées bon marché, l'effet général était celui d'un abandon fatigué. Ce même effet se reflétait sur le visage de la femme assise au bureau le plus proche, qui leva les yeux de son écran d'ordinateur avec un soupir las.

— J'imagine que vous êtes de la police, dit-elle.

Sans attendre de réponse, elle pivota sur sa chaise et hurla en direction d'une porte fermée au fond de la pièce :

— Sarah, c'est les flics !

Sur ce, la femme se retourna vers son écran d'ordinateur, ignorant Jan et Turpin, qui réprima un sourire narquois et se dirigea vers deux chaises élimées placées contre le mur opposé. Jan resta debout, et quelques secondes plus tard, la porte au fond du bureau s'ouvrit et une femme d'une petite trentaine d'années apparut, en train de s'essuyer les mains sur une serviette en papier avec laquelle elle se tamponna ensuite les lèvres.

— Je suis vraiment désolée, dit-elle. J'étais en train de déjeuner. Mon dernier rendez-vous a duré plus longtemps que prévu.

— Ce n'est rien, dit Jan. Désolée pour votre déjeuner, mais il est assez urgent que nous vous parlions. Est-ce qu'il y a un endroit tranquille où nous pourrions le faire ?

— Eh bien, si le désordre dans l'arrière-salle ne vous

dérange pas, il vaut mieux que nous parlions là-bas, au cas où des clients arriveraient. Suivez-moi.

La femme leur montra le chemin entre quatre bureaux jonchés de diverses demandes de location et de fiches descriptives de logements, et elle les fit passer là où elle déjeunait.

Il y avait là un paquet de chips à moitié entamé, un emballage de sandwich jeté négligemment, et une bouteille d'eau pétillante ouverte, dont le sifflement des bulles qui s'échappaient rompait le silence gênant qui s'installa après que Turpin ferma la porte derrière eux.

— Désolée, je suis Sarah Ashville.

La femme marqua une pause pour prendre une gorgée d'eau, puis leur fit signe de s'asseoir sur deux chaises libres à côté de la petite table en pin qu'elle utilisait.

— Ellis, mon patron, m'a dit que vous vouliez me parler de l'un de nos anciens locataires, David Wannick, c'est bien ça ?

— C'est exact, dit Jan. Si je comprends bien, il a loué un studio à Harwell par l'intermédiaire de cette agence, et c'est vous qui vous êtes occupée de ce bail. Avez-vous encore une copie de sa demande de location dans vos dossiers ?

— J'en doute, répondit Sarah. La loi sur la protection des données ne nous autorise à conserver ce genre de documents que pour un maximum de sept ans, et comme son bail a pris fin il y a cinq ans, nous n'avons donc probablement plus qu'une copie du contrat de location. Nous devrons le détruire dans deux ans.

— Et pour ses coordonnées ou les références qu'il a données à l'époque ?

— Non, c'est la même chose, répondit Sarah. Leurs coordonnées n'auraient pas été conservées non plus.

Jan réprima un soupir de frustration.

— Alors, que pouvez-vous me dire sur David Wannick ?

Sarah tripota la serviette en papier froissée un instant, puis la rejeta de côté et détourna le regard.

— Il était étrange. Je n'aimais pas faire les visites de contrôle seule. J'ai toujours trouvé une excuse pour emmener quelqu'un avec moi après notre première rencontre.

— Quand est-ce que vous l'avez rencontré pour la première fois ? demanda Jan.

— Lorsqu'il a visité le logement pour la première fois. Il y avait deux autres locataires potentiels, mais Wannick avait la caution disponible immédiatement et Ellis a dit que les références s'étaient avérées bonnes. Je crois que c'étaient des références professionnelles et M. Wannick a donc obtenu le bail pour douze mois. Il l'a prolongé d'un an avant de donner son préavis.

— Je vois que le studio est toujours loué par votre agence, dit Jan. Le logement est-il resté vide après son départ ?

— Seulement une semaine environ, le temps que l'équipe de nettoyage passe, dit Sarah.

— Pour en revenir à ce que vous disiez sur le fait qu'il était étrange, dit Jan, que vouliez-vous dire par là ? Que s'est-il passé lors de cette première visite qui vous a mise si mal à l'aise avec lui ?

— Je ne suis pas sûre.

Sarah parut pensive un moment.

— C'était juste un pressentiment, la façon dont il m'a regardée sortir de la voiture ce jour-là. Il était déjà là, à attendre sur le trottoir devant l'immeuble. Je me suis justement posé la question en déjeunant tout à l'heure, je me demandais si ce n'était pas simplement parce que j'étais encore assez nouvelle dans le métier et que je n'avais pas l'assurance avec les gens que j'ai aujourd'hui. Mais ce n'était pas ça. J'ai juste instinctivement veillé à laisser la porte ouverte pendant la visite, et j'ai gardé mon téléphone à la main. Je ne l'ai suivi dans aucune des pièces, et je suis restée entre lui et la porte d'entrée tout le temps. J'avais juste l'impression… Je ne sais pas… qu'il me jaugeait. Il ne flirtait pas ou quoi que ce soit, ce n'était pas ça. C'était vraiment glauque, et puis quand Ellis a accepté de lui louer, j'étais malade chaque fois que je devais y aller pour une visite de contrôle. Je veux dire, ce n'était qu'une fois tous les trois mois, mais je me réveillais nauséeuse en sachant que je devais y aller. Dès le début, je me suis arrangée pour emmener un des juniors avec moi. Je leur ai dit, à eux et à Ellis, que ce serait une bonne expérience pour eux d'être sur le terrain avec moi, mais j'ai honte de dire que c'était parce que j'avais le pressentiment que quelque chose pourrait m'arriver si j'y allais seule.

— Il n'y a rien de mal à ça, dit Turpin. Je conseillerais à mes filles de faire la même chose.

Sarah lui adressa un faible sourire.

— Merci.

— Y a-t-il eu des problèmes avec le studio pendant qu'il était locataire ? demanda Jan.

— Comme quoi ? répliqua Sarah.

— Est-ce qu'il le gardait propre, ou est-ce que vous avez eu des problèmes de propreté, par exemple ?

L'agente immobilière fronça les sourcils.

— Eh bien, je n'ai jamais eu l'impression qu'il ait pris la peine de déballer toutes ses affaires. Il y avait toujours des cartons dans le couloir. Une fois, au début de son bail, je lui ai demandé s'il se plaisait là et, comme il m'a répondu que oui, j'ai fait une petite blague en disant qu'il devait avoir hâte de déballer le reste de ses affaires, et il m'a lancé un regard étrange. Il y avait toutes sortes de dossiers et de classeurs qui traînaient partout, mais j'ai simplement supposé que c'était pour le travail.

— Vous savez ce qu'il faisait dans la vie ? demanda Turpin. Qu'est-ce qui était indiqué sur son dossier de location concernant son emploi ?

— Je crois qu'il était indiqué qu'il travaillait dans les assurances, ou quelque chose comme ça. Il était indépendant, je me souviens de ça, mais un jour, il a téléphoné à Ellis pour lui dire qu'il avait été licencié, mais qu'il pensait pouvoir continuer à payer son loyer, et qu'il avait trouvé un travail à temps partiel dans une ferme en attendant d'avoir des nouvelles de ses candidatures. Ellis a gardé un œil sur la situation, mais les paiements ont continué d'arriver, donc nous n'avons pas eu besoin d'intervenir.

— Est-ce que vous avez reçu des plaintes de ses voisins à son sujet ? demanda Jan.

— Seulement durant les derniers mois où il était là, avant son déménagement. L'homme du studio à l'étage, que nous louons également, a dit qu'il pensait que les canalisations étaient bouchées, ou qu'un rat était coincé quelque part dans le mur et y était mort. Nous avons envoyé un dératiseur pour enquêter, mais il n'a rien trouvé et, vous savez comment sont certains de ces artisans, le temps d'obtenir un rendez-vous, l'odeur avait disparu. Monsieur Wannick était un peu spécial quand il s'agissait de laisser entrer des artisans pour faire des vérifications dans son studio. Je m'en souviens parce qu'il m'a fallu environ trois tentatives pour trouver une date qui lui convenait. Il pouvait aussi se montrer parfois très obstructif lorsque des travaux de routine devaient être effectués dans le studio, comme la vérification des alarmes incendie et des détecteurs de monoxyde de carbone, l'entretien de la chaudière, ce genre de choses. La plupart des locataires veulent que ces vérifications soient faites le plus vite possible pour être sûrs d'être en sécurité.

Elle frissonna.

— Vous ne pouvez pas savoir à quel point j'ai été soulagée le jour où j'ai appris qu'il avait donné son préavis. Et encore plus quand je suis allée sur place pour faire l'état des lieux de sortie et que j'ai découvert qu'il avait démonté les détecteurs de fumée et avait essayé de mettre le feu.

Turpin se redressa.

— Il a fait quoi ?

— Je ne pouvais pas le prouver, alors s'il vous plaît, ne dites rien à Ellis, dit Sarah, les yeux écarquillés. C'est juste que M. Wannick a payé pour que nous nous occupions du nettoyage final après son départ, car il disait déménager pour le travail, et je suis arrivée avant les agents d'entretien pour pouvoir leur ouvrir. J'ai trouvé toutes sortes de bouts de papier brûlés entassés dans un coin du salon et, comme je l'ai dit, les détecteurs de fumée avaient été cassés. J'ai entendu une rumeur par la suite selon laquelle la police était venue quelques semaines avant ça pour lui parler d'un incendie dans un cottage près d'ici. C'est vrai ?

Jan ferma son carnet, le visage impassible.

— Je crains que nous ne puissions pas commenter les enquêtes passées. Merci pour votre temps, mademoiselle Ashville.

CHAPITRE 22

Mark agrippa la poignée de maintien au-dessus de la portière passager et tenta de ne pas grincer des dents tandis que la voiture tanguait sur un chemin de craie défoncé.

De profondes ornières s'étiraient de chaque côté, portant l'empreinte caractéristique de gros pneus de tracteur.

De hautes herbes masquaient la vue d'un champ sur sa gauche, séparé du chemin par une solide rangée de barbelés, tandis que de l'autre côté, le paysage vallonné offrait une riche étendue d'orge et de blé en train de mûrir. La suspension de la voiture grinça de façon sinistre et West jura lorsque les pneus s'enfoncèrent brutalement dans un grand trou creusé par les pluies de l'hiver précédent.

Elle jeta un coup d'œil au téléphone portable qu'il tenait à la main.

— Alors, qu'est-ce que tu as réussi à trouver sur cet agriculteur ?

Mark reporta son attention sur l'écran.

— Seulement ce qui est sur le site web pour l'instant. Warren Brooke est un agriculteur de quatrième génération, et la plupart des terres par ici sont arables, même s'il est indiqué qu'ils élèvent aussi des dindes. Il n'y a pas grand-chose sur lui sur les réseaux sociaux, mais les bilans de l'entreprise sur le site du registre du commerce semblent bons. J'ai aussi trouvé quelques articles de journaux pour des récompenses de produits locaux, mais c'est tout.

— Espérons que ça ne le dérangera pas qu'on débarque à l'improviste, dit West.

Elle ralentit à l'approche d'une barrière en bois à cinq barres, qui séparait le chemin d'une grande cour remplie d'engins agricoles.

— Et espérons qu'il n'a pas de chien.

— Je m'occupe de la barrière.

Mark sortit, laissant la portière ouverte au cas où l'argument de West serait valable et qu'une créature ressemblant au chien des Baskerville déciderait de le chasser de la cour.

Comparée au chemin de craie, la propriété était en bon état, avec une large étendue de béton au-delà de la barrière menant à deux grands hangars à machines et une grange en tôle ondulée sur la gauche. Sur la droite, Mark aperçut une ferme de style géorgien tardif, son portique élégant encadré par un lierre d'un vert profond qui serpentait sur la façade du bâtiment et berçait les rebords des fenêtres de l'étage supérieur.

En ouvrant la barrière, il marqua une pause et, n'entendant aucun aboiement, il l'ouvrit plus grand pour que West puisse passer. Après l'avoir refermée, il la rejoignit là où elle s'était garée, à côté d'un 4x4 maculé de boue et d'une bétaillère vide.

L'odeur âcre de l'ensilage flottait dans l'air, portée par la brise depuis les champs environnants, et il pouvait entendre un moteur de tracteur au loin. Il n'y avait personne en vue, mais il entendit le bruit d'un marteau en train de frapper contre quelque chose de métallique en provenance du plus grand des hangars à machines et il s'en approcha, tandis que West sortait déjà son carnet de son sac.

Alors qu'il atteignait la porte ouverte, il cligna des yeux pour que sa vue s'habitue à la pénombre de l'intérieur et il vit un grand tracteur bleu garé sur la gauche. Un assortiment de semoirs, de cultivateurs et de charrues formait une ligne nette sur la droite et, tout au fond, il pouvait voir la griffe et le godet d'un chariot télescopique de taille moyenne.

Puis il entendit un juron étouffé et les coups de marteau cessèrent.

— Bonjour ? appela-t-il.

Un homme jeta un coup d'œil de derrière le tracteur, le front plissé.

— Qui êtes-vous ? Vous n'avez pas vu le panneau sur la barrière ? C'est une propriété privée.

Mark brandit sa carte de police et s'approcha.

— Inspecteur Mark Turpin, et voici ma collègue, l'enquêteuse Jan West. Est-ce que vous êtes Warren Brooke ?

L'homme laissa tomber un marteau au sol dans un bruit métallique et décrocha un chiffon huileux qui pendait des marches de la cabine du tracteur avant de s'essuyer les mains.

— C'est bien moi. Qu'est-ce qui se passe ?

— Est-ce qu'il y a un endroit où nous pourrions parler ?

— Il faudra que ce soit ici.

Brooke désigna le tracteur d'un coup de pouce.

— Je suis censé épandre de l'engrais sur l'un de mes champs aujourd'hui, et si je ne répare pas ça dans l'heure, je vais devoir travailler dans le noir.

— Ok, nous allons essayer d'être aussi rapides que possible.

— C'est à quel sujet ? Il y a encore eu des vols dans le coin ?

— Je ne suis pas ici pour des vols, dit Mark. Je me demandais ce que vous pouviez nous dire sur David Wannick.

Brooke cessa de s'essuyer les mains sur le chiffon et le dévisagea.

— Wannick ?

— Il a travaillé ici, n'est-ce pas ?

— Il y a cinq ans. Jusqu'à l'incendie.

— Celui du cottage ?

— Oui, répondit Brooke. Il n'est pas resté longtemps après ça. Il a donné sa démission une semaine plus tard. Ça ne m'a pas dérangé, il n'était là que comme travailleur temporaire pour aider à la récolte cette année-là, et entre vous et moi, j'ai toujours pensé qu'il aurait pu en être le responsable, mais vos collègues l'ont innocenté.

— Qu'est-ce qui vous fait dire ça ?

Brooke rejeta le chiffon huileux sur les marches de la cabine avant de s'appuyer contre l'énorme pneu avant et de croiser les bras.

— Il semblait fasciné par cet endroit. Le cottage était à l'abandon depuis que mon père était gamin. Autrefois, il était loué à des ouvriers agricoles, mais il n'a jamais été raccordé au tout-à-l'égout ni au réseau d'eau courante du coin. Il y a un puits dans l'ancien jardin que nous avons comblé il y a dix ans pour empêcher les gosses du coin de faire des bêtises et de tomber dedans par accident, et j'ai barricadé la maison peu de temps après. Je voyais souvent David tourner autour, mais chaque fois que je lui demandais ce qu'il faisait, il me répondait simplement qu'il se dégourdissait les jambes entre deux tâches. Mais je ne sais pas, il avait une drôle de personnalité. Pour être honnête, le courant n'est jamais vraiment passé. Je veux dire, ça a été utile qu'il vienne aider pour la récolte cette année-là, mais j'étais bien content de le voir partir.

— Comment a-t-il eu le poste ?

— Il vivait à Harwell à l'époque et il a fait la connaissance d'un de mes autres ouvriers, Jake Ingham, au pub du coin. Ils ont commencé à discuter un soir, et David aurait dit à Jake qu'il cherchait un petit boulot en attendant de décider quoi faire ensuite. Il n'était pas à court d'argent, ça, j'en suis sûr. Il m'a dit un jour qu'il avait hérité de ses parents, mais qu'il s'ennuyait facilement, et je n'allais pas m'en plaindre. On a eu une année chargée cette année-là, et je venais de perdre mon chef d'exploitation, alors je faisais tout moi-même. Jake a dit à David de me contacter, et il a commencé environ une semaine plus tard. Ça devait être fin juillet. Mi-septembre, il était parti.

— Chef ? dit West, puis elle lui tendit son téléphone. Voici une copie de la déposition de Jake à l'époque de l'incendie.

Mark le lui prit, il parcouru le texte du regard et le lui rendit avec un hochement de tête.

— Merci. Monsieur Brooke, est-ce que Jake et David étaient proches ? Je lis ici qu'il a fourni un alibi à David pour l'incendie.

— Je ne dirais pas qu'ils étaient amis, non. Enfin, je ne les voyais pas traîner ensemble par ici. J'ai eu l'impression que Jake le tolérait, sans plus. La seule raison pour laquelle il lui a parlé du poste, c'est parce qu'on était en sous-effectif et que sinon, on aurait été dans le pétrin.

— Que s'est-il passé le jour de l'incendie du cottage ?

— Suivez-moi.

Brooke sortit de la grange et se dirigea vers la maison, ne s'arrêtant qu'une fois arrivé à un grand hangar en bois délabré sur le côté gauche de celle-ci, puis il montra du doigt un bosquet de marronniers en bas d'une colline.

— Le cottage, ou ce qu'il en reste maintenant, est juste derrière ces arbres. J'étais dans un des champs en train de promener notre vieux chien, donc je n'ai même pas vu la fumée quand il est parti en flammes. Je n'ai été au courant que lorsque Maureen, ma femme, m'a téléphoné pour me dire qu'un des voisins avait appelé les pompiers parce que le cottage était en feu. Je suis revenu directement, j'ai sauté dans le 4x4 et je suis arrivé en même temps que le premier camion de pompiers. Il leur a fallu trois heures pour éteindre le feu et arroser les décombres. On a eu une sacrée chance, d'ailleurs : si ça s'était propagé, ça aurait probablement ravagé notre blé dans ce champ.

— C'était à quelle heure ?

— Vers huit ou neuf heures du soir, je crois.

— Combien de temps s'est écoulé entre l'incendie du cottage et le départ de David de votre exploitation ? demanda Mark. Vous vous en souvenez ?

— Seulement une semaine environ. Vos collègues l'ont interrogé quelques jours après l'incendie, et il est parti peu de temps après.

— Et qu'en est-il de Jake Ingham ?

— Il nous a quittés en octobre cette année-là. Il travaillait à temps partiel dans un abattoir entre ses missions ici, et ils lui ont offert un poste permanent avec plus d'heures.

Le regard de Mark se durcit.

— Je ne suppose pas que vous ayez un numéro de téléphone et une adresse pour le joindre ?

CHAPITRE 23

Jake Ingham habitait une maison en briques rouges à la périphérie du village de Harwell.

La cour avant était séparée du trottoir par une simple clôture en grillage, derrière laquelle une pelouse jaunissante s'étendait entre un banal portail en aluminium et la porte d'entrée. Le gazon était clairsemé, parsemé de plaques de boue séchée et, contrairement à la cour de la ferme, trahissait la présence d'un grand chien.

— D'après Caroline, Jake Ingham a un casier judiciaire, dit West en parcourant les messages sur son téléphone pendant que Mark observait la maison dans le rétroviseur. Il n'a pas été condamné, car la personne qu'il a agressée a retiré sa plainte avant que le parquet ne soit saisi de l'affaire, mais apparemment, il est assez colérique.

— Il doit aussi être costaud, à force de travailler dans un abattoir depuis toutes ces années, dit Mark. Et habitué à manier des couteaux.

West baissa son téléphone et se tourna sur son siège pour regarder par la lunette arrière.

— Je crois que je vais te laisser passer devant, alors, chef. Si ça ne te dérange pas.

— Merci.

Après avoir verrouillé la voiture, il la précéda jusqu'au numéro quatorze, observant les maisons jumelées identiques qui avaient été construites dans les années 1950 dans tout le secteur, lorsque le laboratoire de recherche atomique voisin avait pris de l'ampleur et de l'importance pendant la guerre froide, faisant grossir la population locale.

En poussant le portail de la maison de Jake Ingham, Mark remarqua les mauvaises herbes dans les fissures des dalles de béton menant à la porte d'entrée en bois. Une fois devant, il chercha une sonnette avant d'abandonner et de frapper du poing sur la peinture écaillée. Il recula d'un pas et scruta les fenêtres du rez-de-chaussée, dont les vitres étaient maculées de saleté et, sur la plus proche, il y avait la vague silhouette fantomatique des ailes d'un oiseau, là où un merle ou un pigeon avait dû se la prendre à un moment donné. Aucun des rideaux n'était tiré, mais des stores verticaux opaques étaient inclinés de manière à lui bloquer la vue sur le salon.

Il n'y avait pas de circulation dans la rue, et pourtant il pouvait entendre le grondement continu des routes très fréquentées qui entouraient le quartier, et, quelque part à proximité, les cris et les hurlements de jeu familiers en provenance d'une cour d'école.

Il vérifia sa montre, puis arqua un sourcil en direction de West.

— On dirait qu'il n'est pas là.

— Réessaye.

Elle avait les mains dans les poches de sa veste et fixait l'étage supérieur.

— Je viens de voir quelque chose bouger derrière un rideau.

Mark martela la porte, plus fort cette fois, et il entendit un juron distinct depuis la pièce du dessus.

— Ça a marché.

— Tu es trop poli parfois, dit West. Tu ne réveilleras jamais personne en tapotant comme ça. Comment diable as-tu survécu à tes années en uniforme ?

— Le charme, répondit-il, puis il se tourna vers la porte qui s'ouvrait sur un homme d'une quarantaine d'années avancée qui le fusillait du regard.

Jake Ingham portait un t-shirt froissé et taché avec un logo de sport délavé sur un jean ample, ses sourcils broussailleux contrastant fortement avec sa coupe militaire qui lui rasait le crâne. Il avait les yeux rougis et il cligna des yeux en regardant les deux détectives.

— Qu'est-ce que vous me voulez, putain ? aboya-t-il. J'ai bossé toute la nuit et je ne dors que depuis une heure.

Mark brandit sa carte de police et fit les présentations.

— Vous êtes bien Jake Ingham ?

— Ouais.

L'homme croisa les bras sur sa large poitrine, les biceps saillants.

— Pourquoi ?

— Nous aimerions vous poser quelques questions au sujet de David Wannick. Nous pouvons entrer ?

— Est-ce que j'ai le choix ?

— Oui, dit Mark. De cette façon, vous pourrez retourner vous coucher dès que nous aurons terminé. L'autre solution, c'est de venir avec nous pour vous interroger au poste. Qu'est-ce que vous choisissez ?

Ingham grogna, mais recula d'un pas.

— Entrez, alors. J'espère que vous aimez les chiens.

Mark ignora le regard inquiet que West lui lança, puis il suivit Ingham dans un petit couloir aux murs en plâtre taché et aux plinthes éclaboussées de boue, puis dans une cuisine qui empestait la pâtée pour chien et le poil mouillé.

— Avant de continuer, monsieur Ingham, j'aimerais vous rappeler vos droits… Bon sang.

Il recula de deux pas alors qu'un chien énorme se levait d'un grand panier à motif écossais à côté du four et il le regarda s'étirer langoureusement avant de secouer la tête. Ses grandes oreilles battirent l'air, et Mark fut certain de sentir une brise lui caresser les épaules avant que le chien ne s'arrête et ne le toise avec méfiance.

Derrière lui, West laissa échapper un petit cri étouffé.

— Euh, chef ? parvint-elle à dire. Tu me marches sur le pied.

— Désolé.

Il se décala, gardant son regard fixé sur un point entre les oreilles du chien pour éviter tout contact visuel.

— Monsieur Ingham, votre chien est-il inoffensif ?

— C'est bon, répondit Ingham en se dirigeant vers l'évier de la cuisine avant de se tourner pour leur faire face.

Il claqua deux fois des doigts et le chien s'approcha nonchalamment, acceptant une caresse entre les oreilles tout en essayant de s'appuyer contre l'homme.

— Ne faites pas attention à lui, le temps qu'il s'habitue à vous. Qu'est-ce que vous vouliez me demander ?

— Vu les circonstances, nous allons rendre ça officiel, dit Mark en s'éclaircissant la gorge et en récitant la mise en garde officielle, tout en s'efforçant de calmer son rythme cardiaque. Nous aimerions savoir comment vous avez connu David Wannick.

— Ce type ?

Ingham réprima un bâillement.

— Il fréquentait juste le même pub que moi, c'est tout. À l'époque, je travaillais à temps partiel à la ferme de Warren Brooke et il avait besoin d'un coup de main. La récolte s'annonçait chargée, alors quand David a demandé s'il y avait du travail, je lui ai suggéré de parler à Warren.

— Vous fréquentiez souvent David ?

— Je discutais avec lui quand je le croisais au pub, ce qui arrivait la plupart des vendredis soir, à l'époque. Le jour de la paie, vous voyez. Il est fermé maintenant, mais à l'époque, c'était bondé le vendredi à partir de seize heures.

— C'est le même pub où vous avez été arrêté il y a trois ans ?

— Je n'ai pas été inculpé.

Ingham se raidit et son chien émit un faible grognement.

— Les charges ont été abandonnées.

— Mais vous avez mauvais caractère, n'est-ce pas ?

— Seulement si on me fait chier.

— Est-ce que David Wannick vous a fait chier ?

— Quoi ? Non. Je ne l'ai pas vu depuis presque… cinq ans, maintenant. Ça doit être ça.

— Pourquoi a-t-il quitté la ferme de Warren ?

— Je ne sais pas.

— Dites-moi ce qui s'est passé le jour de l'incendie du cottage.

Ingham haussa les épaules.

— Il n'y a pas grand-chose à dire, vraiment. J'étais au pub quand c'est arrivé.

— Avec qui ?

— Vous savez bien avec qui, sinon vous ne seriez pas là, pas vrai ?

— Dites-le-moi.

— David. Un des habitués organisait une fête pour une raison ou une autre, et on a été invités. Il y avait un groupe de Wantage qui jouait.

— Et l'incendie ?

— Quelqu'un est entré vers vingt-deux heures trente, juste avant la dernière tournée, et me l'a dit. Je n'avais pas eu de nouvelles de Warren, alors j'ai supposé que personne n'avait été blessé, donc j'ai continué à boire.

— Où était David ?

— Au bar.

— Toute la soirée ?

— Oui.

Ingham fronça les sourcils.

— Autant que je sache. Enfin, il a disparu une ou deux fois, mais j'ai pensé qu'il était allé aux toilettes ou quelque chose comme ça. J'avais déjà pas mal bu à ce moment-là, alors…

— Donc vous ne pouvez pas être absolument certain qu'il était là toute la soirée ?

— Non, je suppose que non…

— Et pourtant, vous avez fourni une déposition affirmant qu'il l'était, lui donnant ainsi un alibi. Pourquoi est-ce que vous avez fait ça ?

Ingham le foudroya du regard, mais ne dit rien.

— Fournir un faux alibi est une infraction grave, poursuivit Mark, surtout dans une affaire comme celle-ci où des fragments d'os ont été découverts dans le cottage après l'incendie. À moins que vous n'ayez été au courant pour ces os, et que vous ne sachiez comment ils étaient arrivés là, bien sûr.

— Je n'étais pas au courant. Et je ne sais pas.

Ingham croisa les bras et s'adossa à l'évier comme pour mettre plus de distance entre lui et les deux détectives.

— Je n'avais aucune idée qu'il y avait des os là-bas.

— Vraiment ? Dites-moi, Jake. Où étiez-vous jeudi soir dernier entre vingt-trois heures et six heures du matin ? Parce que vous n'étiez pas au travail, n'est-ce pas ? Nous avons déjà vérifié auprès de votre responsable à l'abattoir.

— Je ne peux pas le dire.

— C'est dommage, dit Mark, en gardant un œil sur le chien qui retournait nonchalamment à son panier pour s'y coucher. Parce qu'en ce moment, vous êtes notre seul suspect dans le meurtre de David Wannick.

— C'est quoi ces conneries ? cracha Ingham.

Mark regarda autour de lui et remarqua le bloc à couteaux à côté de la plaque de cuisson et la rangée de lames redoutables qui y étaient plantées.

— Ce sont tous vos couteaux, Jake ?

Les yeux de l'homme filèrent vers la gauche, puis revinrent.

— À part ceux de mon travail, oui.

— Où sont-ils ?

Ingham indiqua d'un mouvement de menton une mallette zippée sur la table de cuisine en pin, à côté de West.

— Là. Je n'aime pas utiliser ceux du boulot. Ils sont généralement émoussés, et on a des objectifs à atteindre à chaque service, sinon on n'est pas aussi bien payés, alors j'apporte les miens.

Mark se dirigea vers la table, enfila une paire de gants de protection et ouvrit la fermeture éclair de la mallette. À l'intérieur se trouvait un jeu de couteaux en acier inoxydable à l'aspect redoutable. Il se retourna vers Ingham.

— Nous allons les emporter avec nous, et nous aimerions également que vous fournissiez un prélèvement pour un test ADN. Vous n'êtes pas obligé de dire quoi que ce soit…

CHAPITRE 24

Plus tard dans la journée, une douce lueur cramoisie colorait l'horizon au-dessus d'Abingdon.

La salle des opérations était plus calme que le matin même lorsque Mark et West y entrèrent. Les plafonniers au-dessus des bureaux du fond étaient éteints, et seuls ceux près du tableau blanc projetaient une lumière crue. La plupart des agents en uniforme et du personnel administratif étaient rentrés chez eux pour la soirée, leurs plannings dictant s'ils devaient revenir le lendemain ou le surlendemain, et tous semblaient épuisés au moment de quitter la salle des opérations.

L'odeur caractéristique de la pizza à emporter luttait contre la climatisation programmée, diffusant des arômes de graisse, de fromage et de viande à travers la pièce. Tout cela émanait du bureau d'Ewan Kennedy, dans un coin.

— Vous tombez bien, dit l'inspecteur principal, la main suspendue au-dessus de l'une des boîtes à pizza ouvertes d'un restaurant local, alors que Mark et West apparaissaient sur le seuil. Et bravo pour Jake Ingham. Tom Wilcox vient d'appeler pour dire que vous l'aviez ramené.

— C'était un coup de chance, dit Mark. Et nous avons dû le relâcher en attendant les résultats des prélèvements ADN, mais Leila a dit que nous les aurions d'ici un jour ou deux. Ingham doit se présenter à son poste de police local demain matin, et ils le surveilleront pour s'assurer qu'il ne présente pas de risque de fuite. Jan a vérifié auprès du parquet en venant, et ils disent que nous n'avons pas assez de preuves pour le maintenir en garde à vue pour l'instant.

— Typique. Est-ce qu'il a dit quelque chose ?

— Pour l'instant, il refuse de nous dire où il était jeudi soir dernier, mais ça ne fait que renforcer notre dossier contre lui.

— Ok, eh bien, espérons que Leila et Jasper puissent analyser ces tests au plus vite.

Kennedy désigna deux chaises libres dans le coin.

— Servez-vous une part de pizza avant qu'il n'y en ait plus.

— Merci, chef.

— Alors, dit Kennedy en attrapant une part de pizza alors qu'Alex tendait la main vers le dernier morceau au pepperoni, en ce qui concerne David Wannick, est-ce que nous avons affaire à un pyromane qui est devenu un tueur, ou à un tueur qui s'est mis à incendier pour brouiller les pistes ?

Mark savoura le goût du pepperoni et de la sauce tomate, réfléchissant un instant à la question de Kennedy. À côté de lui, Alex et Caroline mangeaient en silence, se contentant de faire le plein de glucides bien nécessaires après une journée longue et frustrante.

West mangeait tout en arpentant le court espace entre la

porte ouverte et le mur derrière le bureau de Kennedy, le regard fixé sur la moquette.

— Ou alors, poursuivit Kennedy, est-ce que Wannick a paniqué à chaque fois qu'il a cru qu'il allait se faire prendre ?

— Sauf votre respect, chef, ça n'a pas de sens, dit Caroline.

Elle prit sa canette de soda et frotta du pouce la condensation qui perlait sur la paroi.

— Si l'on part du principe que c'étaient bien des fragments d'os humains dans les deux cas précédents où nous pensons qu'il a été impliqué dans des incendies, celui du garage il y a huit ans, puis l'incendie du cottage près de Didcot, les victimes avaient déjà été dépecées, car seuls quelques restes ont été retrouvés. Ensuite, il y a les corps qui ont été retrouvés chez les Kyte à Dubaï. Ceux-là, il les a enterrés sous les fondations du kiosque dans le jardin. Ce n'est qu'après cela qu'il a recommencé à dépecer ses victimes et à les conserver dans des boîtes d'archives et autres. S'il n'était pas parti pour le Royaume-Uni en avril, je suis prête à parier qu'il y a de fortes chances qu'il aurait mis le feu à cette annexe pour tenter de cacher ce qu'il avait fait.

— Et, ajouta Alex, s'il n'avait pas été tué, il aurait peut-être eu le même projet pour la maison de Long Wittenham.

— Merde, murmura Mark en laissant tomber sa croûte dans le couvercle de la boîte à pizza.

— Qu'est-ce qui ne va pas ? demanda Kennedy.

— Deidre nous a dit hier, quand on lui a parlé, que le courrier de Wannick arrivait chez eux parce qu'il n'y avait pas de boîte aux lettres séparée pour l'annexe.

Mark regarda ses collègues.

— Et je suis un crétin, parce que je ne lui ai pas demandé s'il y avait encore du courrier pour lui.

— Ne t'en fais pas pour ça, dit West. J'y ai pensé après notre conversation avec elle et je lui ai envoyé un email. Elle a confirmé qu'il n'y avait rien eu pour lui, donc soit il ne recevait plus de courrier, soit il a mis en place une redirection, et ça, ça prendra un peu plus de temps à découvrir. Mais si on y arrive, on pourrait peut-être corroborer cette adresse de réexpédition avec la maison de Long Wittenham.

— Ou n'importe quel autre endroit où il aurait pu se trouver entre-temps, dit Mark. Merci d'avoir fait ça.

— Pas de problème.

— Mais pourquoi enterrer les corps sous le kiosque des Kyte, au juste ? demanda Alex. Ça ne colle pas avec son mode opératoire qui consiste à dépecer et à cacher dans des boîtes, n'est-ce pas ?

— Peut-être qu'Ingham pourra nous éclairer là-dessus quand nous l'interrogerons, dit West, puis elle tendit la main pour prendre une autre part de pizza avant que sa main ne se fige au-dessus de la boîte alors que le téléphone du bureau de Kennedy sonnait.

— C'est Gillian, dit l'inspecteur principal en décrochant. Gillian ? Mon équipe est avec moi, est-ce que ça te dérange si je te mets sur haut-parleur ? Super, merci. C'est bon.

— Bonsoir à tous, dit la médecin légiste. J'étais en train de finaliser mon rapport et j'allais vous l'envoyer par email, mais j'ai reçu un appel de l'orthodontiste que j'ai consulté au sujet de nos deux victimes. Il a mené des recherches pour nous depuis hier et je viens de terminer de lui parler. Il a réussi à identifier les deux victimes retrouvées à la maison de Long Wittenham.

Un soupir collectif accueillit ses paroles.

— C'est à la fois une bonne et une triste nouvelle, Gillian, dit Kennedy.

— Je sais. Je vous transmettrai les détails dans une minute, mais j'ai pensé que vous aimeriez avoir les noms pour pouvoir rendre visite aux familles avant que les médias n'en aient vent. Ce ne sera qu'une question de temps, n'est-ce pas ?

L'inspecteur principal piocha un stylo dans un mug vide qui lui servait de pot à crayons.

— Donne-les-moi, Gill. On s'organisera pour leur parler demain.

CHAPITRE 25

Mark contemplait les fenêtres d'un appartement au sixième étage, les mains dans les poches.

L'immeuble avait été construit au début des années 1970, mais contrairement à certains autres dans le quartier, la copropriété avait entretenu l'extérieur au fil des ans, y compris en créant un jardin commun bordé d'arbres qui était en train d'être taillé et tondu par deux hommes en gilets de haute visibilité. La camionnette des jardiniers était garée le long du trottoir, occupant la dernière place disponible en face des appartements, raison pour laquelle West l'avait déposé avant de continuer plus loin dans la rue pour se garer.

On aurait dit que les fenêtres de chaque appartement avaient été récemment remplacées, et le soleil scintillait sur celles des trois derniers étages, contrastant avec la raison macabre de leur visite.

Mark prit une profonde inspiration et redressa les épaules, sachant que ses collègues en uniforme avaient déjà annoncé la plus terrible des nouvelles à une famille qui souffrait déjà de ne pas savoir où était leur fils, ni ce qui lui était arrivé. Il jeta un regard sur le côté alors que West se hâtait vers lui, le tintement de ses clés de voiture lui parvenant avant qu'elle ne les laisse tomber dans son sac.

— Apparemment, les parents de Ryan Merton ont emménagé ici il y a trois ans, après avoir vendu une plus grande maison en périphérie de la ville, dit-il tandis qu'elle le rejoignait. Ils l'ont dit aux agents hier soir, quand ils leur ont annoncé qu'il avait été vu pour la dernière fois dans un pub à Oxford. Caroline demande les images de vidéosurveillance de là-bas, ainsi que celles des caméras le long de Saint Aldate's. On prend un peu les devants, mais il est fort possible que Ryan ait pris un bus de là pour se rendre à la location où il logeait à Appleton.

West plissa le nez.

— Il aurait eu de la chance de trouver un bus pour Appleton à cette heure de la nuit. Mais il a pu sauter dans un taxi ou un covoiturage, j'imagine.

— Ou alors, dit Mark, il a rencontré David Wannick cette nuit-là, et il n'est jamais rentré chez lui. J'ai lu les dépositions de sa famille et de ses amis, fournies lors de sa déclaration de disparition. Ça fait plus d'une semaine que personne n'a eu de ses nouvelles. D'après ses parents, Ryan a souffert de périodes de dépression par le passé et il a été en arrêt de travail pour ça, mais il n'est jamais resté aussi longtemps sans les contacter, eux ou ses amis proches.

West fit un geste vers l'entrée commune de l'immeuble d'appartements.

— On devrait y aller avant qu'ils ne nous voient traîner dehors.

Mark se mit à marcher à côté d'elle pour monter les

escaliers, choisissant d'ignorer l'ascenseur qui semblait bloqué au deuxième étage. La cage d'escalier avait été construite avec de grandes baies vitrées qui donnaient sur la route, et il sentait déjà la chaleur qui s'en dégageait. Encore une heure et le soleil passerait par-dessus le toit de la maison d'en face, et il ne doutait pas que l'intérieur des appartements se transformerait en serre.

Arrivé au sixième étage, il prit un moment pour reprendre son souffle pendant que West ajustait sa veste.

— Je déteste ce moment, dit-il.

— Moi aussi.

West tripota le poignet de son chemisier, puis abandonna.

— Grant est arrivé il y a une heure. C'est l'un de nos meilleurs agents de liaison familiale, donc au moins notre visite n'est pas une surprise totale.

— C'est vrai, mais ça ne m'aide pas à me sentir mieux.

Mark se redressa et frappa doucement à la porte avec ses doigts.

— Allons-y.

Grant Wickes ouvrit la porte. L'agent en uniforme avait retiré son gilet pare-lames réglementaire et arborait une expression sombre. Il s'écarta d'un côté avec un « chef » murmuré, adressa un signe de tête à West, puis désigna un court couloir vers un salon qui donnait sur la Tamise.

Une péniche filait sur l'eau en direction de l'écluse d'Abingdon et un promeneur avec son chien marchait en sens inverse sur le chemin de halage, mais Mark les ignora et tourna son attention vers le couple d'une soixantaine d'années assis côte à côte sur un canapé trois places face à la fenêtre.

— Chef, voici Sophie et Jamie Merton, dit Grant. La mère et le père de Ryan.

Le père de Ryan leva vers lui des yeux embués de larmes. Il ne se leva pas et ne se présenta pas. Son regard était méfiant, comme s'il se préparait à une nouvelle encore plus terrible, bien que Kennedy ait déjà convenu avec Mark et West que les familles des deux victimes se verraient épargner les détails sordides de la mort de leurs proches.

La mère de Ryan renifla et tamponna ses yeux avec un mouchoir, ses doigts serrés dans la main de son mari.

— Je suis sincèrement désolé pour votre perte, dit Mark après s'être présenté, ainsi que West. Je sais que cette journée n'est pas facile pour vous, et je suis navré de m'imposer davantage, mais est-ce que vous accepteriez que je vous pose quelques questions sur Ryan ?

Jamie Merton hocha la tête, les yeux baissés.

— Je sais que vous avez un travail à faire, détective Turpin, et Grant a été très bon pour nous expliquer ce qui devait se passer. Je suis sûr que vous avez déjà entendu ça, mais tout ce que nous voulons, c'est que vous attrapiez la personne qui a fait ça à notre fils. Ryan était une âme douce, il n'aurait jamais fait de mal à personne. Je n'arrive pas à comprendre pourquoi quelqu'un lui ferait une chose pareille.

Mark se dirigea vers un fauteuil face au couple, tandis que West s'installait sur une chaise droite que Grant avait apportée d'un petit ensemble de salle à manger dans le coin opposé.

— Tout d'abord, puis-je vous demander quand vous avez vu Ryan pour la dernière fois ?

— C'était l'après-midi où il a disparu, répondit Sophie. Il semblait plus heureux ce jour-là, plus serein que je ne l'avais vu depuis longtemps.

Elle eut un sourire triste.

— Il avait eu ses hauts et ses bas avec sa dépression, mais

il semblait avoir repris un peu du poil de la bête ces deux dernières semaines. Je m'étais demandé s'il avait rencontré quelqu'un… il y avait une femme qu'il avait vue à quelques reprises en juin, et je crois que nous espérions tous les deux que ça évoluerait vers quelque chose d'un peu plus durable.

— Est-ce qu'il vous a dit quelque chose ce jour-là qui vous a inquiétés ?

— Non, juste qu'il retrouvait des amis dans ce bar à Oxford, celui dont nous avons parlé à vos collègues. C'est pour ça que, quand il a disparu, nous avons d'abord pensé qu'il avait rencontré quelqu'un, expliqua Sophie. Je pensais vraiment, à la façon dont il parlait d'elle, qu'il voudrait peut-être bientôt nous la présenter.

Jamie lui serra la main.

— Nous avons su que quelque chose n'allait pas le lendemain. Nous étions très proches de notre fils, et nous l'appelions ou lui envoyions des messages presque tous les jours. Comme aucun de nous n'avait de nouvelles de lui ce soir-là, nous avons appelé son frère. Il n'avait pas eu de nouvelles non plus, et il n'y avait aucune trace de lui chez lui, c'est donc à ce moment-là que nous avons commencé à contacter ses amis.

— Nous avons signalé sa disparition le lendemain matin, ajouta Sophie.

De nouvelles larmes coulèrent sur ses joues.

— Et maintenant, il est mort.

Mark attendit un instant pendant que le couple se consolait mutuellement, puis il se pencha en avant.

— D'après notre dossier, je crois savoir que Ryan possédait un logement à Appleton. Serait-il possible que nous y jetions un œil ?

— Bien sûr, répondit Jamie. Je ne suis pas sûr de ce que

vous espérez trouver… c'est l'un des premiers endroits où nous sommes allés quand nous n'avions plus de ses nouvelles, mais nous avons un double des clés, vous pouvez le prendre. Nous y sommes passés plusieurs fois par jour au cas où il réapparaîtrait.

La voix de l'homme se brisa sur ses derniers mots, et le cœur de Mark se serra.

— Je suis vraiment désolé, dit-il. Et merci de m'avoir permis de vous poser ces questions.

Jamie hocha la tête, puis il serra sa femme dans ses bras tout en sanglotant.

— Découvrez simplement ce qui s'est passé, et pourquoi. Vous ferez ça pour nous ?

— Je le ferai.

Mark se leva de sa chaise.

— Nous avons dans le dossier toutes les informations que vous avez fournies à nos collègues quand vous avez signalé la disparition de Ryan, mais nous allons tout revérifier. Parfois, des personnes à qui nous avons déjà parlé se souviennent subitement de quelque chose qui pourrait nous aider. Je vous le promets, nous ferons tout notre possible pour découvrir ce qui est arrivé à Ryan. Grant, ici présent, vous tiendra au courant de nos progrès et, comme je suis sûr qu'il vous l'a déjà expliqué, si vous avez des questions sur notre enquête, il est là pour y répondre dans la mesure du possible.

Cinq minutes plus tard, alors qu'il retournait à la voiture aux côtés de West, Mark prit une profonde inspiration et expira lentement. Il jeta un regard de côté à sa collègue.

— Ça va ?

— Oui, marmonna-t-elle avant de soupirer. Bordel de merde, il faut qu'on remette ça dans vingt minutes.

— Un café après ça, avant d'aller chez Ryan ?

Elle lui adressa un sourire las.

— C'est probablement la meilleure question que tu aies posée de toute la matinée, chef. Merci.

CHAPITRE 26

La maison familiale de Colleen Ashbourne était une grande maison individuelle de quatre chambres dans une impasse huppée à la périphérie est d'Abingdon.

La propriété était en retrait de la route, avec une large allée faite de petits pavés de béton, et cachée derrière deux grands chênes qui maintenaient le jardin avant dans l'ombre.

Alors que Jan sortait de la voiture, un merle se faufila dans le lierre qui masquait un mur de briques mitoyen avec la maison voisine, son pépiement d'adieu accusateur la faisant sursauter.

Une agente en uniforme ouvrit la porte et se présenta comme l'agente de liaison familiale.

— Madame Ashbourne vient de voir son médecin traitant, expliqua l'agente. Elle a un léger problème cardiaque et son mari s'inquiétait pour sa santé après que nous lui avons annoncé la nouvelle hier soir.

— Est-ce que nous pouvons quand même lui parler ? demanda Turpin.

— Elle dort pour le moment, chef, mais Trevor, le père de Colleen, est dans le salon.

Jan suivit Turpin dans un salon lugubre donnant sur le jardin et qui, de ce fait, était entièrement ombragé par les grands arbres à l'extérieur. Même la lumière d'une lampe de table dans le coin le plus éloigné ne parvenait guère à compenser cet effet et ne faisait qu'accentuer les cernes sous les yeux de l'homme qui les observait depuis un fauteuil, dans le coin.

Il tenait une tasse à motifs bleus à la main, mais il semblait avoir oublié sa présence, et il renversa un peu de café sur lui en se levant.

— Pardon, marmonna-t-il en posant la tasse sur une table d'appoint en bois avant de prendre un mouchoir dans une boîte pour s'essuyer les doigts. On m'a dit d'attendre deux détectives. Ma femme… je suis désolé, elle ne peut pas être là pour le moment. Vous ne pouvez pas imaginer…

— Non, en effet, dit Turpin. Je suis désolé que nous devions troubler votre deuil pour vous poser d'autres questions. Nous serons aussi brefs que possible.

Trevor hocha la tête.

— Je savais que quelque chose n'allait pas. Je savais, quand elle n'a pas appelé, que quelque chose était arrivé. Je n'ai jamais perdu espoir, mais…

— Quand est-ce que vous avez eu votre dernier contact avec Colleen ?

— Elle était rentrée de l'université pour Pâques et, après avoir passé une semaine avec sa meilleure amie à Madrid, elle est venue passer du temps avec nous pendant qu'elle travaillait sur sa thèse.

Il se rassit et esquissa un faible sourire à ce souvenir.

— Le temps était parfait pour une fois, alors elle et moi

avons pris le bateau sur la rivière. J'ai un petit bateau à moteur et je lui ai appris à pêcher quand elle était petite, et nous avons toujours aimé passer du temps ensemble. Elle et ma femme, Meredith, sont allées faire du shopping à Oxford la veille de son retour à Bristol pour un rendez-vous avec son tuteur. Elles ont déjeuné dans ce restaurant chic en face de la librairie sur Broad Street, et elles sont rentrées en taxi parce que quelqu'un les avait vues s'amuser et leur avait offert une bouteille de champagne. Vous imaginez ça ? Un parfait inconnu qui fait une chose pareille, de nos jours ?

Jan leva les yeux de son carnet. Turpin observait l'homme avec un vif intérêt.

— Comment se sont-elles rendues à Oxford ce jour-là ? demanda-t-il.

— Je les ai déposées sur l'aire de Kennington et elles ont pris un bus pour le reste du trajet. C'est plus simple comme ça, et c'était tant mieux, vu les circonstances.

— Est-ce que l'une d'elles a décrit la personne qui leur a offert le champagne ?

— C'était un homme, répondit Trevor. Meredith a dit que c'était un homme d'affaires qui dînait avec un collègue. Il n'essayait pas de les draguer ou quoi que ce soit du genre. Colleen a dit qu'il avait complimenté sa mère sur sa robe, dit que c'était agréable de les voir s'amuser autant, payé le champagne et était retourné à son repas. Il a quitté le restaurant avant elles alors qu'elles déjeunaient. Le temps qu'elles réalisent qu'il n'était plus à sa table, il était déjà loin, donc elles n'ont pas pu lui demander son nom ni le remercier à nouveau. Elles étaient trop surprises pour le lui demander quand il a offert les boissons. Le type avec qui il était n'était plus là non plus, alors ils devaient travailler ensemble, je suppose.

— Que s'est-il passé le jour où Colleen est repartie pour l'université à Bristol ? demanda Turpin. Comment devait-elle s'y rendre ?

— Elle avait laissé son gilet dans ce restaurant la veille et elle voulait faire du covoiturage jusqu'à Oxford pour le récupérer. Elle prévoyait donc de prendre le train de là-bas pour Bristol ensuite, au lieu que je l'emmène à Didcot comme d'habitude. Elle voyageait léger, juste un sac à dos, parce qu'elle garde des vêtements et des affaires ici.

Trevor essuya de nouvelles larmes, les mains tremblantes.

— Elle n'a pas appelé ni envoyé de message ce soir-là, et nous avons juste pensé qu'elle était peut-être occupée à retrouver des amis. Alors je lui ai envoyé un texto pour lui dire qu'on espérait qu'elle était bien arrivée et de nous appeler quand elle pourrait. Nous n'avons pas eu de nouvelles ce soir-là, ni le lendemain matin. Son premier cours était à dix heures ce jour-là, et une demi-heure plus tard, son tuteur principal a appelé pour demander si Colleen était malade. C'est là que nous avons découvert qu'elle n'était pas arrivée à Bristol. Vos collègues ont vérifié les caméras, mais il n'y avait aucune trace d'elle en train de sortir d'un train.

— Et d'après notre dossier, je vois que c'est vingt-quatre heures après son départ d'ici que vous avez appelé le numéro d'urgence et signalé sa disparition, dit Turpin.

— Oui, c'est exact. Nous avions passé la matinée à contacter ses amis et d'autres membres de la famille, et personne ne l'avait vue. À ce moment-là, nous avons paniqué. Ça ne lui ressemblait tellement pas. Comme je vous l'ai dit, nous savions que quelque chose n'allait pas.

— Est-ce que vous avez reçu des messages ou des appels étranges après sa disparition ?

— Non. Au début, j'ai cru qu'elle avait peut-être été enlevée, mais...

Trevor balaya la pièce d'un geste de la main.

— Vous voyez bien que nous n'avons pas grand-chose. Je veux dire, nous vivons confortablement, mais je ne suis pas riche, loin de là. Il n'y a rien eu. Absolument rien. Elle a tout simplement disparu. Et puis, un jour après que nous avons signalé sa disparition, un de vos collègues est venu nous voir pour nous dire qu'ils avaient trouvé des images de vidéosurveillance la montrant en train de monter dans la voiture de quelqu'un, juste au coin de la rue du restaurant. Il nous a montré la photo, elle avait son gilet sur le bras et son sac à dos à la main, et elle se penchait pour parler à quelqu'un dans la voiture par la fenêtre côté passager.

— J'ai vu ça dans le dossier.

Turpin fit une pause et Jan le vit lever les yeux au plafond en entendant un mouvement à l'étage.

Trevor fit de même et s'extirpa de son fauteuil avec effort.

— Je suis désolé, ma femme a besoin de moi. Je dois vraiment aller voir si elle a besoin de quelque chose...

— Bien sûr, dit Turpin en se levant. Nous n'allons pas vous retenir. Je vous promets de vous recontacter dès que j'aurai du nouveau.

— J'aimerais vous croire, détective, dit le père de Colleen. Mais c'est ce que vos collègues me disent depuis que ma fille a disparu.

CHAPITRE 27

La maison de Ryan Merton était une bâtisse mitoyenne située dans une rue adjacente à la route principale qui traversait Appleton.

Les demeures environnantes étaient du même type que la sienne, une construction en pierre des Cotswolds dont une moitié du bâtiment possédait un toit à pignon et l'autre une pente normale, les deux étant jointes au milieu et flanquées d'un garage pour chaque propriété à chaque extrémité.

Celle de Ryan était sur la gauche, à mi-chemin d'un large rond-point au bout de la rue où une camionnette de livraison de supermarché était garée alors que le chauffeur était en train de décharger plusieurs caisses de nourriture.

Il y avait un minuscule bout de jardin devant la maison, une rangée hirsute de trois conifères qui séparait la partie de Ryan du gazon manucuré de son voisin, et une poubelle à roulettes noire sur le trottoir à côté de l'entrée de l'allée. La porte du garage était fermée.

Mark fit tourner un trousseau de clés en laiton dans sa main, cherchant celle qui correspondait à la porte d'entrée.

Elles étaient froides au toucher, le métal terne, et l'une d'elles portait les restes d'une étiquette qui colla à son pouce lorsqu'il tourna la clé dans la serrure.

Il fallut forcer pour ouvrir la porte à cause de la quantité de prospectus et de courrier qui encombraient le tapis, et pendant que West les ramassait et les triait, il porta son attention sur le reste de la maison.

Ça sentait le renfermé, et quelque part vers la cuisine flottait l'odeur âcre d'une poubelle qui avait besoin d'être vidée.

Malgré les assurances des Merton qu'ils gardaient un œil sur la maison de leur fils en attendant sa réapparition, Mark comprit qu'une certaine peur s'était emparée du couple, que depuis la disparition de leur fils, ils avaient eu trop peur de toucher à quoi que ce soit au cas où il ne reviendrait pas. Après tout, tout ce qui l'entourait était un souvenir pour eux, même les boîtes de plats chinois à emporter qui traînaient sur les plans de travail de la cuisine.

West entra dans la cuisine et ses mains gantées fouillèrent dans le courrier.

— Ce sont surtout des factures, chef. Des offres de double vitrage, un catalogue de la jardinerie locale, ce genre de choses.

— Quelque chose de personnel, ou de manuscrit ?

— Non.

Elle posa la pile sur le plan de travail à côté de l'évier et ouvrit le réfrigérateur avant de reculer brusquement.

— Ouah. Ça grouille là-dedans.

— Tu veux t'occuper de l'étage pendant que je continue en bas ? C'est juste une maison avec deux chambres…

Il réalisa son erreur et leva les mains.

— Oublie ça. Je prends l'étage.

— Merci, chef.

Mark trouva la première chambre en haut des escaliers. La porte était ouverte et la pièce donnait sur une pelouse envahie par les mauvaises herbes. Une clôture entourait le jardin, le séparant de trois autres propriétés, y compris le jardin du voisin direct, et il y avait très peu de plantes. Une zone pavée se trouvait juste en dessous de lui et il devina qu'il y avait des portes-fenêtres qui menaient à l'extérieur.

Ryan avait utilisé la pièce comme bureau, avec une table de travail et une chaise basiques contre un mur, sur laquelle se trouvaient un écran d'ordinateur et divers jeux de console. La console et une tour d'ordinateur étaient sous le bureau, toutes deux éteintes.

Il trouva une armoire encastrée derrière la porte de la chambre, sa seule tringle remplie de chemises, de t-shirts et d'une veste de costume. En dessous, une rangée de chaussures, de baskets et une paire de bottes couleur fauve étaient alignées sur le sol.

Mark prit note du contenu qui justifiait une expertise scientifique plus approfondie, et il partit à la recherche de la salle de bain.

Celle-ci se trouvait entre la chambre arrière et la chambre avant, et à l'inspection, elle révéla un simple meuble-vasque et des toilettes avec une douche au-dessus de la baignoire. Un tapis avait été drapé sur le rebord de la baignoire, et la brosse à dents et le dentifrice de Ryan étaient sur une étagère en verre au-dessus du lavabo. Lorsque Mark ouvrit une petite armoire à pharmacie au-dessus, elle révéla une sélection de lotions, une bouteille d'après-rasage à moitié vide, et une bouteille de gel douche de rechange. Il referma la porte et repéra une bouteille identique sur un plateau fixé à l'unité de douche, avec du shampoing.

En retournant sur le palier, il entendit West dans la cuisine ouvrir des placards et jurer entre ses dents en découvrant d'autres aliments périmés, puis il tourna son attention vers la chambre de devant.

Ses pas ralentirent à l'approche, le souvenir de ce qu'ils avaient trouvé dans l'autre maison le samedi le hantant. Cependant, il n'aurait échangé sa place avec West pour rien au monde, pas après cet incident. Au lieu de cela, retenant sa respiration, il poussa la porte.

Il y avait des armoires doubles encastrées à gauche de la porte, un peignoir accroché à la poignée de l'une d'elles, et un miroir sur l'une des portes.

Il expira. Ryan Merton avait été un homme ordonné, et le lit double avait été fait, avec une couette à motifs bleu marine drapée sur des taies d'oreiller assorties. Il y avait une table de chevet de chaque côté et après avoir vu une liseuse et un chargeur de téléphone sous la lampe sur celle de droite, Mark étira ses doigts dans ses gants de protection avant d'ouvrir le premier tiroir. Il y avait un assortiment de boutons de manchette, des préservatifs non ouverts, quelques pièces de monnaie, et pas grand-chose d'autre. Le tiroir suivant contenait des paires de chaussettes, toutes soigneusement roulées et organisées en chaussettes de sport ou autres.

La table de chevet assortie de l'autre côté s'avéra être vide, à l'exception d'une ampoule de rechange pour la lampe, et Mark se détourna avec un soupir d'exaspération.

En descendant les escaliers, il se pencha par-dessus la rampe pour jeter un œil dans la cuisine, mais West n'y était pas. Puis il entendit le bruit feutré d'un objet qu'on jetait au sol et il la trouva dans le salon.

Elle avait déjà fouillé les deux fauteuils à côté de la fenêtre et concentrait maintenant son attention sur le canapé trois places en face d'une télévision. Des coussins jonchaient le sol à côté d'une table basse au plateau de verre, tandis qu'elle passait la main au fond du canapé, le long de la couture. Jetant un coup d'œil par-dessus son épaule au moment où il entrait, elle fronça les sourcils.

— Tu as trouvé quelque chose ?

— Rien, répondit-il. Et toi ?

— Non plus…

Elle reporta son attention sur le canapé, le fouillant sur toute sa longueur.

— Quoique la cuisine devrait être déclarée zone à risque sanitaire.

Il sourit et regarda par la fenêtre à travers les voilages. Une femme promenait un petit chien couleur sable. Elle ralentit le pas en remarquant la voiture argentée garée le long du trottoir, puis elle regarda la maison avant de traverser la rue et de disparaître dans l'une des habitations d'en face.

— Pauvres gens. Cet endroit va être pris d'assaut par les journalistes dès que Kennedy enverra ce communiqué de presse tout à l'heure, n'est-ce pas ?

West ne répondit pas et le silence pesa dans la pièce pendant quelques instants, tandis qu'il faisait défiler les derniers emails de l'équipe sur son téléphone.

— Chef ?

Il jeta un regard par-dessus son épaule et la vit, un portefeuille en cuir noir pour homme à la main, le front plissé.

— C'est son portefeuille ? Pourquoi est-ce qu'il l'aurait laissé ici s'il partait passer la nuit à Oxford ?

— Parce que ce n'est pas le sien, répondit-elle en le retournant pour qu'il puisse voir les cartes bancaires à l'intérieur. Elles sont au nom de Trent Jardel.

CHAPITRE 28

Le chien couleur sable aboyait déjà au moment où Mark et West remontaient l'allée de la maison située en face de celle de Ryan Merton. L'animal était debout dans la baie vitrée du salon de cette propriété mitoyenne identique et faisait les cent pas.

Derrière la porte d'entrée, Mark entendit la propriétaire le gronder, lui ordonnant de s'arrêter, et avant même qu'il ait pu tendre la main pour sonner, la porte s'ouvrit à la volée et la femme qu'il avait aperçue quelques instants plus tôt apparut.

— Il est arrivé quelque chose à Ryan, n'est-ce pas ? demanda-t-elle.

— Qu'est-ce qui vous fait dire ça ? répondit Mark.

— Parce que je ne l'ai pas vu, que ses parents sont venus plus souvent que d'habitude, et que je suppose que vous êtes de la police.

Elle les toisa de la tête aux pieds.

— Même si vous n'êtes pas en uniforme.

Mark sortit sa carte de police et la lui montra.

— Nous pouvons entrer ?

— Pourquoi, qu'est-ce qui ne va pas ?

— S'il vous plaît.

Elle soupira, mais recula pour les faire entrer. Le chien aboyait toujours dans le salon.

Mark lui jeta un regard en coin tout en s'essuyant les pieds sur le paillasson.

— Ce n'est rien, dit-elle. Il ne mord pas. Il se prend juste pour le chien de garde de toute la rue.

Elle les fit entrer dans le salon, et comme elle l'avait prédit, le chien se contenta de sauter du rebord de la fenêtre, de renifler les chaussures de Mark, puis de trotter jusqu'à un panier à côté d'un meuble télé.

— Excusez-moi, quel est votre nom ? demanda-t-il à la femme.

— Laura Starling.

Elle ne leur proposa pas de s'asseoir et resta debout à côté du canapé, les bras croisés.

— Vous allez me dire ce qui se passe ?

— Je vous demanderais de garder ceci confidentiel jusqu'à ce que nous publiions un communiqué de presse d'ici quelques heures, commença Mark, mais je suis au regret de devoir vous informer que Ryan Merton a été retrouvé mort samedi.

Laura blêmit.

— Mort ? Comment ?

— Je suis désolé, dit Mark, je ne suis pas en mesure de partager les détails pour le moment. Puis-je vous demander si vous avez vu quelqu'un d'autre que ses parents rendre visite à la maison au cours du mois dernier ?

— Je travaille à plein temps, détective. Je n'ai pas le temps de regarder par la fenêtre.

Elle désigna le fond de la pièce où un bureau avec un ordinateur était installé à côté des portes-fenêtres.

— En plus, je travaille là-bas, donc je n'ai pas de vue sur la rue.

Mark montra le chien du doigt.

— Mais il aboie chaque fois que quelqu'un passe, n'est-ce pas ? Et quand il le fait, j'imagine qu'il ne s'arrête pas tant que vous ne le lui dites pas, s'il est un tant soit peu comme le mien. Alors, combien de fois est-ce que vous devez vous lever de ce bureau pour lui dire de descendre du rebord de la fenêtre ?

— Oh. Je vois ce que vous voulez dire.

Laura cligna des yeux.

— Et bien... laissez-moi réfléchir.

Elle fixa la moquette un instant.

— Écoutez, dit-il. Essayons autre chose. Quand est-ce que vous avez vu Ryan pour la dernière fois ?

— Je suppose que ça doit remonter à environ trois semaines, répondit-elle. D'habitude, je promène le chien à cette heure de la journée, ça me fait une pause loin de l'ordinateur, sinon j'ai tendance à me laisser complètement absorber par mon travail. Ryan était dehors, en train de rentrer la poubelle. Ça devait donc être un mercredi, parce que c'est le jour où elles sont vidées. Je ne le connais pas très bien, ou plutôt je ne le connaissais pas, mais on se disait bonjour si on se croisait et... vous savez... on parlait de tout et de rien. Il chouchoutait le chien, il a toujours eu un faible pour lui. Il y avait une femme avec lui ; on aurait dit qu'elle avait passé la nuit chez lui car elle avait un petit sac de sport, et après que je lui ai dit au revoir, il est parti en voiture avec elle. Je l'avais déjà vue une fois auparavant, donc je suppose que c'était sa nouvelle petite amie ou quelque chose comme ça.

— Est-ce que vous l'avez vu avec quelqu'un d'autre à cette période ? A-t-il eu des visiteurs, ou avez-vous vu des voitures étranges dans la rue ?

Elle plissa les yeux vers lui.

— Maintenant, vous me donnez l'impression d'être une fouineuse.

— Écoutez, Laura, j'essaie juste de découvrir ce qui est arrivé à Ryan. Je ne vous juge pas. J'ai juste besoin de réponses. Sa famille a besoin de réponses. Alors, est-ce que vous avez vu quelque chose qui pourrait nous aider ?

Ses épaules s'affaissèrent.

— Ok, oui. C'est possible. Ce n'est peut-être rien, mais quelques jours après notre discussion, ça devait encore être un mercredi, je l'avais vu sortir plus tôt dans la soirée. Une voiture de covoiturage est arrivée. Ryan m'a vue à la fenêtre, alors il m'a fait un signe de la main en montant dedans. Je suppose qu'il est revenu vers vingt-trois heures, peut-être un peu après. J'avais des amies à la maison et je rangeais après leur départ, on a juste bu du vin et mangé une pizza en regardant un film et en rattrapant le temps perdu, et j'ai vu des phares sur les rideaux quand une voiture a fait demi-tour au bout de la rue. Elle s'est garée devant la maison de Ryan et le chien s'est mis à aboyer. Je lui ai dit de se taire et j'ai jeté un coup d'œil à travers les rideaux pour m'assurer que c'était bien Ryan, et pas quelqu'un d'autre.

Elle haussa les épaules d'un air désolé.

— Je gère le groupe de surveillance du quartier, donc c'est un peu ma responsabilité de savoir ce qui se passe par ici.

Mark hocha la tête et lui fit signe de continuer.

— Ryan est sorti de la voiture, mais le conducteur est sorti aussi, ce qui m'a surprise, parce que je pensais que c'était un autre covoiturage qui le ramenait chez lui. L'homme a suivi Ryan dans la maison, et ils riaient tous les deux, donc je n'y ai plus prêté attention.

— Je ne suppose pas que vous puissiez décrire l'homme qui était avec Ryan ?

— Il faisait sombre et il tournait le dos à la rue, donc non. Désolée.

— Eh bien, quelle taille faisait-il, comparé à Ryan ?

— Je dirais… quelques centimètres de plus que Ryan. Plus mince.

— Qu'est-ce qu'il portait ?

— On aurait dit un jean et une chemise de couleur claire ; il avait les manches retroussées. Il faisait chaud ce soir-là, je m'en souviens parce que j'avais laissé les fenêtres ouvertes à l'étage et un énorme papillon de nuit est entré avant que j'aille me coucher.

Mark jeta un coup d'œil par la fenêtre en direction de la maison de Ryan.

— Je suppose que personne dans votre groupe de surveillance de quartier n'a de caméras de sécurité ?

CHAPITRE 29

Quand Mark entra dans la salle des opérations plus tard cet après-midi-là, il avait la mâchoire contractée par la détermination.

Il faisait humide dehors, comme si un orage se préparait, et quelqu'un avait monté la climatisation, si bien qu'une brise fraîche balayait les bureaux. Une partie du personnel administratif était restée plus tard que prévu pour traiter toutes les informations recueillies par l'équipe, et une agente le croisa avec un air harassé et une boîte de papier sous le bras en se dirigeant vers l'imprimante dans le coin.

Il posa son sac à dos sous son bureau et fit bouger la souris pour réveiller son écran. En voyant la quantité d'emails arrivés depuis que West et lui avaient parlé aux familles des victimes et à la voisine de Ryan Merton, il sentit monter en lui cette panique familière à l'idée qu'ils puissent passer à côté de quelque chose. Il y avait tant d'informations à traiter, et voilà que sa collègue et lui s'apprêtaient à alourdir la charge de travail.

— Mark, vous avez une minute ?

Kennedy apparut à la porte de son bureau et lui fit signe.

— Amenez Jan avec vous, et deux chaises.

Mark fit signe à sa collègue et tira deux chaises jusqu'au bureau de Kennedy, où Alex et Caroline étaient déjà assis. Ils se serrèrent autour du bureau de l'inspecteur principal pour leur faire de la place, puis Kennedy ferma la porte, étouffant une partie du bruit de la salle des opérations.

— Bien, dit-il. Caroline, j'aimerais que vous fassiez le suivi avec la banque qui a émis des cartes au nom de Trent Jardel pour David Wannick et que vous découvriez comment il a réussi son coup. Étant donné les contrôles de sécurité que la plupart d'entre nous doivent passer, soit ils sont incompétents, soit il a reçu l'aide de gens qui ont déjà fait ça.

— Je pense que je vais commencer par appeler la banque devant laquelle on l'a vu à Birmingham il y a trois ans, dit Caroline. Il a peut-être obtenu les cartes à ce moment-là et ne les a tout simplement pas utilisées avant son retour au Royaume-Uni.

— Bien pensé. Tenez-moi au courant de vos progrès, dit Kennedy.

Il se tourna vers Alex.

— Je veux que vous contactiez le bar d'Oxford où Ryan Merton a été vu pour la dernière fois. Il va nous falloir leurs enregistrements de vidéosurveillance, et parlez à la mairie pour obtenir ceux des rues autour de Saint Aldate's. Vous pourriez aussi prendre contact avec le restaurant où Colleen et Meredith Ashbourne ont déjeuné ? Pour voir si quelqu'un se souvient de l'homme d'affaires qui leur a offert cette bouteille de champagne.

— Je m'en occupe.

Le jeune enquêteur baissa les yeux vers son carnet tandis que Kennedy reportait son attention sur Mark et West.

— Dès qu'Alex aura les enregistrements du restaurant, je veux savoir qui est ce type, et avec qui il déjeunait. Même s'il n'est pas un suspect, il a peut-être remarqué quelque chose qui nous permettra de faire une percée.

— Entendu, chef.

Mark pouvait entendre le désespoir dans la voix de l'inspecteur principal et il tenta d'insuffler à son ton plus d'enthousiasme qu'il n'en ressentait.

— Et nous avons une enquête de voisinage en cours ce soir avec des agents en uniforme qui interrogent les voisins de Ryan pour voir si quelqu'un a des enregistrements de sonnette vidéo de la même nuit où Laura Starling a aperçu un homme entrer avec Ryan chez lui. On pourrait avoir une vue nette de son visage.

— On pourrait, dit Kennedy, l'air toujours sombre. Mais oui, tenez-moi au courant s'il en ressort quelque chose. Étant donné que la maison ne montrait aucun signe de lutte, nous ne savons toujours pas où Wannick l'a tué, ni Colleen d'ailleurs. Et la petite amie que la voisine de Ryan a vue ?

— Là encore, nous allons interroger les autres voisins, dit Mark, et j'ai demandé à Grant Wickes de contacter les amis de Ryan entre ses tâches d'agent de liaison familiale. Peut-être qu'ils en savent plus sur elle. Grant nous préviendra s'il découvre quelque chose.

— Ok, bien.

Kennedy se cala dans son fauteuil.

— Au moins, ça nous fait avancer. Et c'était une excellente trouvaille, ce portefeuille, Jan. Bien joué.

— Merci, chef.

Mark se tourna au bruit de quelqu'un qui frappait à la porte de Kennedy, et quand celle-ci s'ouvrit, Carl Antsy passa la tête.

— Désolé de vous interrompre, chef, dit-il.

— Je pensais que vous étiez parti il y a vingt minutes, dit Kennedy en haussant un sourcil. Tout va bien ?

L'agent en uniforme sourit.

— Je dirais même que ça va plus que bien. Alex, tu te souviens du magasin de réparation informatique que tu as demandé à Grant de relancer au sujet des enregistrements de vidéosurveillance ? Il m'a transmis le dossier après être parti chez les Ashbourne plus tôt dans la journée. Bref, le gérant est rentré de vacances aujourd'hui et m'a appelé. Il se trouve qu'il a bien une caméra qui filme les bureaux équipés et il m'a envoyé les fichiers vidéo par email.

— C'est super, merci, dit Alex. J'y jetterai un œil demain matin.

— J'espère que ça ne te dérange pas, mais je me suis dit que j'allais m'en occuper avant de rentrer, au cas où j'aurais des questions à poser au gérant pendant qu'il était encore au travail. Ils ferment à vingt et une heures le mardi, dit Carl. Ce qui m'amène à la raison pour laquelle je dois vous montrer à tous quelque chose.

Le cœur de Mark fit un bond.

— Qu'est-ce que tu as ?

Le sourire de Carl s'élargit.

— Je crois bien que j'ai notre suspect sur la vidéo. Vous voulez voir ?

CHAPITRE 30

Le lendemain matin, Mark était assis dans la voiture de service devant l'immeuble de bureaux équipés et il fixait la photographie qu'il tenait entre ses doigts.

C'était un arrêt sur image de la vidéo de surveillance fournie par le magasin de réparation informatique devant lequel West et lui étaient maintenant garés, dont les vitrines arboraient diverses affiches présentant les différents services proposés.

Carl Antsy avait eu raison la veille au soir : sur la photo, on voyait un homme qui sortait précipitamment de l'immeuble de bureaux tôt vendredi matin dernier, sa silhouette se découpant dans la lueur d'un des lampadaires au coin de la rue. Il était légèrement voûté, les mains dans les poches, et même s'il portait une casquette de baseball, il semblait avoir entendu quelque chose et il jetait un coup d'œil par-dessus son épaule.

À cet instant précis, la caméra de surveillance avait capturé la partie inférieure de son visage.

Ce n'était pas Jake Ingham.

Non, l'homme sur la photo avait une cinquantaine d'années, avec une mâchoire rasée de près un peu plus empâtée que sa silhouette fine ne le laissait supposer. Ce qui l'avait pris au dépourvu semblait l'avoir fait sursauter. Sa bouche était ouverte dans un « oh » de surprise, et pourtant, il n'avait pas arrêté de marcher. Carl avait essayé plusieurs angles différents à partir d'une seconde caméra située sur le toit du magasin d'informatique, mais il n'avait pas réussi à voir l'intégralité du visage de l'homme ni ce qui avait attiré son attention. Ça aurait pu être un renard, ou peut-être une porte qui se fermait quelque part dans la rue, mais quoi que ce fût, cela avait fourni à l'équipe la percée dont elle avait désespérément besoin.

L'image avait également été transmise à l'équipe d'enquête initiale à Birmingham, et Kennedy avait chargé Caroline de faire le suivi et de la diffuser aux autres services de police des environs.

Maintenant, Mark et West étaient là, sur les lieux du meurtre de Wannick, pour découvrir si le nouveau suspect avait laissé d'autres traces de son passage.

Il baissa la photo et regarda à travers le pare-brise alors qu'une berline bleu foncé entrait sur le parking des bureaux équipés, suivie de près par une voiture de sport blanche vieille de quinze ans qui se gara à côté. Une femme sortit de la voiture de sport, sourit à l'occupant de l'autre véhicule et attendit qu'il sorte à son tour.

C'était Mike Fenchase, le réceptionniste qui était de service le vendredi soir où le corps de Wannick avait été découvert.

— Euh, dit West. Je ne me souviens pas de l'avoir déjà vue, et toi ?

— Non, mais elle a l'air de le connaître. Une cliente régulière, peut-être ?

— Peut-être. Il est quelle heure ?

— Neuf heures moins cinq.

Il regarda Fenchase et la femme se diriger vers la porte d'entrée, puis elle passa une carte de sécurité sur le lecteur à côté et entra la première.

— Allons-y, autant lui parler avant que d'autres clients n'arrivent et qu'il ne soit débordé.

West le suivit de l'autre côté de la route, mais la porte resta fermée. Mark protégea ses yeux des reflets et regarda à travers la vitre. Le réceptionniste riait de quelque chose avec la femme, qui leva ensuite la main en guise d'adieu et se dirigea vers l'ascenseur. Fenchase se retourna, puis sursauta en voyant Mark et West. Il se dépêcha de venir et utilisa une clé attachée à un cordon élastique fixé à sa ceinture pour leur ouvrir.

— Nous n'ouvrons qu'à neuf heures, dit-il.

— On n'est plus à quelques minutes près, dit Mark. Ça vous dérange si on entre avant que le rush ne commence ?

— Je suppose que non. Enfin, je ne devrais pas. Pour des raisons d'assurance, vous comprenez. Mais—

— Nous vous en serions reconnaissants vu les circonstances, d'autant plus que vous avez déjà laissé entrer une cliente.

— Lily ? Ce n'est pas une cliente, c'est notre réceptionniste à temps partiel. Elle gère l'accueil si je ne suis pas là, ou quand mes services se terminent plus tôt.

Mark suivit West et le réceptionniste jusqu'au bureau et s'enregistra sur une tablette que l'homme lui tendit.

— Donc vous n'êtes pas toujours là tard le soir ?

— Non, je ne travaille tard que trois jours par semaine.

— Vous pourriez être plus précis ? Quels jours vos horaires sont-ils plus courts ?

— Le mardi et le mercredi, répondit Fenchase. C'est surtout une mesure de réduction des coûts de la part des propriétaires. Ils ne veulent pas employer deux réceptionnistes à temps plein, alors ils me font commencer plus tôt le lundi pour m'occuper de tout ce qui s'est passé pendant le week-end, et je travaille tard le vendredi au cas où il y aurait quelque chose à régler avant la semaine suivante. C'est pour ça que j'étais là quand Shelley a trouvé le corps de ce type.

— Et Lily ? Quels jours travaille-t-elle ?

— Elle vient tous les matins, mais elle travaille aussi le mardi et le mercredi après-midi. Ça veut dire qu'à nous deux, il y a toujours quelqu'un ici pour les clients, et aussi pour s'occuper des prestataires et tout ça.

Fenchase haussa les épaules.

— Il y a toujours quelque chose à faire par ici : commandes de plats à emporter, réparations électriques, ce genre de choses.

Mark regarda vers l'ascenseur. Le témoin lumineux au-dessus des portes indiquait qu'il s'était arrêté au deuxième étage.

— Il va falloir que nous parlions aussi à Lily.

— Pas de problème. Elle est juste en train de vérifier la salle de conférence avant que les clients n'arrivent pour une réunion à neuf heures et demie, elle ne va pas tarder à redescendre.

— Ok.

Mark sortit l'image de vidéosurveillance de la poche de sa chemise.

— Vous reconnaissez cet homme ?

Tournant la photo vers la lumière, Fenchase plissa les yeux, puis secoua la tête et la lui rendit.

— Je ne crois pas. On ne voit qu'une partie de son visage. Où est-ce que ça a été pris ?

— Du magasin d'informatique de l'autre côté de la rue. On l'a vu quitter les lieux à deux heures quarante-cinq du matin, vendredi.

Le réceptionniste haussa les sourcils.

— Au moment où Trent Jardel a été assassiné ?

— Nous pensons que la victime est un homme du nom de David Wannick, dit Mark. Mais oui, c'est ça. Et nous aimerions parler à cet homme dans le cadre de notre enquête. Vous avez une idée de la façon dont il a pu entrer ?

— Pas la moindre idée.

Fenchase contourna le bureau de la réception, se dirigea vers un ordinateur et se mit à taper sur le clavier.

— Mais je peux vérifier si des cartes ont été émises pendant mon absence la semaine dernière.

— Merci.

West se racla la gorge et il se tourna pour la voir faire un signe de tête en direction de l'ascenseur au moment où les portes s'ouvraient. La femme que Fenchase appelait Lily en sortit, le visage affairé.

— Mike, il y a une fuite dans les toilettes des femmes au deuxième étage et le client doit arriver d'ici un quart d'heure, dit-elle, essoufflée.

Elle adressa un bref sourire aux deux détectives, puis traversa la pièce jusqu'à une étagère à côté du bureau de la réception et en sortit un classeur à levier.

— Le plombier est venu la semaine dernière, et il a dit que c'était réparé. Je vais devoir les rappeler.

— Je vais les appeler, dit Mike en lui prenant le dossier

des mains. Et les clients peuvent utiliser les toilettes du premier étage. Ces deux personnes ont besoin de te parler. Ce sont les détectives qui enquêtent sur le meurtre.

— Oh.

Les yeux de Lily s'écarquillèrent.

— Mais quelqu'un m'a téléphoné samedi et j'ai fait ma déposition. Je n'étais pas là vendredi après-midi.

— Nous le savons, dit West, mais nous aimerions quand même vous poser quelques questions supplémentaires. C'est possible ?

— Bien sûr. Comme je l'ai dit, nous avons des clients qui arrivent d'une minute à l'autre pour une conférence, en plus de nos réservations habituelles, alors est-ce que vous voulez venir dans l'espace réservé au personnel ?

— Ça me va, dit Mark, et il se tourna pour suivre les femmes.

— Détective ?

Il s'arrêta et regarda par-dessus son épaule le réceptionniste. L'homme fixait l'écran de l'ordinateur.

— Qu'est-ce qu'il y a ?

— M. Jardel, je veux dire M. Wannick… il a demandé une nouvelle carte de sécurité mercredi après-midi.

— Il a égaré l'originale que tu lui avais délivrée lundi matin, lança Lily, la main sur la poignée d'une porte à gauche de l'ascenseur. C'est moi qui lui ai donné la carte de remplacement.

— Quand est-ce qu'il l'a perdue ? demanda Mark.

— Il a dit que c'était dans la matinée de mercredi, répondit la réceptionniste en revenant sur ses pas avec West sur ses talons. Il est sorti déjeuner et il est revenu juste après le départ de Mike. Il a frappé à la porte pour attirer mon attention, j'étais au téléphone à ce moment-là, mais je l'ai vu attendre dehors et je lui ai ouvert. Il a attendu que j'aie fini, puis il m'a expliqué pour la carte. Il s'est confondu en excuses, mais j'ai quand même dû ajouter des frais de trente livres à son compte, expliqua Lily. C'est la politique de l'entreprise, vous comprenez.

Mark sortit de nouveau la photographie de la poche de sa chemise et la lui tendit.

— Vous reconnaissez cet homme ?

— Peut-être, dit-elle après seulement quelques secondes. Je crois qu'il avait un rendez-vous avec M. Jardel…

— Wannick, dit Fenchase, puis il rougit sous le regard furieux de West. Désolé.

— Vous disiez, Lily ? insista Mark. Quand est-ce qu'il est venu ici ?

— Mercredi dernier, vers une heure, dit-elle. Mais il n'avait pas de rendez-vous. Il est juste arrivé et il a dit qu'il devait parler à M…. Wannick et que c'était urgent. J'ai appelé le poste de M. Wannick, et il a eu l'air surpris, mais il est descendu, il a récupéré l'homme et l'a ramené dans son bureau. L'homme est parti environ un quart d'heure plus tard.

Mark se tourna brusquement vers Fenchase et montra la tablette numérique.

— Il me faut un nom.

— Je m'en occupe.

Le réceptionniste parcourut les entrées, l'air de plus en plus perplexe.

— Lily, personne n'est enregistré ici l'après-midi.

Elle fronça les sourcils, s'approcha et la lui prit des mains, répétant l'opération.

— Il doit y être. M. Wannick l'a enregistré, parce qu'il disait ne pas être très doué avec la technologie… Tiens. Il n'est pas là.

— Est-ce que vous avez vu David Wannick entrer un nom ? demanda Mark.

La jeune réceptionniste rougit.

— Non. Le plombier est arrivé pour réparer les toilettes du deuxième étage, et je lui ai juste tendu la tablette, je les ai laissés faire et je me suis occupée d'expliquer au plombier ce qu'il fallait faire. Le temps que je finisse, ils étaient tous les deux montés.

— Et vous n'avez pas vérifié le registre des visiteurs ?

— Non.

— Et ensuite, David Wannick a demandé une nouvelle carte de sécurité plus tard dans l'après-midi, c'est bien ça ?

— Oui.

Lily avait l'air au bord des larmes en rendant la tablette à Fenchase.

— Alors, c'est entièrement de ma faute si cet homme est revenu et l'a tué la nuit suivante, n'est-ce pas ?

CHAPITRE 31

La salle des opérations était comble quand Kennedy commença le briefing de midi.

La plupart des agents en uniforme affectés à l'enquête étaient assis sur des chaises autour du tableau blanc à l'autre bout de la pièce, et Mark et les autres détectives se tenaient sur le côté pendant que l'inspecteur principal arpentait la moquette.

Une averse soudaine s'était abattue sur la ville et Mark entendait la pluie fouetter les fenêtres derrière lui. Le bruit des voitures faisant gicler les flaques d'eau qui se creusaient sur la route s'infiltrait jusqu'à lui tandis qu'il attendait que Kennedy commence. Pendant ce temps, Tracy finissait de distribuer les ordres du jour à chaque membre de l'équipe et prenait place près du premier rang, à côté de Carl Antsy.

Le silence se fit dans la pièce et Kennedy s'éclaircit la gorge.

— Bien, nous avons enfin une avancée concernant le meurtrier de David Wannick. Mark, vous voulez bien nous faire un point sur la situation ?

— Merci, chef, dit Mark. Au cours de la dernière heure, Mike Fenchase nous a fourni d'autres images de surveillance de l'ascenseur et du hall du même étage où David Wannick louait un bureau la semaine dernière. Ces images montrent clairement le suspect sortant de l'ascenseur, mais à ce moment-là, son visage était encore partiellement masqué par l'ombre de sa casquette de baseball.

— Très bien, dit Kennedy. Je veux que cette photo soit montrée à la mère de Colleen Ashbourne et au personnel du restaurant, et Alex… faites passer une copie au bar où Ryan Merton a été vu pour la dernière fois, au cas où l'un d'eux le reconnaîtrait.

— Et pour les médias ? demanda West. Vous allez la leur communiquer ?

— Dès que nous aurons terminé ici, je vais rencontrer notre équipe des relations médias pour que nous puissions diffuser quelque chose avant le journal local de 18 heures. Ils la partageront sur nos profils de réseaux sociaux en même temps. Caroline, est-ce que nous avons déjà reçu les images de la caméra de la mairie montrant Colleen en train de parler à ce type dans la voiture, le jour où elle est retournée chercher son gilet ?

— Pas encore, chef, répondit l'enquêteuse. Je les ai relancés deux fois, mais il y avait aussi une manifestation près de Gloucester Green ce jour-là, et ils ont été submergés de demandes.

— Donnez-moi le numéro de la personne à qui vous avez parlé, grogna Kennedy. Je vais leur botter le cul.

— Merci, chef.

— Jan, où en sommes-nous avec les images des caméras des voisins de Ryan Merton ?

— Trois voisins nous ont transmis des vidéos de leur

sonnette, dit West. Celle qui est juste à côté de chez Ryan s'est activée quand il a remonté son allée la nuit dont Laura Starling nous a parlé, et nous avons une image nette de l'homme qui l'accompagnait : c'est David Wannick.

Un soupir de soulagement collectif parcourut les agents rassemblés, et Kennedy esquissa un petit sourire.

— C'est déjà ça, dit-il. Montrez aussi cette image à Meredith Ashbourne. Et la petite amie de Ryan ? Vous avez avancé pour découvrir son identité ?

— Pas encore, chef, désolée.

— Ne lâchez pas l'affaire.

Kennedy se tourna vers le tableau blanc. C'était désormais un patchwork de photographies, de cartes, de notes manuscrites du gribouillis caractéristique de l'inspecteur principal, qui explorait une multitude de théories sur les trois meurtres. Il fit de nouveau face à l'équipe.

— D'une manière ou d'une autre, l'homme vu en train d'entrer dans les bureaux équipés vendredi dernier de bonne heure connaissait Colleen et Ryan, et il a pris les choses en main quand il a découvert qu'ils avaient été assassinés. Je veux savoir pourquoi. Pourquoi n'est-il pas venu nous voir s'il savait quelque chose ? Quelque chose ou quelqu'un lie Colleen à Ryan, et explique comment ils ont attiré l'attention de Wannick. Nous sommes dans l'impasse tant que nous n'aurons pas découvert ce que c'est. On se retrouve demain matin à huit heures, mais si vous avez une nouvelle information entre-temps, assurez-vous de venir me le dire.

Mark attrapa au vol les clés de voiture que West lui lança et il la suivit hors de la pièce. En bas des escaliers, elle lui tint la porte de sécurité et attendit qu'ils sortent du parking pour tirer deux photos de son sac.

— Meredith d'abord, je pense, dit-elle. C'est la plus proche.

———

Grant Wickes ouvrit la porte quand Mark frappa et il les conduisit dans le salon où Trevor et Meredith Ashbourne étaient assis ensemble sur le canapé, le visage plein d'attente.

Le cœur de Mark se serra. Il savait que le couple voulait des réponses, mais tant que Kennedy et lui n'en seraient pas sûrs, il ferait attention à ce qu'il partageait avec eux.

— Merci de nous recevoir à nouveau dans un si court délai, commença-t-il. J'aimerais vous montrer quelques photos. Est-ce que vous êtes d'accord ?

La mère de Colleen hocha la tête.

— D'accord.

Il lui tendit la première image, une photo prise lorsque Jake Ingham avait été amené lundi soir pour son prélèvement ADN. Sur la photo, l'homme faisait face au photographe, le fusillant du regard, la mâchoire serrée.

Meredith tint la photo d'une main tremblante, puis elle secoua la tête.

— Je ne le reconnais pas.

— Ce n'est pas grave. Et celle-ci ? Elle a été prise de nuit par la caméra d'une sonnette, donc elle est un peu floue. Vous pourriez y jeter un œil et me dire si vous reconnaissez la personne sur cette photo ?

Mark lui tendit la photo provenant des images de la caméra de sécurité fournie par l'un des voisins de Ryan Merton et il la regarda la prendre d'une main tremblante. Elle cligna des yeux.

— C'est lui, dit-elle. C'est bien lui. C'est l'homme qui nous a offert le champagne.

— Vous en êtes sûre ? L'angle de vue est assez mauvais.

— Je ne l'oublierai jamais, dit-elle. C'était la dernière fois que Colleen et moi avons passé du temps ensemble, et il a rendu ce moment spécial. De qui s'agit-il ?

Mark regarda la photographie quand elle la tourna vers lui.

— Il s'appelait David Wannick, madame Ashbourne. Nous pensons qu'il est responsable de la mort de votre fille.

— Il s'appelait ? lâcha Trevor, de nouvelles larmes se mêlant à la confusion dans son regard. Qu'est-ce que vous voulez dire ?

— M. Wannick a été retrouvé assassiné vendredi soir, dit Mark.

Il tendit la deuxième photographie à Meredith, une capture de la vidéosurveillance du magasin d'informatique.

— Et nous aimerions parler à cet homme de son implication. Est-ce que vous le reconnaissez, madame Ashbourne ?

— Je suis désolée. Je n'arrive pas à bien voir son visage. Je veux dire, c'était peut-être l'autre homme au restaurant, mais je n'en suis pas certaine.

— Ce n'est rien. Dites-moi, est-ce que vous vous souvenez du numéro de la table où vous étiez assise au restaurant ce jour-là ?

— La douze, dit-elle. Je m'en souviens, parce que c'était le même numéro que notre ancienne maison, avant qu'on déménage ici.

— Merci.

Mark se leva de sa chaise et fit face au couple.

— Je suis désolé de ne pas avoir plus de nouvelles pour

vous pour le moment, mais sachez une chose : je n'abandonnerai pas tant que je n'aurai pas découvert ce qui est arrivé à votre fille, et que je ne vous aurai pas apporté les réponses que vous attendez, j'en suis sûr.

— Je vous prends au mot, détective Turpin, dit Trevor, le regard fixe. Alors, ne me décevez pas.

CHAPITRE 32

Jan tapa sa cuillère contre le bord de sa tasse, souffla sur son café brûlant et but une gorgée hésitante.

La salle des opérations était maintenant silencieuse et tandis qu'elle retournait à son bureau, même le bruit du personnel d'entretien qui travaillait en bas avait disparu. Depuis le rez-de-chaussée, elle pouvait entendre l'écho d'une porte de cellule qui se fermait, mais à part ça et les pas occasionnels de l'équipe de commandement à l'étage, le poste de police était plus calme qu'il ne l'avait été depuis plusieurs heures.

Le soleil se couchait à l'horizon et, avant de s'asseoir, elle se dirigea vers la fenêtre et ferma les stores pour bloquer l'éblouissement. La climatisation tournait à quelques degrés de plus que la normale, et elle ajusta les commandes pour la régler sur une température plus agréable.

Une fois cela fait, elle se rassit à son bureau et sourit lorsque son téléphone portable sonna.

— Allo, mon amour, dit-elle.

— Joyeux anniversaire, répondit Scott.

— Joyeux anniversaire. Tout va bien ?

— On est sur le point de partir à l'entraînement de foot, dit Scott. Je pensais emmener les garçons manger une pizza après, ça te va ? Je n'étais pas sûr de l'heure à laquelle tu rentrerais ce soir.

— C'est une bonne idée. On n'a pas eu le temps de faire les courses cette semaine, et je commençais justement à me creuser la tête pour savoir quoi leur donner à manger ce soir. Je ne sais pas à quelle heure je vais rentrer. Je veux juste ranger un peu pour prendre de l'avance pour demain matin, alors si tu dors quand je rentre, je ne te réveillerai pas. Mark et moi devons suivre quelques pistes de plus demain, donc je partirai tôt aussi.

— Eh bien, dans ce cas, comme j'ai ma journée demain, j'irai faire les courses. Et je nous offrirai une bonne bouteille de vin par la même occasion, comme ça on pourra fêter ça même si on ne peut pas dîner ensemble cette semaine.

— Ça me va.

Jan leva les yeux vers l'écran de son ordinateur alors qu'un nouvel email apparaissait.

— Je suis vraiment désolée, mais je vais devoir te laisser, mon amour. Je t'aime.

— Moi aussi, je t'aime. À plus tard.

Jan ouvrit l'email et découvrit qu'il avait été envoyé par Emirates Post, la poste des Émirats arabes unis. L'agence locale la plus proche de la maison des Kyte avait traité la réexpédition pour David Wannick alors qu'il se faisait encore passer pour Trent Jardel. Après vingt-quatre heures éprouvantes pendant lesquelles Jan avait dû attendre que le sergent Abadi dépose la demande d'information en leur nom, il semblait qu'elle avait enfin une réponse.

— Il était temps, marmonna-t-elle.

Elle fit défiler le texte, le balayant du regard à la recherche des informations dont elle avait besoin. À mi-page, elle s'arrêta, se renversa sur sa chaise et fixa l'écran.

— C'est quoi ce bordel ?

Quelque chose la titilla au fond de son esprit, le souvenir d'une conversation. Elle attrapa son carnet et se mit à en feuilleter les pages.

Elle était proche, elle le sentait. Elle n'arrivait simplement pas encore à mettre le doigt dessus, mais quelque chose clochait. Elle avait le soupçon tenace d'avoir fait une erreur quelque part, d'avoir oublié un détail, d'avoir raté quelque chose.

— Merde, dit-elle en repoussant son carnet sur le côté.

Elle tapota des doigts sur le bureau un instant, puis tendit la main et tira son clavier vers elle. En commençant par le registre des immatriculations, elle lança une recherche sur les adresses liées à Trent Jardel ou David Wannick, remontant à huit ans, lorsqu'il était à Wantage au moment de l'incendie criminel du garage de ses parents, puis trois ans plus tard, quand il vivait à Harwell lors de l'incendie du cottage.

Son nom n'apparaissait pas sur le site après l'incendie du garage, et elle fronça les sourcils. Ensuite, elle se tourna vers les listes électorales locales et, là encore, Wannick en avait disparu après l'incendie du cottage.

— Qui connaissais-tu ? chuchota-t-elle. Pourquoi est-ce que tu as déménagé là-bas ? Et pourquoi diable as-tu atterri à Dubaï ?

Après avoir vérifié les informations sur l'immigration obtenues par le sergent Abadi, Jan passa les détails au crible et découvrit que Wannick avait utilisé le nom et le passeport de Trent Jardel pour entrer dans le pays, et avait fourni le nom et l'adresse d'un motel près de l'aéroport comme premier lieu de séjour. Il avait coché la case des voyageurs d'affaires et n'avait fait aucune déclaration à la douane à son arrivée.

Après ça, les autorités avaient perdu sa trace. Pour les Émirats arabes unis, l'homme ne représentait aucune menace pour ses citoyens.

Jan retourna à ses emails et relut une fois de plus la réponse d'Emirates Post.

— Ça n'a aucun sens. Pourquoi est-ce qu'il a fait réexpédier son courrier à Abingdon en quittant Dubaï ? Personne de son passé ne vit ici, marmonna-t-elle.

Reportant son attention sur l'adresse fournie, elle se connecta et lança une recherche au cadastre. Cela prit quelques instants, mais lorsque la liste de noms apparut à l'écran, elle se renversa sur sa chaise, bouche bée.

— C'est impossible.

Jan reporta son attention sur l'adresse à Abingdon fournie par Emirates Post.

Ce n'était pas celle de la maison que David Wannick avait louée à Long Wittenham, où ses deux victimes avaient été découvertes.

Elle correspondait à celle de la propriété affichée sur le site du cadastre : un appartement qui appartenait à Neville Kyte.

CHAPITRE 33

Jan serra le frein à main et tourna la clé dans le contact ; le moteur se tut, aussitôt suivi par la climatisation.

Les derniers vestiges d'un coucher de soleil s'accrochaient aux toits au-delà du pare-brise, et une lueur intense, orange et dorée, baignait le parking, ajoutant une ultime touche de couleur sur les façades en brique des maisons de ville et des immeubles de trois étages qui l'entouraient.

Le tableau de bord émit un *bip* strident au moment où elle ouvrait la portière, et elle sursauta avant de réaliser qu'elle avait laissé les veilleuses allumées.

— Stupide, marmonna-t-elle. La dernière chose dont tu as besoin ce soir, c'est d'une batterie à plat.

Cela fait, elle verrouilla la voiture et remonta son sac sur son épaule avant de se diriger vers le panneau de l'horodateur près de la sortie. Heureusement, la municipalité avait opté pour le stationnement gratuit de dix-huit heures à sept heures du matin, alors elle continua son chemin et tourna à gauche le long d'un sentier en zigzag menant à l'un des immeubles.

Le bâtiment avait été construit pour s'harmoniser avec les maisons de ville environnantes afin de mieux s'intégrer, et ses trois étages abritaient donc huit appartements avec une entrée commune, les deux du haut étant les plus grands. Il y avait un interphone de sécurité à côté de la porte, chaque appartement ayant sa propre sonnette, et le cœur de Jan se serra jusqu'à ce qu'elle voie une femme descendre les escaliers dans sa direction. S'écartant pour la laisser sortir, Jan retint la porte avec un sourire.

— Merci, dit-elle, et elle entra en ignorant le regard confus de la femme, qui tentait de se rappeler si elle connaissait Jan ou non.

Sans se retourner, Jan laissa la porte se refermer derrière elle et monta les escaliers jusqu'au dernier étage. La cage d'escalier était propre, avec des murs en plâtre pâle qui ne portaient que quelques éraflures et une moquette qui avait, d'une manière ou d'une autre, évité d'être souillée de boue. Elle regarda par la grande fenêtre du premier palier qui donnait sur le parking, repérant la voiture de fonction tout au fond. Il y avait une autre voiture, un SUV bleu élégant qu'elle avait remarqué en arrivant, et une camionnette blanche arborant le logo d'un service local de promenade pour chiens sur le côté, qui faisait une marche arrière pour se garer sur une place près d'une des maisons de ville. Les autres voitures garées dans les impasses environnantes étaient toutes d'un modèle similaire : de petites voitures à hayon, parfaites pour la vie urbaine et les faibles kilométrages.

— Tu cherches à gagner du temps, murmura-t-elle pour elle-même, puis elle frappa du poing contre la rampe et gravit la dernière volée de marches.

La lumière en haut des escaliers s'alluma, révélant un large palier avec une grande fougère artificielle dans un pot en plastique blanc au milieu. La porte du numéro sept se trouvait au fond du palier, sur la droite, à quelques mètres de son voisin d'en face, afin d'offrir aux résidents un peu d'intimité.

Elle s'arrêta devant la porte du numéro huit et entendit le son d'une télévision. Elle pouvait discerner le bruit de coups de feu, la musique rappelant celle d'un film d'action ou d'un jeu vidéo.

Gardant un œil sur la porte du numéro sept, elle sortit son téléphone et retourna en haut des escaliers.

Elle fixa l'écran un instant, puis leva son téléphone en l'air avant de baisser la main et de jurer à voix basse.

— Tout cet argent pour acheter l'un de ces appartements, et il n'y a pas de foutu réseau, soupira-t-elle. Génial.

Elle retourna vers le numéro sept, fixa la porte un instant, puis se mordit la lèvre et frappa deux coups avec ses jointures. Retenant son souffle, elle colla son oreille contre la surface et écouta.

À sa grande surprise, elle entendit des pas feutrés s'approcher de l'autre côté et elle fronça les sourcils.

Elle se redressa au son d'une chaînette de sécurité cliquetant contre le dormant, puis la porte s'ouvrit.

L'homme sourit avant de lui saisir le bras et de la tirer à l'intérieur.

— Bonjour, détective West. Je vous attendais.

CHAPITRE 34

L'odeur de la lavande portée par la brise s'infiltrait par la descente de la cabine jusqu'à la cuisine où Mark était assis.

Lucy était à l'évier, en train de nettoyer l'aquarelle de ses pinceaux et de fredonner tout bas en travaillant. Hamish était dans son panier sur le pont, en haut des marches, occupé à ronger un os d'agneau que Lucy avait pris à la boucherie du centre d'Abingdon plus tôt dans l'après-midi, et Mark pouvait entendre le chien pousser des grognements de satisfaction entre deux coups de dents.

Le soleil s'était maintenant couché et un doux crépuscule s'accrochait au ciel du soir. Quelque part au-delà du chemin de halage, une chouette hulula en passant au-dessus d'eux.

Mark chassa d'un geste une petite mite de son visage avant de prendre une gorgée du verre d'eau posé à côté de son ordinateur portable ouvert. Il tenait son téléphone dans l'autre main, collé à son oreille, pendant qu'il écoutait la tonalité du restaurant d'Oxford où Meredith et Colleen Ashbourne s'étaient rendues deux mois plus tôt.

On décrocha au bout de quatre sonneries et le brouhaha

des voix, le cliquetis des assiettes et le tintement des verres parvinrent à ses oreilles.

L'homme au bout du fil avait l'air débordé lorsqu'il répondit par une annonce bourrue du nom du restaurant et un réticent :

— Puis-je vous aider ?

— Inspecteur Mark Turpin, de la police de la vallée de la Tamise. Est-ce que je parler au gérant, s'il vous plaît ?

— Nous sommes en plein service du dîner, monsieur, dit l'homme. Est-ce que ça ne peut pas attendre demain ?

— Non. Nous avons déjà parlé à quelqu'un de chez vous pour obtenir les enregistrements de vidéosurveillance de votre restaurant dans le cadre d'une enquête pour meurtre en cours. On ne les a toujours pas reçus, et j'aimerais savoir pourquoi. Tout de suite.

— Ne quittez pas.

Le téléphone fut raccroché avec un bruit sec d'impatience et Mark entendit l'homme s'éloigner, s'excuser auprès de quelqu'un, puis disparaître. Mark cligna des yeux pour chasser l'épuisement et il fixa la page blanche de son carnet en attendant. Une tasse de thé apparut sous son nez et il leva les yeux pour voir Lucy qui lui souriait.

— Je vais attendre que tu aies fini de travailler pour ouvrir le vin. Ce sera prêt dans une heure environ, ça te va ?

— Parfait, merci, dit Mark, puis il resserra sa prise sur le téléphone en entendant des voix se rapprocher.

— John Birtwistle à l'appareil, dit une nouvelle voix. J'ai déjà dit à l'un de vos collègues que nous ne trouvons pas les enregistrements de vidéosurveillance que vous cherchiez. Maintenant, comme mon collègue vous l'a déjà dit, nous sommes très occupés ce soir, et—

— Je suis sûr que vous pouvez m'accorder un instant,

surtout dans ces circonstances. Pourquoi est-ce que vous ne pouvez pas fournir les enregistrements de vidéosurveillance ?

— Parce qu'ils datent d'il y a deux mois. Nous ne les conservons tout simplement pas aussi longtemps. Rien ne nous y oblige, et pour être franc, ce n'est pas le genre d'établissement où nous avons beaucoup de problèmes avec nos clients.

Mark pouvait deviner le haussement d'épaules dans la voix de l'homme.

— Ok, eh bien dans ce cas, j'aimerais avoir un relevé de toutes les transactions qui sont passées par votre terminal de paiement le jour où Meredith Ashbourne et sa fille étaient là pour le déjeuner. Elles étaient à la table douze, et je suis particulièrement intéressé par les clients qui étaient assis aux tables voisines. Pouvez-vous me faire parvenir ça ce soir ?

Le gérant soupira.

— Pas tout de suite, non. Mais je le ferai quand nous ferons la caisse plus tard. Ce ne sera pas avant minuit au moins.

— Pas de problème, dit Mark en vérifiant sa montre. En plus de cela, est-ce que vous pourriez demander à votre personnel si quelqu'un se souvient de deux hommes qui—

— Ont offert une bouteille de champagne aux dames, termina le gérant. Encore une fois, vos collègues ont déjà posé la question. Je ne me souviens pas d'eux, mais je peux demander à l'équipe qui était de service ce jour-là.

— Faites-le, s'il vous plaît, et ce soir. Je ne saurais trop insister sur l'urgence de la situation. J'aurai également besoin de tous les noms et numéros de téléphone du personnel, en particulier de ceux qui ont servi à cette table.

Mark termina l'appel plus découragé qu'optimiste et il fixa l'écran du téléphone pendant un moment.

— Tu veux que j'emmène Hamish se promener ? offrit Lucy en s'essuyant les mains sur un torchon avant de pousser sur le côté une planche à découper chargée de légumes.

Elle s'appuya sur le comptoir de la cuisine et sourit.

— Parce que tu as l'air crevé et que tu vas probablement tomber dans la rivière.

— Désolé, chérie. Ça ne te dérangerait pas ?

Il jeta un coup d'œil à sa montre.

— Je sais qu'il faudra des heures avant que le restaurant n'envoie quoi que ce soit, mais je n'ose pas bouger d'ici avant d'avoir de leurs nouvelles.

— Ça ne me dérange pas. Une promenade me fera du bien de toute façon.

Elle passa la laisse autour de sa main et monta les marches jusqu'au pont, sifflant doucement Hamish en passant devant lui.

Le petit chien eut un temps d'arrêt, regarda avec envie l'os à moitié démoli, puis s'élança derrière elle avec un jappement excité.

Mark baissa les yeux quand son téléphone se mit à sonner et il vit un nom familier s'afficher à l'écran.

— Chef ?

— Vous avez vu les infos ?

Mark entendit le bruit d'un verre de vin posé sur un plan de travail en granit et il comprit que l'inspecteur principal était chez lui.

— Pas encore eu l'occasion, chef. Le communiqué de presse a été envoyé ?

— Il y a deux heures, et tous les médias l'ont répété mot pour mot. Mais jusqu'à présent, nous n'avons reçu aucun appel concernant notre demande d'aide pour identifier ce deuxième homme, dit Kennedy. Comment ça avance de votre côté ?

Mark but une gorgée de thé avant de répondre.

— Avec une lenteur frustrante. Je viens de relancer le restaurant au sujet des images de vidéosurveillance, et il s'avère qu'elles sont inexistantes. Ils n'ont rien qui date d'il y a deux mois, quand Meredith et Colleen y étaient. Je leur ai demandé de vérifier les tickets de caisse. Il se pourrait que nous puissions retrouver la trace de la personne qui était avec David Wannick grâce à eux. Ils ne pourront pas me les envoyer avant minuit, mais je les contrôlerai dès que je les recevrai. Soit cet homme sait quelque chose sur le meurtre de Colleen—

— Soit c'est une autre victime de David Wannick. Quoi qu'il en soit…, soupira Kennedy. Écoutez, il est tard. Allez vous reposer et nous reverrons tout ça demain matin. Avec un regard neuf, et tout le tralala.

— Ok, chef, j'ai compris le message.

CHAPITRE 35

Le lendemain matin, Mark zigzagua avec son VTT entre deux fourgons de police sérigraphiés et s'arrêta net près de la porte arrière du commissariat.

Une brise fraîche flottait dans l'air, promesse d'une parfaite journée d'été, tout comme l'arôme des croissants frais qui s'échappait de son sac à dos après un arrêt dans l'un de ses cafés préférés en venant au travail.

Il était huit heures moins le quart, et la circulation commençait à s'immobiliser tandis que les banlieusards, les bus et les livreurs se frayaient un chemin vers le centre-ville. Il entendit le crissement des pneus sur l'asphalte, un coup de klaxon furieux, puis le bruit d'une voiture qui accélérait, une collision par l'arrière ayant été évitée de justesse.

Il secoua la tête, consterné par l'impatience de certaines personnes, puis il retira son casque et poussa son vélo jusqu'à l'endroit où plusieurs de ses collègues avaient déjà attaché les leurs à une rangée de supports scellés dans les pavés en béton. Une fois le vélo attaché, il s'empressa de franchir la porte de sécurité et de monter les escaliers jusqu'à la salle des opérations.

Caroline se tenait près du distributeur automatique dans le couloir et elle leva la tête au bruit de ses pas.

— Bonjour, chef. Tu en veux un ? demanda-t-elle en brandissant un gobelet de café fumant.

Il acquiesça d'un signe de tête.

— Oui, merci. J'ai acheté des croissants pour tout le monde, alors tu ferais mieux de venir chercher le tien avant qu'Alex ne dévore tout.

Elle rit, appuya sur une série de boutons et passa sa carte bancaire sur le lecteur de la machine.

— J'arrive dans une seconde, merci.

Mark ouvrit la porte et se dirigea vers son bureau, levant la main pour saluer deux assistantes administratives qui levèrent les yeux de leurs ordinateurs à son passage. Il posa son sac à dos sur sa chaise, l'ouvrit et plaça le sachet de croissants chauds à côté de son clavier, puis il sourit en voyant Alex repousser sa chaise et s'approcher.

— Je savais bien que je n'aurais pas besoin de te dire de venir te servir, dit-il. Assure-toi juste d'en laisser assez pour Caroline et Jan. Tu l'as vue, d'ailleurs ?

— Pas encore.

Alex mordit dans un croissant et plaça sa main en dessous alors que la pâte s'émiettait de partout. Il déglutit, puis il désigna le bureau de Jan d'un coup de menton.

— Elle doit être dans le coin, son ordinateur était allumé quand je suis arrivé.

— Ok. Je lui parlerai quand elle reviendra.

— Entendu, chef. Merci pour ça.

Alex retourna à son bureau au moment où Caroline posait le café de Mark.

— Qu'est-ce que vous disiez à propos de Jan ? demanda-t-elle.

— Je me demandais juste si quelqu'un l'avait vue. J'allais la mettre au courant de la conversation que j'ai eue avec le restaurant d'Oxford hier soir.

Mark montra l'écran de Jan avec son croissant.

— Mais on dirait qu'elle est au milieu de quelque chose. L'un de vous sait à quelle heure Kennedy est arrivé ?

— Aucune idée, chef. Il était là quand je suis arrivée il y a une demi-heure. Il a dit qu'il te parlerait avant le briefing de ce matin, par contre. J'imagine que le quartier général va bientôt commencer à rouspéter vu le peu de progrès qu'on a fait, non ?

Mark haussa les épaules.

— Il fallait s'y attendre et c'est normal dans ces circonstances. Après tout, on espérait avoir plus de retours après le communiqué de presse, mais on n'a rien eu. À vrai dire, on aurait bien besoin de nouvelles idées. Il nous faut une avancée, et vite. D'ailleurs…

— Chef ?

L'agente Marie Collins s'approcha rapidement, sa main se portant automatiquement sur la radio attachée à son gilet pare-lames pour en baisser le volume.

— Vous avez vu Jan ce matin ?

— Non, mais son ordinateur est allumé, donc elle doit être quelque part par ici. Pourquoi ?

Marie avait l'air perplexe.

— C'est juste qu'une patrouille a vu sa voiture de service d'hier sur un parking derrière les maisons de ville près d'Ock Street. On dirait qu'elle est abandonnée. Il y a une contravention dessus datée d'aujourd'hui et émise il y a presque une heure.

Mark avala sa dernière bouchée de croissant, s'épousseta les doigts et fronça les sourcils.

— Caroline ? Est-ce que Jan devait voir quelqu'un ce matin ?

L'enquêteuse se précipita vers son bureau, et bientôt ses doigts volèrent sur son clavier. Après quelques secondes, elle leva les yeux de son écran.

— Non. Il n'y a rien dans l'agenda.

— Des rendez-vous dans HOLMES2 ?

Il y eut une pause pendant qu'elle vérifiait, puis :

— Non. Rien.

Mark fit pivoter sa chaise.

— Alex, est-ce que tu as vu Jan ce matin, ou tu as juste supposé qu'elle était là parce que son écran d'ordinateur était allumé ?

— Je ne l'ai pas vue, mais oui, j'ai juste supposé qu'elle était là. D'habitude, elle éteint son ordinateur le soir, alors j'ai juste pensé qu'elle était partie quelque part et qu'elle allait revenir.

Mark se retourna vers Marie.

— La patrouille est toujours à proximité de la voiture de fonction ?

— Oui. Ils étaient en train de faire un suivi sur une suspicion de cambriolage cette nuit dans un magasin sur Ock Street quand ils l'ont repérée. Ils sont encore au magasin en train de prendre des dépositions.

— Dès qu'ils auront un moment, tu peux leur demander de vérifier l'intérieur de la voiture pour voir si des affaires de Jan s'y trouvent ?

— Entendu.

— Merci.

Mark fit défiler les contacts sur son portable et trouva le

numéro de West. Il tomba directement sur sa messagerie vocale.

— Jan ? Tu peux me rappeler quand tu auras ce message ? Je veux juste vérifier que tout va bien.

Après avoir raccroché, il se dirigea vers le bureau de sa collègue et remua la souris. L'écran s'alluma et il fronça les sourcils en voyant la demande de mot de passe.

— Est-ce que quelqu'un connaît le mot de passe de Jan ?

— Sonia, de l'informatique, doit le connaître, dit Alex. Elle a aidé Jan avec un truc là-dessus la semaine dernière.

— Ok, merci.

Mark décrocha le téléphone et composa le numéro de la femme, qu'il trouva dans un annuaire sur une autre page de l'intranet.

— Sonia ? C'est Mark Turpin. Bonjour. Vous pourriez me donner accès à l'ordinateur de Jan West, s'il vous plaît ? Je sais que ce n'est pas la procédure, mais c'est urgent. Elle n'est pas venue ce matin et personne ne sait où elle est… Ok, je comprends. Merci.

— Alors, ça a donné quelque chose ? dit Alex.

— Ils sont en pleine évaluation en ce moment, mais elle a dit que l'un d'eux descendra dès qu'ils auront terminé.

Mark entendit des pas et se retourna pour voir Kennedy se diriger vers eux.

— Bonjour, chef.

— Bonjour. Vous avez une minute ? Dans mon bureau, si ça ne vous dérange pas.

Mark prit son téléphone portable et suivit l'inspecteur principal à travers la salle des opérations, puis il ferma la porte derrière lui.

— Qu'est-ce qui se passe ?

— La direction nous donne quarante-huit heures pour

résoudre toutes les pistes en suspens, et ensuite ils vont envoyer un auditeur indépendant, dit Kennedy en se laissant tomber dans son fauteuil avec un soupir et en désignant l'une des chaises visiteurs pour Mark. Il fallait s'y attendre après la diffusion du communiqué de presse, étant donné la nature des homicides.

— Seulement quarante-huit heures ?

La gorge de Mark s'assécha.

— Une chance d'avoir du renfort pour nous aider à traiter la quantité d'images de vidéosurveillance que nous sommes encore en train d'éplucher ?

— Non.

Kennedy étira les bras au-dessus de sa tête et grogna.

— Qu'est-ce que vous pouvez me donner d'autre pour faire avancer ce dossier ?

— J'ai reçu un appel de ce restaurant d'Oxford hier soir, après la fermeture. C'était Wannick qui était assis à la table à côté de Meredith et Colleen Ashbourne. Il a payé l'addition avec une carte dont les quatre derniers chiffres correspondent à ceux de l'une des cartes de débit que Jan a trouvées dans ce portefeuille chez Ryan Merton, dit Mark. Et il a aussi réservé la table sous le nom de Trent Jardel.

— Et l'homme qu'on a vu avec lui ?

— Désolé, chef. Personne n'a eu son nom.

— Nom de Dieu...

Le téléphone de Mark se mit à sonner. Il baissa les yeux, prêt à renvoyer l'appel sur sa messagerie, puis vit le numéro de Scott West s'afficher à l'écran.

— Attendez, chef. Il faut que je prenne cet appel... Scott ? Est-ce que tout va bien ?

— Pas vraiment, non.

Le mari de West semblait inquiet.

— Est-ce que Jan est avec toi ?

— Pas en ce moment. Je ne l'ai pas vue ce matin. Pourquoi ?

— Je ne crois pas que Jan soit rentrée hier soir. Je me demandais si vous travailliez sur quelque chose tous les deux. Je sais que vous êtes débordés en ce moment.

Mark se pencha en avant sur sa chaise, son rythme cardiaque s'accélérant.

— Non, elle était encore là quand je suis parti hier soir. Qu'est-ce qui se passe ?

— Je ne sais pas… Je lui ai parlé vers six heures et quart, au moment où les garçons et moi partions à l'entraînement de foot, et elle a dit qu'elle rentrerait probablement tard. Comme je suis de repos aujourd'hui, elle a ajouté qu'elle ne me réveillerait pas si elle partait tôt, dit Scott. Je viens de descendre pour préparer le petit-déjeuner des garçons, et on dirait qu'elle n'est pas rentrée. Alors où est-ce qu'elle est ?

CHAPITRE 36

Après avoir assuré à Scott qu'il l'appellerait dès qu'il aurait des nouvelles de West, Mark termina l'appel et regarda de l'autre côté de son bureau.

— Chef ? Je m'inquiète pour Jan. Scott pense qu'elle n'est pas rentrée chez elle cette nuit, Marie Collins dit qu'une patrouille a trouvé sa voiture de service garée derrière Ock Street ce matin, et personne n'arrive à la joindre par téléphone.

Le visage de Kennedy pâlit.

— Quand est-ce que vous lui avez parlé pour la dernière fois ?

— Hier soir, avant de partir d'ici. Elle travaillait tard pour approfondir une piste qu'elle suivait.

Mark lui expliqua pour les appels manqués et les messages vocaux.

Kennedy remonta les manches de sa chemise et se connecta à son ordinateur.

— Sur quoi d'autre travaillait-elle, en dehors de cette

affaire ? Est-ce qu'il y a quelqu'un qui pourrait représenter une menace crédible pour elle ?

— Il y a eu un cambriolage dans un pub sur Oxford Road il y a deux semaines, sur lequel elle enquêtait, un cambriolage avec violence à Blewbury, et elle doit aller au tribunal la semaine prochaine pour témoigner sur cette agression au couteau à Didcot qui a eu lieu il y a quelques mois, dit Mark. Mais nous n'avons reçu aucune menace de la part des amis ou des familles de ceux que nous avons inculpés. Là, c'est différent… on a raté quelque chose, non ?

Kennedy leva les yeux de son écran d'ordinateur.

— Je suis obligé de vous demander ça, Mark. Vous pensez que tout va bien entre Scott et Jan ?

— C'est leur anniversaire de mariage cette semaine, chef. Et non, je ne crois pas que Scott lui ferait le moindre mal. Vous les avez vus ensemble, on dirait deux adolescents.

— C'est vrai. Comme je vous l'ai dit, je devais demander. Alors, vous pensez que celui qui a tué David Wannick est impliqué dans sa disparition ?

— Même si cette idée me terrifie, chef, oui… si ce ne sont pas ça, alors quelqu'un de l'entourage de cette personne, qui essaie peut-être de le protéger.

Kennedy prit son téléphone et martela le clavier.

— Je vais contacter le centre de commandement et leur demander d'affecter deux patrouilles pour la rechercher en ville, et ensuite nous devrons redéployer une partie de nos effectifs en uniforme pour commencer les recherches.

— Je ne peux pas rester les bras croisés à attendre que le service informatique arrive avec la réinitialisation du mot de passe, dit Mark en repoussant sa chaise et en se dirigeant vers la porte.

— Attendez, dit Kennedy. Où est-ce que vous allez ?

— Jeter un œil à cette voiture de service.

Mark tapota le cadre de la porte de ses doigts, les épaules tendues.

— Les agents de la patrouille à qui Marie a parlé sont tout juste sortis de formation, et j'ai un mauvais pressentiment.

———

Lorsque Mark arriva au parking coincé entre les bâtiments centenaires qui bordaient la rivière Ock et l'ancienne brasserie, il vit la voiture de service de Jan dès qu'il passa sous le portique de limitation de hauteur de la municipalité.

La patrouille à qui Marie Collins avait parlé depuis la salle des opérations avait garé son véhicule à plusieurs places de là, et Mark pila net derrière eux.

Une femme avec un Caddie aux couleurs d'un supermarché s'arrêta près de l'entrée du parking et dévisagea les agents en uniforme qui se tenaient à côté de la berline argentée. Son regard passait d'eux à un SUV noir garé dans le coin le plus éloigné, et elle semblait hésiter sur la conduite à tenir. Mark sortit de sa voiture et se dirigea vers elle, brandissant sa carte de police à son approche.

— Je peux vous aider ? dit-il.

— Que se passe-t-il ? Il est arrivé quelque chose ?

— Ne vous inquiétez pas, dit-il.

Il fit un signe de tête en direction du SUV.

— C'est votre voiture ?

— Oui. Écoutez, y a-t-il un problème ? Je me suis garée il y a à peine quarante minutes, et il n'y avait pas la police à ce moment-là. Il s'est passé quelque chose ?

Mark se força à sourire.

— Rien d'inquiétant. Venez, je vais vous raccompagner à

votre véhicule, mais je dois vous demander de ne prendre aucune photo et de partir dès que possible.

Elle hocha la tête et poussa le Caddie vers sa voiture. Il cahotait et cliquetait sur l'asphalte inégal, un grincement émanant de l'une des roues arrière qui fit grincer les dents de Mark.

Il leva la main en guise de salut aux agents en uniforme en passant, puis il aida la femme à charger ses courses dans sa voiture et la regarda s'éloigner.

— On l'a échappé belle, chef, dit l'un des agents. La dernière chose dont on a besoin, c'est que ça se retrouve sur les réseaux sociaux.

— Exactement.

Il s'approcha pour les rejoindre, fourra les mains dans ses poches et jeta un coup d'œil par la fenêtre côté conducteur.

— Quelles sont les nouvelles ?

— On a essayé de parler aux propriétaires de ces quatre maisons de ville là-bas, celles qui donnent directement sur le parking, dit le plus jeune des deux agents. Trois d'entre eux sont sortis, et celle au bout appartient à un couple de retraités, mais ils disent qu'ils n'ont pas remarqué la voiture arriver hier soir parce qu'ils regardaient la télévision. Et ils n'ont remarqué personne s'approcher de la voiture ce matin parce qu'ils prenaient leur petit-déjeuner dans la cuisine, à l'arrière de la maison.

— Merde.

Mark plissa les yeux en se tournant pour observer chacune des maisons de ville autour du parking et celles nichées le long des allées, les fenêtres des immeubles d'appartements reflétant le soleil de fin de matinée. Çà et là, une maison plus ancienne ou un cottage se nichait entre les constructions plus récentes, échos d'un temps révolu et des industries qui animaient ce quartier.

Et pourtant, il n'y avait aucune trace de West.

Elle avait disparu sans laisser de trace.

Il se retourna vers les deux agents et les vit qui l'observaient avec un vif intérêt.

— Tant qu'on ne sait pas ce qui se passe, bloquez l'entrée du parking. Je vais retourner à la salle des opérations et parler à Kennedy pour élargir les recherches, mais je ne veux pas que quiconque s'approche de cette voiture, compris ?

— Bien reçu, chef, répondit le plus petit des deux. Est-ce que vous avez besoin qu'on fasse autre chose ?

Mark sortit ses clés de sa poche.

— Oui, si vous voyez quelqu'un quitter ou s'approcher de l'une de ces propriétés, interrogez-le sur-le-champ. Une fois qu'une autre patrouille sera arrivée, on pourra demander aux résidents les enregistrements de leurs sonnettes vidéo, ce genre de choses.

Il désigna une caméra de vidéosurveillance sur un poteau dans le coin du parking, au-dessus de l'horodateur.

— En attendant, je vais demander à quelqu'un d'accéder au flux en direct de cette caméra, et de nous récupérer les enregistrements de la nuit dernière. Je serai à la salle des opérations si vous avez besoin de moi. À partir de maintenant, c'est une scène de crime potentielle, alors traitez-la comme telle.

— Oui, chef.

Mark retourna à sa voiture, son inquiétude initiale se muant en une véritable angoisse alors qu'il montait à bord. Il mit le contact et posa la main sur le volant, le regard fixé sur la voiture de service abandonnée à travers le pare-brise.

— Où diable es-tu, January West ? murmura-t-il. Dans quoi est-ce que tu t'es encore fourrée ?

Il sursauta lorsque son téléphone sonna avec le numéro de Leila Benjamin affiché à l'écran.

— Allô ?

— Mark ? Où est-ce que vous êtes en ce moment ?

— À Abingdon, je—

— On vient de recevoir les résultats des analyses du labo, ils ont traité les couteaux que vous avez pris chez Jake Ingham.

Mark se redressa sur son siège, son cœur battait la chamade.

— Ils ont trouvé quelque chose, n'est-ce pas ?

— Oui, sur les couteaux qu'il vous a dit avoir ramenés de l'abattoir, dit-elle. Le labo a confirmé qu'il y avait des traces de sang humain sur l'une des lames, et ce n'est pas le sien.

CHAPITRE 37

Même en plein milieu de matinée, les rideaux de Jake Ingham étaient tirés. Quand Mark cogna – fort – à la porte d'entrée, aucun son ne s'éleva du chien énorme qui vivait dans la cuisine de l'homme.

Quatre agents en uniforme le regardèrent avec une expression pleine d'attente quand il jeta un coup d'œil par-dessus son épaule, et deux d'entre eux avaient déjà la main sur la matraque qui dépassait de leur ceinture. L'un d'eux semblait plus nerveux que ses collègues ; il s'humecta les lèvres tout en gardant un œil méfiant sur la porte.

— Vous avez dit que le chien faisait quelle taille, chef ? demanda-t-il.

— Énorme, mais il n'était pas agressif, répondit Mark, la voix plus assurée qu'il ne l'était en se remémorant la bête énorme. Soyez prudents. Et que deux d'entre vous passent par-derrière, au cas où Ingham déciderait de prendre la fuite.

Un agent qu'il reconnut comme étant de Didcot se détacha du groupe, suivi de près par le jeune à l'air nerveux, et ils disparurent au coin de la maison. Mark martela de nouveau la porte. Quand il recula d'un pas et leva les yeux vers la fenêtre de l'étage, il vit une femme qui le foudroyait du regard à travers une fente dans les rideaux.

— Ah, au moins, il y a quelqu'un de réveillé.

Puis des bruits de pas lourds se firent entendre dans l'escalier, et Jake Ingham ouvrit la porte brusquement, dans un état très similaire à celui où il était deux jours plus tôt.

— C'est du harcèlement, gronda-t-il.

Mark brandit sa carte de police.

— Écartez-vous, Jake. Nous devons perquisitionner la maison.

— Fous-les dehors, cria une voix de femme.

Quelques instants plus tard, elle descendit l'escalier à grandes enjambées en tirant un t-shirt blanc et sale par-dessus un short en jean beaucoup trop petit pour sa taille.

— Vous n'avez pas le droit de faire ça.

— Si, j'en ai le droit et je le fais. Jake, dans le salon, s'il vous plaît. Ne restez pas dans le passage.

L'homme le toisa un instant, puis Mark pivota sur sa droite au moment où le poing de Jake fusa vers lui. Il le manqua, de plusieurs centimètres, et percuta le chambranle de la porte à la place. L'homme hurla, sa petite amie poussa un cri, puis les deux agents en uniforme se précipitèrent et repoussèrent brutalement Jake dans le couloir, lui hurlant de mettre les mains derrière le dos.

— J'ai rien fait, dit-il, tandis qu'on lui passait les menottes.

Sa petite amie continuait de déverser un torrent d'injures quand les deux autres agents réapparurent. Mark la désigna du doigt.

— Emmenez-la dans la cuisine, qu'elle ne nous gêne pas. On va les garder séparés pendant qu'on perquisitionne la maison.

— Oui, chef.

L'agent le plus âgé emmena la femme par la porte du fond et les mots étouffés qu'il adressa au chien pour le féliciter d'être bien élevé parvinrent jusqu'à Mark, qui se tenait au pied de l'escalier.

— Bien, dit-il en se tournant vers Jake. Où est Jan West ?

— Qui ça ?

— L'enquêteuse que vous avez rencontrée lundi. Où est-elle ?

Jake cligna des yeux.

— Je n'ai pas la moindre foutue idée de ce que vous racontez.

Mark fit signe aux agents en uniforme.

— Fouillez la maison. Laissez le salon, Jake va me le montrer. Et si la petite amie vous pose d'autres problèmes, arrêtez-la.

En réponse, la petite amie de Jake beugla depuis la cuisine, mais il l'ignora et guida Ingham dans le salon.

C'était une pièce dérisoire, dont le plâtre s'écaillait sur le mur mitoyen et dont le plafond présentait une tache d'humidité dans le coin arrière gauche. Une couverture pleine de poils était jetée sur un fauteuil à côté d'une bibliothèque remplie de jeux de console, et un canapé taché occupait l'espace sous la fenêtre.

Mark dirigea Ingham vers le canapé et le foudroya du regard.

— Où est Jan West ?

— Aucune idée.

L'homme le fixa.

— Je n'en ai aucune idée, je vous dis. La dernière fois que je l'ai vue, c'était en même temps que vous. Lundi.

— Où est-ce que vous étiez entre dix-sept heures hier soir et huit heures ce matin ?

— J'étais de sortie avec elle, hier soir, dit Ingham en désignant la cuisine d'un coup de menton. On est rentrés ici un peu après minuit.

— Où étiez-vous ?

— Chez un pote.

— Nom et adresse ?

Ingham eut un rictus méprisant, mais il donna les informations.

— Il confirmera.

— Vous avez intérêt à prier pour que ce soit le cas. Quand est-ce que vous avez vu David Wannick pour la dernière fois ?

— Il y a cinq ans. Quand il bossait encore pour Warren, à la ferme.

— Est-ce que vous avez été en contact avec lui depuis ?

— Non.

— Pourquoi est-ce que vous avez tué Ryan Merton et Colleen Ashbourne ?

— Je n'ai tué personne !

— Nous avons trouvé du sang sur vos couteaux, Jake. Du sang humain.

— C'est le sien, dit-il en montrant de nouveau la cuisine. Elle s'est coupée l'autre semaine, cette andouille.

— Nous allons avoir besoin d'un prélèvement ADN de sa part pour confirmer ça.

Ingham ricana.

— Très bien, mais c'est vous qui lui dites.

Le téléphone de Mark sonna à ce moment-là. Il le sortit de sa poche et reconnut le numéro de Caroline sur l'écran.

— Elle n'est pas là. Dis à Kennedy qu'on amène Jake Ingham pour un interrogatoire.

CHAPITRE 38

Mark était adossé au mur en parpaings peints du couloir, devant la salle d'interrogatoire, et il parcourait du regard les quelques documents que Caroline avait rassemblés au sujet de Jake Ingham.

Il feuilleta le contenu de la chemise cartonnée, qui comprenait une copie de la fiche d'inculpation remplie par Tom Wilcox à l'arrivée d'Ingham, une déposition du responsable de l'abattoir où travaillait l'homme, confirmant que ce dernier avait pris deux jours de congé le jeudi et le vendredi de la semaine dernière, et des photographies des couteaux qui avaient été saisis comme pièces à conviction. Ces mêmes couteaux étaient en cours d'analyse pour les comparer aux restes des deux victimes retrouvées dépecées à Long Wittenham.

Refermant le dossier, il baissa la tête et fixa le sol carrelé, ses pensées se tournant vers les familles des victimes.

Kennedy avait chargé Alex d'organiser les entretiens et d'envoyer en amont des agents en uniforme formés pour assurer la liaison et proposer un soutien psychologique, mais cela n'adoucirait en rien les conversations difficiles qui les attendaient. Mark savait d'expérience que les familles exigeraient des réponses, puis qu'elles éprouveraient le besoin de diriger leur chagrin et leur colère vers quelqu'un.

— Chef ?

À la voix de Caroline, il leva les yeux et la vit s'avancer vers lui, accompagnée d'une petite femme brune d'une quarantaine d'années. Il se redressa à leur approche.

— Je te présente Diane Burrows, dit Caroline en guise d'introduction. L'avocate commise d'office pour M. Ingham.

Mark prit la carte de visite que la femme lui tendait et jeta un œil au logo en relief.

— Vous êtes nouvelle au cabinet ?

— Je l'ai rejoint il y a trois mois, après avoir quitté mon ancien cabinet du Wirral, dit-elle d'une voix posée. Bien, où est mon client, s'il vous plaît ? Je voudrais lui parler avant que nous commencions.

— Certainement. Par ici.

Mark les mena jusqu'à l'endroit où Marie Collins se tenait devant la salle d'interrogatoire numéro quatre. L'agente ouvrit la porte pour Diane, qui la remercia d'un signe de tête avant que la porte ne se referme derrière elle. Il se tourna vers Caroline et baissa la voix.

— Il vaudrait mieux vérifier rapidement ses antécédents, pour savoir à qui nous avons affaire.

Elle avait déjà sorti son téléphone et tapait le nom de la femme dans un moteur de recherche avant d'orienter l'écran pour qu'il puisse voir.

— Maître Burrows exerce le droit depuis vingt-cinq ans, dont les dix dernières années en tant qu'associée dans ce cabinet du Wirral qu'elle a mentionné. Elle a rejoint celui d'Abingdon en tant qu'associée principale. Impressionnant. Regarde certains des articles qu'elle a écrits pour des revues juridiques.

Mark la regarda faire défiler la liste, puis hocha la tête.

— Elle sait ce qu'elle fait. Ça pourrait être difficile.

— Je pense aussi.

Caroline baissa son téléphone au moment où la porte de la salle d'interrogatoire s'ouvrit et où Diane Burrows passa la tête dans l'entrebâillement.

— Merci, détectives, dit-elle. Nous sommes prêts.

Quand Mark entra et s'assit en face de Jake Ingham, il remarqua que l'homme avait des cernes sous les yeux. Une odeur corporelle prononcée flotta au-dessus de la table en direction des deux détectives, tandis qu'Ingham s'arrachait une petite peau autour d'un ongle en regardant Caroline installer le matériel d'enregistrement et répéter la mise en garde formelle que Mark avait faite plus tôt dans la journée.

Une fois cela fait, elle s'installa sur sa chaise, le stylo prêt au-dessus de son carnet.

Mark prit un moment pour passer en revue le contenu du dossier, laissant les minutes s'écouler tandis qu'Ingham s'agitait sur son siège. Le malaise de l'autre homme était palpable, et il sut alors qu'il cachait quelque chose.

— Jake, où étiez-vous entre jeudi soir, vingt-trois heures, et vendredi matin, six heures ? commença-t-il.

Il leva les yeux du dossier juste à temps pour voir Ingham se reculer brusquement sur son siège, laissant retomber ses mains sur la table.

— Je… je ne m'en souviens pas.

— Quand nous vous avons vu lundi, vous avez déclaré

que vous travailliez de nuit à l'abattoir. Vous le faites souvent ?

— Tout le temps. Je préfère.

La surprise d'Ingham se mua en un rictus méprisant.

— Il y a moins de chefs dans les parages à fourrer leur nez partout.

— Pourquoi est-ce que vous avez pris votre nuit jeudi dernier ?

— Quoi ?

Mark ne dit rien, attendant tandis que la mâchoire d'Ingham se contractait. Finalement, l'homme se pencha en avant et commença à tracer des formes avec son index sur la table tout en parlant.

— Je n'avais pas pris de congé depuis un moment. J'avais besoin d'une pause.

— Selon votre responsable, vous avez pris un jour de congé le mois dernier, le dix-sept, et un autre le mois précédent, le quinze. Vous ne travailliez pas non plus la nuit dernière, et pour le moment, vous êtes notre principal suspect dans la disparition d'une enquêteuse en service.

— Je ne sais rien à ce sujet. Comme je l'ai dit, j'avais besoin d'une pause.

Ingham garda les yeux fixés sur la table.

— Pourquoi est-ce que vous ramenez les couteaux chez vous ? demanda Mark.

— Je ne veux pas que quelqu'un d'autre y touche, répondit Ingham.

Son index continuait à tracer des huit sur la surface de la table et il évitait tout contact visuel.

— Ils sont à moi.

— Votre employeur nous dit que chaque membre du personnel dispose d'un casier pour ses effets personnels.

Ingham haussa les épaules.

— J'aime savoir où ils sont.

— Eh bien, il y a des traces de sang humain sur la lame de l'un d'entre eux, et en ce moment même, Jake, ils sont dans notre laboratoire pour être analysés en même temps que les restes de deux victimes retrouvées massacrées dans une maison à Long Wittenham. Deux victimes que vous avez assassinées.

— Je n'ai assassiné personne ! lâcha Ingham.

— Alors, que s'est-il passé ? Est-ce que David les a tués, et ensuite vous avez dépecé les corps ? demanda Mark. Après tout, vous gagnez votre vie en travaillant dans un abattoir, n'est-ce pas ? Et ensuite ? Vous vous êtes disputé avec David et vous avez décidé de l'assassiner à la place ?

— Non. Non, ce n'est pas vrai, dit Ingham en secouant la tête, les yeux écarquillés. Je ne l'ai pas tué. Je vous l'ai dit. Ma petite amie a utilisé un de ces couteaux il y a trois semaines en cuisinant et elle s'est coupée. Je lui avais déjà dit de ne pas y toucher, mais elle ne m'a pas écouté. J'ai fini par devoir l'emmener à l'hôpital pour des points de suture.

— Où est-ce que vous étiez jeudi soir ? Jusqu'à présent, vous n'avez pas répondu à cette question, ni fourni d'alibi concernant votre emploi du temps.

— Attendez.

Ingham recula sa chaise et se tourna vers Diane en murmurant à voix basse.

L'avocate commise d'office fronça les sourcils, regarda Mark, puis secoua la tête avant de répondre.

En réponse, la lèvre supérieure d'Ingham se retroussa, puis il posa les coudes sur ses genoux et contempla le carrelage.

Mark écouta les minutes s'égrener au rythme du tic-tac de

l'horloge murale, et le matériel d'enregistrement à côté d'eux ronronner dans le vrombissement ambiant de la bouche de climatisation, tandis que l'homme contractait sa mâchoire en songeant à la réponse de son avocate.

Puis il pivota sur sa chaise et fit de nouveau face aux détectives.

— Je n'ai pas tué David, dit-il à voix basse.

— Vous allez devoir parler plus fort pour les besoins de l'enregistrement, dit Caroline, son stylo en suspens au-dessus de son carnet.

— J'ai dit que je n'avais pas tué David. Je n'étais même pas à Abingdon jeudi soir.

— Où étiez-vous ? demanda Mark, la voix tendue, tout en regardant l'autre homme se tortiller sur son siège.

— Je… J'étais à la chasse.

— À la chasse ?

— Dans les bois près de East Ilsley.

— Près du Ridgeway ?

— Ouais.

— Vous chassiez quoi ?

La pomme d'Adam d'Ingham fit un va-et-vient dans sa gorge.

— Des cerfs.

— Vous voulez dire que vous braconniez ?

— Ouais.

— Avec qui ?

— Je peux pas le dire.

— Nous avons besoin de votre alibi, dit Mark. Des noms, Jake.

— Ils vont me buter, putain.

— Ce n'est pas mon problème.

Ingham passa ses mains sur son visage avant de les laisser tomber sur ses genoux avec un soupir.

— D'accord.

Mark écouta l'homme donner à Caroline une liste de cinq noms dont les informations seraient bientôt transmises à l'équipe de la délinquance rurale, et il sortit son téléphone portable. Son message à Kennedy fut bref et direct.

Ce n'est pas lui. Retour à la case départ.

CHAPITRE 39

Jan cligna des yeux, puis grimaça tandis qu'une lumière vive lui éblouissait le regard et qu'une douleur perçante lui traversait le front.

Fermant à nouveau les yeux, elle sentit le goût du sang sur sa langue et put en percevoir l'odeur métallique. Elle avait mal aux épaules, et quand elle essaya de les bouger, elle réalisa qu'elle était allongée sur le côté et que ses poignets avaient été liés derrière son dos. La surface sous elle était lisse, et en déplaçant un peu sa joue, elle sentit sa fraîcheur contre sa peau. Elle entendait du mouvement, mais elle garda les yeux fermés un instant de plus. Quelque part, au-delà de l'endroit où elle se trouvait, elle pouvait entendre un rouge-gorge chanter, puis le vrombissement feutré d'une voiture électrique qui passait.

Elle renifla et sentit à nouveau l'odeur du sang séché.

Puis elle se souvint et son estomac menaça de se liquéfier.

Elle ouvrit les yeux, ses cils se frayant un chemin à travers des larmes séchées, et elle réalisa qu'elle était dans le salon de l'appartement.

La pièce était sobre, avec un parquet stratifié imitation chêne et des stores verticaux à la fenêtre. En face d'elle, contre le mur, il y avait un simple bureau et une chaise. Le bureau avait une finition stratifiée noir mat, la lumière de la fenêtre s'éteignant dès qu'elle touchait sa surface. Elle bougea ses mains derrière elle et sentit la base d'un canapé. Tournant le cou vers la droite, elle vit une télévision au mur, son écran vide. En dessous se trouvait une table basse en chrome et en verre, dépourvue de tout le désordre qui recouvrait celle, identique, qu'elle avait chez elle.

Elle la foudroya du regard, se rappelant comment elle avait trébuché, tenté d'amortir sa chute et…

Le bruit de quelque chose qui se brisait et un juron étouffé provinrent d'une autre pièce, puis elle entendit quelqu'un jurer à voix basse tandis que des morceaux de porcelaine étaient balayés. Le fracas métallique d'une poubelle à pédale précéda un grand soupir, puis des pas se rapprochèrent.

Jan se tortilla jusqu'à pouvoir glisser une jambe sous elle et elle se força à se mettre en position assise contre le canapé, grimaçant lorsque l'os de sa cheville s'enfonça dans le sol stratifié.

Un homme entra dans la pièce, une tasse à café à la main. Il portait un jean foncé et un haut noir à manches longues. Il devait avoir la quarantaine, supposa-t-elle, avec des cheveux châtain foncé grisonnants sur les tempes et des yeux bleus et froids. L'orbite de l'œil droit virait au violet en dessous. Il sourit en la voyant et un frisson parcourut son cou et ondula sur ses épaules.

— Vous êtes réveillée, dit-il en posant la tasse sur le bureau à côté d'un ordinateur portable ouvert. Je commençais presque à m'inquiéter.

— Qui êtes-vous ? parvint-elle à articuler, sa langue râpant contre sa gorge sèche.

— Allons, détective. Vous connaissez sûrement la réponse à cette question.

— Je l'ignore. Pourquoi est-ce que vous ne me le dites pas ?

— Vous m'insultez, dit-il. Personne ne fait ça.

Jan ouvrit la bouche pour répondre, mais il traversa la pièce en deux enjambées.

— Assez, cracha-t-il. Vous et votre collègue, vous avez tout gâché.

L'impact de sa main sur sa joue lui fit pivoter la tête vers la droite et elle perdit l'équilibre, tombant sur le côté, puis elle cligna des yeux tandis que de nouvelles larmes lui piquaient les paupières.

— Ne me faites pas de mal, gémit-elle.

— Je me doutais que ça arriverait, dit-il, dégoûté. Vous êtes tous les mêmes, à penser que supplier pour votre vie changera quoi que ce soit.

Il lui tourna le dos et se dirigea vers le bureau, pour revenir avec un rouleau de ruban adhésif gris et une lueur dans les yeux alors qu'il le brandissait devant elle et en arrachait une bande.

— J'ai une réunion dans un instant, de toute façon, alors autant en finir tout de suite avec ce petit jeu, n'est-ce pas ?

S'agenouillant à côté d'elle, il lui attrapa les cheveux et la força à le regarder, puis il appliqua le ruban adhésif contre ses lèvres et le tapota pour le mettre en place.

— Voilà. C'est beaucoup mieux.

Il lui caressa la joue un instant, ses yeux pâles plongeant dans les siens et Jan lutta contre l'envie de vomir, terrifiée à l'idée de s'étouffer. Sa respiration était haletante alors qu'elle essayait de faire passer de l'air par son nez ensanglanté, et sa vision commença à se rétrécir en tunnel. Il la gifla de nouveau et elle poussa un cri.

— Ça vous apprendra à vous défendre, détective West, dit-il en touchant son orbite. Maintenant, nous sommes quittes.

Il la laissa retomber sur le sol comme s'il jetait un jouet avec lequel il ne voulait plus jouer, et il retourna au bureau, prit une gorgée de café et s'assit devant l'ordinateur portable.

— Bon, où est-ce que j'en étais ? murmura-t-il, avant de faire craquer ses doigts puis de tendre la main vers la souris. Ah oui, la visioconférence…

Jan écoutait l'homme se parler à lui-même tout en organisant différents fichiers et présentations pour sa réunion, horrifiée qu'il soit si calme, si diablement sûr de lui qu'il pouvait continuer comme si de rien n'était, comme si elle n'était pas là, comme s'il n'avait pas enlevé et agressé un officier de police.

Comme s'il sentait qu'elle le regardait, il jeta un coup d'œil dans sa direction et lui fit un clin d'œil.

— Et maintenant, tenez-vous tranquille. Ce client avec qui j'ai rendez-vous est très important. Très important.

Une série de carillons retentit depuis l'ordinateur portable, puis il afficha un sourire sur son visage et se pencha en avant.

— Gerald, bonjour. Merci d'avoir accepté ce rendez-vous dans un si court délai.

— Aucun problème, répondit une voix chaleureuse. Je dois dire que nous sommes absolument ravis des échantillons que vous nous avez envoyés.

— Ah, c'est parce que l'on m'a fourni un cahier des

charges d'une telle qualité, dit l'homme. Un client qui sait ce qu'il fait me facilite toujours la vie.

Jan cligna des yeux, incrédule devant tant d'aisance, puis elle se décala légèrement pour essayer de voir l'écran. Si seulement elle pouvait…

— Gerald, je suis vraiment désolé, mais j'attends une livraison et cette fichue sonnette vient de retentir, dit l'homme. Vous pourriez patienter un petit instant ?

— Bien sûr, je vous en prie… aucun problème, répondit le client.

Il tapa violemment sur le clavier, puis traversa la pièce si rapidement que Jan n'eut pas le temps de s'éloigner en se tortillant, ses supplications étouffées par le ruban adhésif qui lui bâillonnait la bouche. Il s'accroupit, lui attrapa les cheveux et attira le visage de la jeune femme vers le sien ; il avait de la bave aux commissures des lèvres.

— Vous ne vous facilitez pas la tâche, Jan, siffla-t-il. Et avant que vous n'essayiez quoi que ce soit, sachez que le son de l'ordinateur est coupé et que Gerald ne peut pas vous entendre. Il ne peut pas vous voir non plus, parce que j'ai flouté l'arrière-plan. Mais… juste au cas où…

Il passa ses mains sous les aisselles de Jan et la traîna pour la mettre debout, puis il la chargea sur son épaule, comme un sac de pommes de terre. En traversant la pièce pour éviter l'écran de l'ordinateur portable, il attrapa au passage le sac à main de la jeune femme, posé sur le dossier d'un fauteuil, tout en sifflotant.

Jan se débattit, essayant de donner des coups de pied alors qu'ils passaient devant le bureau pour tenter de faire tomber l'ordinateur portable, mais il pivota au dernier moment, et l'arrière de sa tête heurta le cadre de la porte.

Elle poussa un cri de douleur, puis le sentit tourner à droite.

C'était une chambre à coucher. Un grand lit double occupait la majeure partie de l'espace et il la projeta dessus. Elle bascula, atterrit sur le côté, et poussa un cri de frustration quand il jeta son sac à main dans un coin, à côté d'une simple armoire en bois. Il se posta au pied du lit et la fixa du regard.

— Je m'occuperai de vous plus tard, gronda-t-il, puis il se retourna et quitta la pièce, refermant la porte derrière lui.

Jan l'entendit s'excuser auprès de son client pour l'interruption, et leur réunion se poursuivit. Se glissant plus haut sur le lit, elle essaya de se retourner en s'aidant des oreillers ; le pendentif attrape-rêves glissa sur sa peau et lui chatouilla le cou. Elle sentit de nouvelles larmes lui monter aux yeux, frustrée d'avoir les mains liées et de ne pas pouvoir se gratter, de ne pas pouvoir arracher le ruban adhésif qui la réduisait au silence.

Puis son téléphone se mit à vibrer dans son sac. Elle tendit le cou alors que l'écran s'illuminait, mais elle ne parvint pas à voir le nom qui s'affichait : il était trop au fond de son sac et masqué par son carnet qui en était tombé lorsque l'homme l'avait laissé tomber.

L'appel prit fin et elle laissa retomber sa tête, ses sanglots désormais plus forts, tandis qu'elle se demandait si Turpin et ses collègues essayaient de la retrouver, et si elle reverrait un jour Scott et ses enfants.

CHAPITRE 40

Lorsque Mark entra dans la salle des opérations après avoir relâché Jake Ingham, une atmosphère de désespoir pesait sur les bureaux tandis que, tout autour de lui, la nouvelle de la disparition de West se propageait parmi les détectives et le personnel administratif.

Certains des plus jeunes membres de l'équipe de Tracy le dévisagèrent alors qu'il passait, détournant les yeux lorsqu'il leur lança un regard noir et s'éclipsant, des dossiers cartonnés à la main, ou feignant un intérêt soudain pour leurs écrans d'ordinateur.

Caroline fronça les sourcils dès qu'elle le vit et s'approcha de lui alors qu'il s'effondrait sur sa chaise.

— J'imagine qu'il n'y a toujours aucun signe de Jan ?

— Non, et je viens de parler au centre de commandement pour qu'ils envoient plus de monde au parking, dit-il en se connectant à son ordinateur. Ils ont aussi mis en place un flux en direct des caméras de vidéosurveillance des environs immédiats. Il faut encore quatre heures avant que la plupart des résidents du quartier ne rentrent du travail, et j'imagine qu'il faudra un certain temps avant que l'on reçoive les enregistrements de la nuit dernière.

— Bon sang, dit-elle. Et je viens de parler au service des urgences du John Radcliffe. Ils ont confirmé que Jake Ingham y a emmené sa petite amie il y a trois semaines. Elle a eu besoin de huit points de suture au pouce.

— Merde.

Mark se passa une main sur la tête.

— On est à court d'options.

— J'ai quelque chose qui va vous aider.

Alex fit rouler sa chaise et s'appuya sur le bureau de Mark, pointant du doigt les dossiers affichés dans la base de données HOLMES2.

— Ouvre celui-là.

— Qu'est-ce que c'est ? demanda Mark en remarquant le format de fichier vidéo.

— On a enfin reçu les images du bar d'Oxford où Ryan Merton a été vu pour la dernière fois, dit le jeune enquêteur. Ils ont dû attendre de les recevoir de leur siège social à Milton Keynes. Avance rapidement jusqu'à vingt et une heures dix sur le minuteur dans le coin.

Mark s'exécuta, observant les clients du bar aller et venir en accéléré jusqu'à ce qu'il voie Ryan apparaître à l'image. Ralentissant la lecture, il tapait du pied avec impatience pendant que l'homme discutait avec le barman, puis se tournait pour parler à une femme à sa droite qui se tenait au bar quand il s'était approché. L'estomac de Mark se noua à l'idée que quelques jours après la prise de cette vidéo, la vie de Ryan s'était terminée dans des circonstances horribles. Après avoir ri avec la femme pendant quelques instants, Ryan disparut à nouveau du champ, et le regard de Mark balaya les autres habitués à mesure que la soirée avançait.

— Ça arrive, murmura Alex.

Jetant un coup d'œil au minuteur, Mark vit qu'il était à quelques secondes de l'image qu'il cherchait et il laissa l'enregistrement se dérouler à vitesse normale.

Ryan réapparut, et tandis qu'il commandait une autre pinte, il fut rejoint par deux hommes, le dos tourné à la caméra. Puis le barman s'approcha et désigna l'une des tireuses à bière, surmontée d'un gobelet en plastique. À cet instant, l'un des hommes se tourna pour évaluer les autres bières blondes disponibles et Mark laissa échapper un grognement triomphant.

— David Wannick, dit-il. Tiens, tiens, tiens.

— Continue de regarder, dit Alex, dont l'excitation était palpable. Regarde.

Puis l'autre homme fit exactement la même chose, regardant le long du bar avant de pointer une bière locale qui était en promotion. Cela fait, il reporta son attention sur Ryan.

Alex tendit la main et rembobina la vidéo jusqu'à ce que le visage de l'homme soit de nouveau visible.

— Tu le reconnais ?

Se penchant en avant, Mark cligna des yeux, puis secoua la tête.

— Non, il ne me dit rien. Qu'est-ce que je rate ?

— Voyons voir, dit Caroline en les rejoignant.

Elle scruta l'image pendant quelques secondes, puis regarda Alex.

— Ok, je donne ma langue au chat. C'est qui ?

Une partie de l'excitation d'Alex s'estompa.

— Eh bien, je ne sais pas encore qui c'est, mais... attends, laisse-moi faire, chef.

Mark poussa sa souris et son clavier vers Alex et regarda son collègue fouiller dans les autres fichiers enregistrés dans la base de données, jusqu'à ce qu'il trouve ce qu'il cherchait et l'ouvre d'un clic.

— Vous voyez ? dit-il à ses collègues en reculant et en montrant une seconde image à l'écran.

Il l'ajusta pour qu'elle soit côte à côte avec l'enregistrement du bar d'Oxford.

— C'est le même type qui a été filmé par la caméra devant les bureaux équipés la nuit où Wannick a été tué, n'est-ce pas ?

Mark entendit l'espoir dans la voix de son collègue et se rapprocha.

— Bordel, Alex. Tu as raison.

— Alors de quoi s'agit-il ? demanda Caroline, les bras croisés et les sourcils froncés en fixant l'écran. Une sorte de rendez-vous qui a mal tourné ?

— Je n'ai rien trouvé sur les réseaux sociaux ou le téléphone de Ryan qui suggère qu'il s'agissait d'une rencontre arrangée. Il n'y a aucun signe qu'ils aient quitté le bar ensemble, dit Alex, et il n'y a aucune altercation entre eux, j'ai regardé le reste des images pour vérifier. Je ne vois pas non plus qu'ils se soient échangé leurs numéros de téléphone ou quoi que ce soit d'autre.

— Tu as regardé le reste de la vidéo ?

— Oui, et si tu accélères, tu verras Ryan retourner s'asseoir là où il était, c'est hors champ, et ces deux-là se déplacer vers cette table dans le coin.

Mark fit ce qu'Alex lui suggérait, en regardant la scène se dérouler sur l'écran. David Wannick et son compagnon se levèrent et sortirent du pub à vingt-deux heures quarante-cinq, un quart d'heure avant la dernière tournée.

— Une idée d'où ils sont allés ?

— J'ai demandé à deux de nos agents en uniforme

d'éplucher les images de vidéosurveillance que nous avons reçues de la mairie pour les retrouver. Ils y travaillent en ce moment.

— Pendant ce temps, il est évident que Ryan a été ciblé par Wannick et l'homme qui l'accompagnait, dit Caroline.

— Je pense qu'on a affaire à un duo de tueurs, dit Mark en rembobinant l'enregistrement jusqu'au moment où les deux hommes étaient de nouveau au bar avec Ryan. L'un ou l'autre, ou les deux, choisit sa prochaine victime, puis cet homme-ci ou Wannick la tue, laissant à Wannick le soin de se débarrasser du corps.

— Mais qu'est-ce qui a mal tourné ? demanda Alex. Pourquoi cet homme a-t-il tué Wannick ?

— Peut-être parce qu'il ne se débarrassait plus des corps, dit Mark. Regardez ce qu'on a trouvé dans la maison de Long Wittenham. Le corps de Ryan a été laissé là où Wannick l'a massacré, et celui de Colleen a été emmuré. Wannick ne se débarrassait plus des corps, n'est-ce pas ? Pas comme il le faisait à Dubaï, ou à Birmingham, ou ici.

— Bon sang, chef, dit Caroline. Depuis combien de temps est-ce que ces deux-là travaillaient ensemble ?

— Je ne sais pas.

Mark regarda par-dessus son épaule alors que la porte de la salle des opérations s'ouvrait, et une femme se hâta vers eux.

— Je suis désolée, je sais que c'est urgent mais nous sortons à peine de notre réunion. Lequel d'entre vous est Alex ?

— Moi, répondit le jeune détective.

— Je suis Sonia, de l'informatique. Lequel de ceux-là est l'ordinateur de January West ?

Alex désigna l'ordinateur en face de celui de Mark, et la femme s'assit.

— Donnez-moi un instant, ça ne prendra pas longtemps.

Mark contourna le bureau pour la rejoindre.

— Vous connaissez son mot de passe ?

— Ce sont les prénoms des jumeaux, puis leur date de naissance.

— Merci. Comment—

— Elle avait des problèmes de connexion au serveur jeudi dernier, alors je l'ai aidée.

L'experte en informatique haussa les épaules alors que l'écran s'allumait, et elle repoussa le clavier en se levant.

— C'était ça, ou la regarder jeter l'ordinateur dans la cage d'escalier.

— Ok, merci.

Mark esquissa un sourire, sachant pertinemment quel pouvait être le caractère de West face à la technologie. Son sourire s'effaça quand il vit Kennedy se diriger vers lui, le visage de l'inspecteur principal grave.

— Chef ?

— Un mot, s'il vous plaît, Mark. Dans mon bureau.

Il n'attendit pas de réponse et tourna les talons.

Mark se tourna vers Alex.

— Tu peux commencer à fouiller ce sur quoi Jan travaillait hier soir, et préviens-moi à la minute où tu trouves quelque chose ?

— Entendu, chef.

Mark remercia Sonia, puis traversa la pièce au pas de course jusqu'au bureau de Kennedy et referma la porte.

L'inspecteur principal avait le teint cireux.

— J'imagine que vous avez eu une avancée avec les images de vidéosurveillance ?

— Qu'est-ce qui se passe, chef ? demanda Mark après lui avoir raconté ce qu'Alex avait trouvé, ainsi que sa théorie sur le duo de tueurs composé de David Wannick et de l'autre homme.

— J'ai envoyé une autre patrouille sur Ock Street, mais je leur ai conseillé d'y aller en civil et de rester discrets pendant qu'ils font le porte-à-porte, et j'ai dit à cette autre patrouille de laisser le parking tranquille, dit Kennedy. Si Jan est retenue quelque part dans les environs, je ne veux pas alerter celui qui la détient. Les gens ont commencé à rentrer du travail après avoir récupéré les enfants à l'école, donc on devrait avoir un flux constant d'informations si quelqu'un a remarqué quoi que ce soit à propos d'elle et de sa voiture hier soir ou ce matin.

Mark se massa l'arête du nez, sentant un début de mal de tête.

— C'est peu probable, chef—

— En effet, le coupa Kennedy. Mais c'est tout ce qu'on a pour le moment, n'est-ce pas ?

CHAPITRE 41

Mark laissa le silence l'envahir tandis qu'il observait les éloges et les récompenses accrochés au mur derrière le bureau de Kennedy.

Parmi eux se trouvaient des photographies de barbecues organisés derrière le commissariat les étés précédents, ou de verres pris pour célébrer la conclusion d'enquêtes exténuantes qui avaient mis à l'épreuve les compétences et la détermination de l'équipe.

Sur chacune d'elles, l'enquêteuse January West était au centre du groupe, les bras autour de ses collègues, un sourire radieux illuminant l'assemblée.

Il pouvait entendre son rire en se remémorant une soirée particulière après le travail dans un pub du coin, puis sa voix alors qu'elle le réprimandait, lui ou l'un de leurs collègues, pour une broutille.

Sa gorge se serra en pensant à Scott, à Harry et à Luke, et il serra les poings sur ses genoux, ses ongles s'enfonçant dans ses paumes.

— On ne peut pas rester assis là, chef, croassa-t-il. Il doit bien y avoir quelque chose à faire.

— Le quartier général va reprendre l'affaire, dit Kennedy. J'ai fait remonter le dossier pour demander plus d'aide, et ils essaient de trouver un officier supérieur pour superviser.

— Mais ça ne fait rien avancer pour l'instant, n'est-ce pas, chef ? Je veux dire, pour ce qu'on en sait, Jan pourrait être—

Alex frappa à la porte et jeta un coup d'œil à l'intérieur.

— Désolé, dit le jeune détective, mais je crois que je sais peut-être sur quoi Jan enquêtait hier soir.

— Entrez, asseyez-vous, dit Kennedy en frappant la main sur son bureau. Parlez.

— Ok.

Alex se laissa tomber sur la chaise à côté de Mark.

— Un email est arrivé tard hier, de l'un de nos contacts à Interpol, qui transférait un message de l'Emirates Post. Il n'est arrivé qu'après que nous étions tous partis pour la journée, et on a été occupés à chercher Jan depuis notre arrivée ce matin, mais elle l'a lu et elle avait aussi le site du cadastre ouvert. Il s'avère que Neville Kyte possède un appartement ici. C'est là que David Wannick a fait réexpédier son courrier après avoir quitté Dubaï en avril.

— Quoi, à Birmingham ? demanda Kennedy.

— Non, chef. Ici. À Abingdon. Il en est propriétaire depuis une dizaine d'années.

La main d'Alex trembla un peu en tendant une impression du registre.

— C'est près de l'endroit où la voiture de Jan a été retrouvée ce matin.

— Merde, parvint à dire Mark. Est-ce qu'on sait si Neville Kyte est toujours à Dubaï ?

— Caroline est au téléphone avec la police de Dubaï, dit Alex. Elle essaie de joindre le sergent Abadi, mais apparemment il est en réunion en ce moment.

— Il faut qu'il sorte de cette réunion maintenant, sinon je vais...

Kennedy pencha la tête pour voir au-delà de Mark alors qu'une ombre passait devant la fenêtre donnant sur la salle des opérations.

— Entrez.

— Désolée de vous interrompre, chef, dit Caroline. J'ai le sergent Abadi au téléphone. Il doit vous parler d'urgence. Ligne quatre.

L'inspecteur principal se jeta sur le téléphone de son bureau et prit l'appel en mettant le haut-parleur.

— Ici Ewan Kennedy.

— Inspecteur, je vous remercie d'avoir pris mon appel. Je crois comprendre que votre équipe essaie de localiser Neville Kyte.

— C'est exact, sergent, et merci de votre prompte attention. Nous essayons de savoir si M. Kyte est resté à Dubaï depuis avril, ou s'il est retourné au Royaume-Uni ces dernières semaines.

— Je ne crois pas, non.

— Vous pouvez en être certain ? insista Kennedy. C'est juste que nous pensons qu'il possède une propriété ici, à Abingdon, qui pourrait être liée à notre enquête pour meurtre en cours. Nous tenons vraiment à comprendre pourquoi l'adresse de cette propriété a été utilisée par l'un de nos suspects pour y faire suivre son courrier lorsqu'il a quitté Dubaï.

— Un instant, s'il vous plaît, dit Abadi. Je vais lui demander.

— Il est avec vous ?

— Oui, je réinterrogeais M. Kyte au sujet des restes trouvés chez lui. Il est en train de signer sa déposition.

— Est-ce que nous pourrions lui parler ? C'est urgent, dit Kennedy.

— Bien sûr. Un instant s'il vous plaît, le temps que nous installions à nouveau la salle d'interrogatoire.

Abadi quitta l'appel et Mark entendit une version métallique de « *Greensleeves* » commencer à jouer sur une ligne pleine de parasites avant que Kennedy ne baisse le volume, puis n'appuie sur le bouton muet.

— Quelqu'un a une idée avant qu'on parle à Neville Kyte ? demanda l'inspecteur principal en regardant ses détectives.

— J'imagine qu'Abadi l'a déjà interrogé pour savoir s'il était au courant pour les corps sous le kiosque, dit Caroline, et je n'ai pas eu l'impression qu'ils allaient l'inculper pour ça, d'après ce que je viens d'entendre.

— Moi non plus, dit Mark.

Au bout de quelques instants, la voix d'Abadi revint sur la ligne.

— Inspecteur Kennedy, vous êtes maintenant en haut-parleur avec M. Kyte. Ses droits lui ont été rappelés et il m'a assuré de sa coopération pour répondre à vos questions.

— Merci, sergent, dit Kennedy. Monsieur Kyte, est-ce que vous m'entendez bien ?

— Oui, je vous entends, confirma Neville. Ma femme et moi sommes anéantis par ce qui s'est passé. Je n'arrive toujours pas à croire que Trent nous ait utilisés comme ça, je veux dire, David Wannick… ou qui qu'il soit.

— Monsieur Kyte, est-ce que vous pouvez nous confirmer si vous êtes récemment revenu au Royaume-Uni ?

— La dernière fois que je suis allé au Royaume-Uni, c'était pour une réunion organisée à l'avance à Manchester, répondit Neville. J'ai pris un vol direct et j'ai séjourné dans un hôtel d'affaires près de l'aéroport pendant trois nuits avant de rentrer chez moi, ici à Dubaï.

— Vous avez voyagé seul ?

— Oui. Deidre m'accompagne parfois au Royaume-Uni si je dois y rester une semaine ou plus, mais nous étions allés voir de la famille début décembre, et elle avait ses propres occupations ici. Elle a donc décidé de ne pas m'accompagner en février.

— Vous pouvez nous fournir des alibis pour la période où vous étiez au Royaume-Uni ?

— Je vais demander à Deidre de retrouver mon emploi du temps quand je serai rentré, mais oui, j'étais en réunion tous les jours, puis j'ai dîné avec divers partenaires commerciaux et clients le soir.

— Parlez-moi de l'appartement que vous possédez ici à Abingdon, dit Kennedy. Qui a eu l'idée que David l'utilise pour faire suivre son courrier une fois qu'il a décidé de quitter Dubaï en avril ?

— C'était la mienne. Nous avons discuté un après-midi, juste après qu'il nous a annoncé qu'il retournait au Royaume-Uni. Je lui ai demandé quels étaient ses projets, et il n'avait pas l'air sûr de lui. Il semblait… préoccupé, quand j'y repense. J'ai eu l'impression que c'était une décision de dernière minute ; j'imagine que maintenant, avec tout ce que nous avons découvert depuis, ça prend tout son sens. Je lui ai demandé s'il avait un endroit où loger, et il a répondu qu'il n'était pas sûr, mais qu'il lui fallait une adresse rapidement pour pouvoir faire suivre son courrier. C'est là que j'ai suggéré qu'il utilise l'appartement.

— Donc, ça ne vous a pas posé de problème de lui donner une clé de l'appartement ? demanda Kennedy.

— Pas du tout, inspecteur. Après tout, ce n'était censé durer que le temps qu'il trouve son propre logement à louer, et il ne savait pas combien de temps cela prendrait, d'où l'utilisation de l'adresse pour son courrier.

— Vous ne l'avez pas mis en location depuis votre déménagement à Dubaï ?

— Oh si, dit Neville. Mais John n'y retourne qu'occasionnellement pour affaires, et il ne devait pas y retourner avant début mai, donc la visite de David n'a pas interféré avec ses projets.

Le cœur de Mark manqua un battement.

— Qu'est-ce que vous avez dit ?

— John Flackman. Il me loue l'appartement pour ne pas avoir à dormir à l'hôtel quand il retourne au Royaume-Uni pour affaires. C'est moins risqué pour moi que de le louer à un parfait inconnu.

Neville eut un petit rire.

— Et il me paie beaucoup plus que ce que j'obtiendrais de n'importe quelle agence de location, je peux vous l'assurer.

CHAPITRE 42

Jan fixait le plafond en plâtre de la chambre et écoutait un scooter qui passait sous la fenêtre. Il s'arrêta quelque part le long du chemin étroit entre l'immeuble et les maisons de ville mitoyennes voisines, son moteur s'éteignant dans un crachotement pathétique.

Un peu plus loin dans la rue, un jeune enfant cria de joie, un son suivi par le martèlement de petits pieds et une mère en train de poursuivre son bambin, prétendant être un dragon en colère. Leurs rires s'estompèrent au loin, puis Jan entendit le doux roucoulement des pigeons sur les toits, le klaxon d'un camion quelque part en ville, la voix nasillarde et électronique d'une femme alors qu'un véhicule faisait marche arrière à proximité.

Elle ravala de nouvelles larmes à la pensée de toute cette vie qui continuait autour d'elle.

Sans elle.

Le scooter redémarra cinq minutes plus tard. Elle se demanda si c'était un livreur de repas, et malgré sa terreur, son estomac gargouilla en réponse, un instinct automatique né de plusieurs heures sans nourriture.

Elle s'était urinée dessus dix minutes plus tôt, incapable de se retenir plus longtemps. Elle sentait maintenant son pantalon devenir froid, moite, et elle se détestait pour ça, elle détestait cet homme de l'avoir dégradée ainsi, et elle détestait sa propre stupidité d'avoir enquêté sur l'appartement sans Turpin ni aucun autre renfort.

Maintenant, l'odeur d'urine lui emplissait les narines et elle plissa le nez avec dégoût. En se tortillant de côté sur le lit, mettant autant de distance que possible entre elle et ce qu'elle avait fait, elle essaya une fois de plus de desserrer les liens qui lui immobilisaient les mains dans le dos.

Il l'avait attachée si fermement qu'elle était incapable de passer ses mains sous ses jambes pour les ramener devant elle. Elle avait essayé, quatre fois déjà, mais tout ce qu'elle avait obtenu, c'étaient des brûlures de corde sur la peau, et en regardant l'endroit où elle était allongée, elle vit du sang et le sentit, chaud, contre son poignet gauche.

Elle avait aussi essayé de retirer le ruban adhésif de sa bouche en se frottant le visage contre l'oreiller puis le drap, en vain.

Elle s'apprêtait à s'asseoir et à voir si elle pouvait d'une manière ou d'une autre ouvrir les stores de la fenêtre, mais elle entendit alors des pas en provenance du salon, et elle se recoucha, essayant de calmer sa respiration.

La porte s'ouvrit et l'homme apparut, un verre d'eau à la main. Sa lèvre se retroussa quand il vit la tache humide de l'autre côté du lit et qu'il sentit l'odeur de la pièce.

— Je suppose que c'était inévitable à un moment ou à un autre, dit-il.

Il s'approcha d'elle, la redressa et passa son regard sur son visage. Il semblait l'évaluer et elle frissonna en réponse.

Est-ce que ça allait faire mal, se demanda-t-elle, ou est-ce qu'il allait l'assommer avec quelque chose avant de commencer à lui taillader la peau ?

Elle avait lu les rapports de Gillian. Aucune trace de drogue n'avait été trouvée sur les deux victimes de la maison de Long Wittenham, mais les corps étaient dans un tel état que toute trace aurait disparu.

Elle le regarda poser le verre d'eau.

Sa main se tendit, il décolla le ruban adhésif et elle ferma les yeux et ravala un cri tandis qu'il lui arrachait la peau. Puis il porta le verre à ses lèvres et elle but à grandes goulées, puis commença à tousser.

Il posa l'eau, sortit un mouchoir en coton de la poche de son jean et tamponna les postillons qui couvraient son visage.

— Vous devez apprendre les bonnes manières, détective West.

— Je suis désolée, dit-elle. Je ne l'ai pas fait exprès.

— Ah bon.

Il regarda sa montre, un modèle de plongée en acier inoxydable qui criait l'argent et l'égotisme.

Elle essaya d'incliner la tête pour voir l'heure, depuis combien de temps elle était retenue captive ici, mais sa main jaillit et la repoussa. Elle bascula en arrière sur le lit, ses mains s'enfonçant dans sa colonne vertébrale.

— J'ai encore une réunion, dit-il en ramassant le rouleau de ruban isolant.

Il en arracha une nouvelle bande et l'appliqua sur ses lèvres.

— Et ensuite, vous allez me dire tout ce que vous savez.

Il quitta la pièce, fermant la porte derrière lui, et quelques instants plus tard, elle entendit les carillons révélateurs d'une réunion en ligne qui commençait et la voix de l'homme parvint jusqu'à l'endroit où elle était allongée.

Elle ne distinguait pas ce qu'il disait, et il avait réglé le volume trop bas pour qu'elle puisse comprendre l'accent ou les mots de la femme avec qui il était en réunion. L'homme était jovial, son ton était fanfaron, puis il rit de quelque chose que la femme avait dit.

Elle cligna des yeux, se rappelant un rire similaire et un appel téléphonique à peine quatre jours plus tôt.

Ce jour-là, il avait semblé pressé en répondant, et irrité en apprenant qu'il s'était trompé sur l'heure de l'entretien téléphonique.

Mais si cette confusion avait été causée par le fait qu'il pensait qu'elle faisait référence à un entretien à l'heure britannique, plutôt qu'à celle de Dubaï ? Avait-il baissé sa garde un instant fatidique, pour ensuite se reprendre ?

Il y avait eu des voitures en arrière-plan, et elle se souvenait avoir entendu un panneau de sécurité s'activer avant qu'une porte ne s'ouvre et qu'il n'entre dans un bâtiment. Il avait choisi de prendre les escaliers plutôt que l'ascenseur, et elle avait d'abord supposé qu'il retournait à son bureau, puis avait déduit plus tard qu'il était chez lui, ce qui était probablement un appartement.

Il avait exprimé son choc en apprenant la mort de David Wannick – même si à l'époque, Jan et Turpin l'appelaient encore Trent Jardel, et Flackman avait fait de même. Il lui avait dit qu'il ne connaissait Jardel que depuis quelques semaines avant de l'avoir recommandé aux Kyte en tant que locataire, et il lui avait donné l'impression que Jardel était un solitaire, pas un golfeur, ni du genre à se mêler aux autres au bar du club les après-midis et les soirs. Il avait également confirmé que la dernière fois qu'il avait vu Jardel, c'était en mars, avant que l'homme ne reparte pour le Royaume-Uni, et il avait donné l'impression qu'à part quelques emails après cette date, ils avaient perdu le contact.

Et pourtant, pendant tout ce temps, il était ici, en Angleterre.

À Abingdon.

À traquer, tuer.

Épier, attendre.

Elle comprit alors que l'entretien était terminé et que ses pas résonnaient déjà de l'autre côté de la porte.

Il ouvrit, l'air agacé, comme si elle était un problème à régler, un obstacle à sa propre survie.

— John Flackman, murmura-t-elle dès qu'il lui retira le ruban adhésif des lèvres.

Il esquissa une révérence, son sourire s'élargissant.

— Détective West. Vous vous souvenez de moi, après tout.

— Qu'est-ce que vous faites ici ?

— J'ai décidé qu'un changement d'air me ferait du bien.

— Est-ce que vous avez tué David Wannick ?

Flackman s'arrêta au pied du lit et contempla les ongles de sa main droite, son sourire s'effaçant.

— Oui. C'était dommage, d'ailleurs. Mais c'était une issue nécessaire.

— Pourquoi ?

— Parce qu'il est devenu négligent.

Flackman baissa la main, son attention se tournant de nouveau vers elle.

— Tout comme vous, détective West.

CHAPITRE 43

Mark regardait à travers une paire de jumelles et essayait de calmer son cœur qui s'emballait.

Il se tenait à la fenêtre d'un immeuble de bureaux de quatre étages sur Ock Street, dont l'arrière donnait sur East St Helens et offrait une vue dégagée sur les maisons de ville et les appartements du site de l'ancienne brasserie.

Derrière lui, il y avait une table de conférence en stratifié qui pelait, autour de laquelle huit chaises en plastique dans un état tout aussi délabré étaient disposées au hasard. Divers câbles téléphoniques et Ethernet serpentaient sur les dalles de moquette. Une légère odeur de désinfectant au citron mêlée à celle de l'abandon imprégnait la pièce qui, comme le reste du bâtiment, devait être rénovée au cours des prochains mois.

Pour l'instant, elle servait de poste de commandement temporaire.

Kennedy se tenait à côté de lui, au téléphone avec le quartier général tout en fusillant du regard les fenêtres de l'appartement appartenant à Neville Kyte.

Ils avaient réussi à obtenir le plan de l'appartement par Kyte, qui le leur avait envoyé par email quelques instants avant que Mark, Kennedy et dix agents en uniforme de l'équipe d'enquête n'aient quitté la salle des opérations pour se ruer sur l'immeuble de bureaux en empruntant un itinéraire alambiqué par les ruelles au nord de l'immeuble afin d'éviter d'être repérés.

Le plan était simple, créé par l'agent immobilier par lequel Kyte avait acheté l'appartement, mais il suffisait à leur dessein. D'après le plan, Mark fixait maintenant la fenêtre de la chambre principale, bien que les stores fussent baissés et qu'il ne pût voir à l'intérieur. Cependant, pour une raison quelconque, le fait de pouvoir se tenir là, à seulement quelques centaines de mètres de l'endroit où il espérait trouver West, lui donnait le sentiment de faire au moins quelque chose.

Kennedy termina son appel.

— Le quartier général envoie une équipe tactique de six agents. Ils seront là dans quinze minutes, et je leur ai demandé de ne pas faire de bruit. La dernière chose que nous voulons, c'est alerter Flackman de notre approche avec des gyrophares et des sirènes.

Mark rendit les jumelles à l'inspecteur principal.

— Je descends tout de suite, chef. Je veux être prévenu dès qu'ils la trouveront.

— Tâchez juste de ne pas vous mettre dans les pattes de l'équipe tactique, l'avertit Kennedy. Nous ne savons pas à quel point Flackman peut être aux abois, et nous ne savons pas quelle est la situation dans cet appartement. Pour l'amour de Dieu, n'y allez pas seul.

— Compris. Merci.

Mark quitta la salle de réunion et entra dans un open

space vide, encombré de bureaux abandonnés, de quelques chaises et couvert d'une fine couche de poussière. Une lumière pâle filtrait par les fenêtres au fond, qui tournaient toutes le dos à l'appartement de Neville Kyte. Passant devant une corbeille à papier vide et renversée, Mark se dépêcha de sortir dans un couloir sombre et il dévala les escaliers.

L'entrée du bâtiment donnait sur une rue étroite surplombée par des maisons de style Régence. Il y avait des doubles lignes jaunes le long de la route, et seule une voiture passait de temps en temps. Il entendit la sirène d'un camion de pompiers retentir au loin, et son estomac se retourna. Espérant que Flackman ne l'entendrait pas à travers le triple vitrage de l'appartement moderne, Mark ralentit son allure en arrivant au coin où la route rejoignait l'un des chemins piétonniers menant au site de l'ancienne brasserie.

— Allez, marmonna-t-il. Où est-ce que vous êtes ?

Une femme en train de promener en laisse un chien bâtard récalcitrant sortit de l'une des maisons de ville plus loin sur le chemin, refermant sa porte d'entrée avec un bruit sourd et audible, puis elle se mit à marcher vers lui. Il adopta une posture nonchalante, sortit son téléphone portable et fit semblant de faire défiler ses emails avec une expression perplexe. Il leva les yeux alors qu'elle approchait, son expression curieuse, et lui lança un regard embarrassé signifiant « qu'est-ce que vous voulez y faire ? » accompagné d'un haussement d'épaules avant de baisser à nouveau les yeux vers son écran.

Elle passa sans un mot et il attendit quelques secondes avant de regarder par-dessus son épaule pour la voir s'éloigner rapidement tout en parlant à son chien à voix basse.

La route était maintenant déserte, calme et sans voitures,

et Mark pouvait entendre le sang battre à ses oreilles et sentir son cœur s'accélérer. La nausée lui serra les entrailles et il essaya de chasser la pensée de Scott, Harry et Luke, assis à la maison avec un agent de liaison familiale nommé à la hâte en attendant des nouvelles.

Il entendit alors des pas, des bruits de bottes lourdes qui martelaient le trottoir, et il tourna le coin pour voir huit hommes armés en uniformes sombres s'avancer vers lui. Il attendit, sortit sa carte de police et la tendit à l'homme en tête du groupe alors qu'il approchait.

— Inspecteur Mark Turpin.

L'homme jeta un œil à sa carte, puis fit signe à son équipe de se poster sur le côté du bâtiment, en restant à l'écart du carrefour et hors de vue de la position de Kennedy dans l'immeuble de bureaux à quelques mètres de là.

— Sergent Aaron Meadows, brigade d'intervention. Je suppose que c'est votre collègue qui est en danger ?

— Elle a un mari et deux enfants, dit Mark, la voix brisée.

Il prit une profonde inspiration, essaya de se concentrer, de se raisonner en se disant qu'Aaron et son équipe avaient de nombreuses années d'expérience, mais la peur persistait.

— Nous n'avons aucune nouvelle de Flackman.

— Aucune exigence ?

La mâchoire d'Aaron se contracta.

— Est-ce que quelqu'un a tenté de négocier avec lui ?

— On n'est même pas sûrs qu'il soit dans l'immeuble, mais étant donné le danger qu'il représente, nous devons savoir si Jan est là-dedans, dit Mark. Kennedy vous a briefé ?

— Via le QG, pendant qu'on était en route. On va entrer directement par la sortie de secours à l'arrière du bâtiment, et on couvrira aussi l'entrée principale avec trois de mes hommes, dit Aaron. Et il est temps pour vous de vous écarter, inspecteur. On a un travail à faire.

— Compris.

Mark regarda l'équipe disparaître au coin de la rue, puis jeta un œil dans leur direction et téléphona à Kennedy.

— Ils sont là.

CHAPITRE 44

Jan tendit l'oreille pour écouter Flackman s'affairer dans sa cuisine.

Elle entendait le sifflement d'une machine à café tandis qu'il sifflotait une complainte basse et fausse, dont les notes aiguës lui donnaient des frissons sur les épaules et lui retournaient l'estomac chaque fois qu'il répétait la même phrase monotone de seize mesures.

Sachant qu'elle crierait dans son sommeil si elle l'entendait à nouveau, elle ferma les yeux et fredonna à voix basse une vieille comptine qu'elle chantait autrefois aux garçons, pour tenter de couvrir cette agression incessante de ses sens.

Elle avait pensé que Flackman allait la narguer, la menacer, mais rien de tout cela ne s'était produit – pour l'instant. Au lieu de ça, il avait levé un doigt pour lui imposer le silence et il était sorti de la pièce. Quelques instants plus tard, elle entendit l'eau couler dans un évier. Puis le cliquetis musical de la porcelaine lui parvint, bientôt suivi par le bruit de la porte du réfrigérateur qui s'ouvrait et se fermait, et enfin – par bonheur – le sifflement cessa.

Elle retint son souffle.

À cet instant, elle crut entendre des voix à l'extérieur, sous la fenêtre, à peine plus que des murmures, et elle se demanda s'il s'agissait d'un souvenir forgé par la peur plutôt que de voix réelles.

Elle tenta de crier, mais le ruban adhésif que Flackman avait recollé sur ses lèvres était efficace, et tout ce qu'elle put émettre fut un gémissement étouffé. Elle grogna de frustration, sentant des picotements de peur sur ses épaules tandis que des frissons parcouraient ses bras et ses jambes malgré l'atmosphère étouffante de la chambre.

Retenant son souffle, elle tendit de nouveau l'oreille, mais les voix avaient disparu et de nouvelles larmes coulèrent sur ses joues.

Personne ne savait qu'elle était là.

Personne ne savait où la trouver.

Personne ne *la* trouverait, pas avant des semaines, peut-être des mois, si l'on se fiait aux antécédents de Flackman.

Elle avait la gorge serrée et sa vue commençait à se brouiller tandis que la réalité s'imposait à elle.

Jan se mordit si fort la lèvre qu'elle manqua de pousser un cri.

— Tu ne vas pas abandonner, merde, marmonna-t-elle derrière le ruban. Tu vas revoir ta famille, January West.

Elle repoussa l'idée que Mark et le reste de l'équipe ne savaient pas sur quoi elle avait travaillé la nuit dernière, mais tant que Scott ne donnerait pas l'alerte ou que Mark ne l'appellerait pas pour savoir pourquoi elle ne s'était pas présentée au briefing du matin, personne ne saurait qu'elle avait disparu, et ils auraient alors plus de douze heures de retard sur Flackman.

Étaient-ce vraiment douze heures ?

Tendant le cou pour regarder les tables de chevet de chaque côté d'elle, elle essaya de repérer un réveil, mais les surfaces étaient nues, à l'exception d'une vieille auréole d'eau qui couvrait la table à sa gauche. Flackman n'avait pas enlevé sa montre, mais elle était coincée à son poignet, ses mains liées dans son dos.

Puis la porte s'ouvrit et sa tête se tourna brusquement vers lui. Il portait une tasse de café et sa soucoupe dans une main, et il traînait une chaise de l'autre, les pieds en bois laissant une trace sur la moquette épaisse dans un grincement sourd.

Il plaça la chaise près du lit, posa le café sur la table de chevet à sa droite, puis s'assit avant de soupirer et de rapprocher un peu plus la chaise jusqu'à ce que ses jambes touchent la couette. Cela fait, il serra les genoux l'un contre l'autre et appuya ses coudes dessus, son menton dans le creux de ses mains.

Et pendant tout ce temps, il l'observait.

Un léger sourire jouait sur ses lèvres.

Elle tenta de calmer sa respiration, d'ignorer son cœur qui battait la chamade, mais son regard perçant vit clair dans sa bravade.

Il eut un petit rire, se pencha en arrière et frappa une fois dans ses mains, puis il agrippa le devant de la chaise, ses phalanges devenant blanches.

— J'ai du mal à me contenir, détective, murmura-t-il. Je dois apprendre à modérer mes ardeurs. Après tout, ils ne savent pas où vous trouver, n'est-ce pas ? Nous avons tout le temps du monde.

Il se leva alors et se pencha vers elle, ses mains tendues dans sa direction.

Elle se recula et tressaillit, mais il fut trop rapide.

Sa main droite passa derrière sa tête, tandis que les doigts de sa gauche arrachaient le ruban adhésif. Il leva un doigt en guise d'avertissement.

— Pas de cri, Jan. Pas de hurlement. C'est bien compris ?

Elle hocha la tête.

— Sinon, ils seraient déjà là. Au lieu de ça, vous avez été abandonnée, oubliée, comme tous les autres. Dites-moi, qu'est-ce que ça vous fait ?

Elle déglutit, les mots gelés sur ses lèvres.

Un léger sourire plissa ses lèvres.

— Je vous ai dit que vous pouviez parler.

— S'il vous plaît, laissez-moi partir.

Son regard se durcit et, une fraction de seconde plus tard, sa main la gifla.

— Je vous ai posé une question.

Jan attendit un instant, elle attendit que les étincelles de lumière aveuglante cessent de lui troubler la vue, puis elle réprima sa peur un moment de plus. Elle prit une profonde inspiration et le regarda droit dans les yeux.

— Je n'ai pas peur de vous.

— Vous devriez.

Il rajusta son pantalon et se rassit, croisa les jambes et tendit la main vers la tasse de café. Il but une petite gorgée, ferma les yeux pour en savourer l'arôme, puis les rouvrit.

— Si on réessayait, January ? Je veux savoir ce que vous ressentez. Qu'est-ce que ça fait de se sentir abandonnée, de savoir que personne ne sait que vous êtes ici, avec moi ? Dites-moi.

— Pourquoi est-ce que vous voulez savoir ?

— Dites-moi.

— Je suis furieuse.

Flackman laissa échapper un rire rauque, se penchant en avant pour stabiliser sa tasse, et il se tapota la poitrine avant de reposer le récipient.

— J'adore votre franchise. Je me demande si…

Il se figea, pencha la tête sur le côté et son regard quitta le sien pour se fixer sur un point au-dessus de sa tête, les yeux dans le vague un instant.

— Qu'est-ce que—

Elle se tut quand il leva l'index.

— Fermez-la, dit-il en se redressant.

Puis il sortit de la pièce en trombe, laissant la porte ouverte.

— Qu'est-ce qui se passe ?

Jan se traîna jusqu'au bord du lit, tendant le cou pour voir au-delà de l'encadrement de la porte. Elle pouvait voir l'ombre de Flackman qui s'agitait plus loin dans le couloir et elle l'entendit marmonner dans sa barbe. On aurait dit qu'il rangeait son ordinateur portable : elle entendait le cliquetis des câbles et de la souris pendant qu'il les mettait en ordre, puis le bruit sec d'une fermeture éclair que l'on fermait et, alors qu'il revenait, le son de sa respiration haletante.

Sauf qu'il continua son chemin, passant devant la porte de la chambre dans un flou de sac à dos et de casquette de baseball sans même lui jeter un regard, comme s'il avait oublié son existence. Puis la porte d'entrée s'ouvrit et elle l'entendit s'arrêter un instant, comme s'il écoutait, avant que la porte ne se referme avec un déclic.

Et puis le silence.

— Il y a quelqu'un ?

Jan se figea là où elle était assise, ne voulant pas s'attirer la colère de Flackman s'il revenait, mais curieuse de savoir ce qui l'avait fait quitter l'appartement en toute hâte.

— Hé ho ?

Quelques secondes s'écoulèrent, peut-être une minute ou deux, puis elle bascula ses jambes par-dessus le bord du lit et posa les pieds sur la moquette. Retenant sa respiration, elle tendit de nouveau l'oreille, mais à part le bruit étouffé d'une porte en train de se fermer quelque part dans l'immeuble, elle n'entendit rien.

Même le chemin sous la fenêtre était dépourvu de toute vie. Aucune voix ne filtrait non plus de la route située au-delà de l'angle du bâtiment.

— Qu'est-ce que c'est que ce bordel ? marmonna-t-elle.

Titubant vers la porte de la chambre, elle vacilla et s'arrêta un instant, appuyée contre le pied du lit tandis que sa vision se rétrécissait. Une nausée la saisit et elle ravala sa bile, reconnaissant les signes du choc et refusant de les laisser prendre le dessus. Elle se concentre sur sa respiration, fixa la moquette, compta jusqu'à dix, puis se remit à marcher, les liens à ses poignets l'empêchant de garder l'équilibre.

Elle percuta l'encadrement de la porte et grimaça lorsque son épaule heurta l'angle de la boiserie, puis elle s'arrêta et retint son souffle.

— Il y a quelqu'un ?

Jetant un œil au-delà du cadre, elle appuya sa pommette contre celui-ci jusqu'à ce qu'elle puisse voir le coin de la table où Flackman avait travaillé sur son ordinateur portable. Elle était vide, à l'exception d'un stylo-bille noir et d'un câble de modem qui serpentait sur la surface et descendait le long du côté jusqu'à une prise murale. Il n'y avait aucun bruit en provenance de la cuisine non plus, et quand elle se retourna, le couloir était désert. Une seconde porte ouverte, un peu plus loin de l'endroit où elle se tenait, baignait la moquette d'une lueur dorée, et elle réalisa que le soleil avait commencé à se coucher pendant que Flackman la narguait.

Elle déglutit, puis se dépêcha de retourner dans la chambre en essayant de deviner l'heure, et elle estima que cela faisait presque vingt-quatre heures qu'elle avait frappé à cette porte d'entrée pour la première fois.

Et plus longtemps encore qu'elle n'avait pas vu Scott et les garçons.

Jan pivota, manquant de tomber dans sa hâte, et elle retourna dans le couloir. Si Flackman était parti, elle devait sortir. Maintenant, avant que—

La porte d'entrée céda.

Un instant elle était là, et l'instant d'après elle explosa vers l'intérieur, projetant des éclats de bois dans les airs.

Jan tourna la tête pour se protéger les yeux et se recroquevilla alors qu'une cacophonie de voix remplissait le couloir étroit, lui disant de bouger, de faire ce qu'on lui disait, et où était John Flackman ?

— Je ne sais pas, gémit-elle à l'une des silhouettes vêtues de noir alors que son collègue les dépassait en se frayant un chemin.

Ses yeux s'écarquillèrent à la vue du fusil semi-automatique dans ses mains.

— Il est parti il y a quelques minutes… Je ne sais pas où il est allé.

Des jurons retentirent alors depuis le salon et elle s'aplatit contre le mur tandis que deux autres hommes faisaient irruption par la porte ouverte et que le bruit d'autres pas dans la cage d'escalier se dirigeait vers elle.

Elle se laissa glisser contre le mur, ses jambes incapables de la soutenir plus longtemps tandis que de nouvelles larmes jaillissaient. Puis une autre voix se fit entendre, apaisante, l'incitant à se remettre debout alors qu'un bras solide lui enveloppait les épaules et qu'une main commençait à tirer sur la corde qui lui serrait les poignets.

— Tout va bien, Jan, dit Turpin. Je suis là.

CHAPITRE 45

Une policière en uniforme se tenait à la porte de l'appartement voisin, les yeux écarquillés en voyant Mark et West, tandis qu'il l'éloignait du chaos qui régnait maintenant que les agents d'Aaron Meadows fouillaient l'appartement.

Elle lui tendit une couverture qui était drapée sur son bras et Mark lui adressa un hochement de tête reconnaissant avant de la secouer et de la placer sur les épaules de West. Sa collègue tremblait, son visage était pâle, et il reconnut les premiers signes de l'état de choc qui s'installait.

— Je vais te sortir de là, murmura-t-il en la guidant devant deux agents d'intervention armés qui parlaient à l'occupant de l'appartement voisin et lui disaient de rester où il était jusqu'à la fin de l'opération.

L'homme se pencha à sa porte et les dévisagea, les yeux écarquillés, tandis que Mark et West descendaient précipitamment la première volée de marches, tendant le cou pour les suivre du regard avant que l'un des agents ne lève la main pour lui suggérer de se tenir prêt à faire une déposition concernant les événements de la journée.

Mark grimaça, ajusta la couverture autour de West et posa la main sur son épaule.

— La voiture est juste dehors. On peut la mettre sur ta tête comme une capuche si tu ne veux pas qu'on te voie, mais la plupart des gens ont reçu l'ordre de rester à l'intérieur. Il se pourrait quand même que certains regardent par la fenêtre avec leur téléphone…

— Ok. Merci.

Ils arrivèrent au palier suivant, où quatre agents en uniforme s'étaient séparés en équipes de deux et interrogeaient maintenant les résidents des appartements de cet étage. Mark entendait des exclamations d'incrédulité à l'idée qu'une telle opération de police ait lieu dans leur immeuble, la peur se mêlant à l'indignation tandis que ses collègues expliquaient d'une voix calme que non, ils ne pouvaient pas fournir de détails sur ce qui se passait. Il remonta la couverture, dissimulant le visage et les cheveux de West, et la fit passer.

Elle garda la tête baissée, les jointures blanchies par la force avec laquelle elle serrait le tissu rêche sous son menton, puis elle trébucha contre lui alors qu'ils approchaient de la volée de marches suivante.

— On y est presque.

Sa main jaillit pour la retenir.

— Tiens-toi à la rampe. Tu es faible et je suppose que tu es aussi déshydratée, n'est-ce pas ?

— Oui.

West renifla.

— Et je pue.

— Ce n'est pas grave. Ça n'a pas d'importance. Ce qui compte, c'est que tu sois en sécurité.

— Comment est-ce que—

— Sonia nous a permis d'accéder à ton ordinateur pour que nous puissions voir sur quoi tu travaillais hier soir.

Il sourit alors qu'elle se tournait vers lui.

— Sacrée percée que tu as faite là.

— Et regarde où ça m'a menée.

Elle soupira.

— Comment ai-je pu être aussi stupide, Mark ? Je veux dire, regarde tout ça. Juste parce que je n'ai pas attendu.

Il s'arrêta sur le petit palier entre les étages et l'immobilisa.

— Tu as fait ce que tu pensais être juste sur le moment. Ce qui est fait est fait, alors ne commence pas à te demander « et si ? », d'accord ? Et quoi qu'il arrive, c'est toi qui as fait le lien entre Flackman et Wannick.

West frissonna à la mention du nom de l'homme.

— Espérons que Kennedy voie les choses de cette façon.

— Ce sera le cas. Il a joué un rôle essentiel pour faire venir l'équipe d'Aaron si rapidement, ainsi que pour gérer le quartier général et affecter des agents supplémentaires à ta recherche.

— Vraiment ?

Elle déglutit.

— Nom de Dieu.

— Viens.

Il y avait deux autres appartements au rez-de-chaussée, et quand Mark et West atteignirent la dernière marche, il entendit une agente parler avec les occupants de l'appartement à l'arrière de l'immeuble, son ton rassurant ne parvenant guère à apaiser le couple agité. Un bébé pleurait en arrière-plan, et il se demanda s'ils élèveraient leur enfant ici une fois qu'ils découvriraient qui avait vécu au dernier étage, ou s'ils déménageraient dès que possible.

Un jeune agent se tenait devant la porte du premier appartement à l'avant de l'immeuble, son expression exaspérée se muant en détermination alors que Mark se dirigeait vers la porte d'entrée.

— Personne ? dit-il.

— Non, ni dans celui du dessus, répondit l'agent en désignant de son pouce l'appartement du rez-de-chaussée. Et vu comment ça se passe de nos jours, chef, certains de ces appartements sont probablement loués à des entreprises de la zone industrielle pour le personnel en déplacement, ou alors les voisins ne se fréquentent pas et ne se parlent pas.

Mark lui adressa un sourire compatissant, puis enroula de nouveau sa main autour du bras de West.

— Faites de votre mieux, ok ? Et assurez-vous que Meadows demande à tout le monde de faire du porte-à-porte dans les maisons de ville du coin. Si personne n'a repéré Flackman, ils l'auront peut-être filmé avec une caméra de sonnette ou quelque chose du genre.

Il entendit le désespoir dans sa propre voix et se détesta pour ça, mais l'agent hocha brusquement la tête et se retourna vers la porte, les coups de ses poings suivant Mark alors qu'il entraînait West à l'extérieur.

Elle tremblait maintenant, et quand il jeta un coup d'œil dans sa direction, son visage portait toujours la même expression blafarde et choquée qu'il avait vue en suivant l'équipe d'Aaron Meadows dans l'appartement à l'étage. Il tendit la main et serra la sienne.

— Scott et les garçons t'attendent à la maison, et une médecin est prête à t'examiner au poste. Elle fera aussi vite que possible pour que nous puissions te ramener chez toi.

— Je ne veux pas rentrer à la maison, dit West.

Elle l'arrêta et le fixa.

— Il ne m'a pas touchée, Mark. Pas comme ça. Je veux m'assurer qu'on le trouve.

— On va le trouver. Tu as besoin de te reposer, et il faut qu'on te fasse examiner par cette médecin.

— Ok. Mais tu pourrais demander à quelqu'un d'amener Scott et les garçons au poste ?

Sa lèvre trembla.

— J'ai besoin de les voir. Tout de suite.

CHAPITRE 46

Quand Mark entra dans la salle des opérations une heure plus tard, une équipe d'enquêteurs éreintée, composée de détectives et d'agents en uniforme, se tourna comme un seul homme pour le regarder s'approcher du groupe rassemblé près du tableau blanc.

La pièce dégageait l'odeur caractéristique de la peur et de l'adrénaline, un étrange mélange qui viciait l'air et se mêlait aux arômes de café éventé, de boissons énergisantes sucrées et de plats à emporter vieux de plusieurs heures qui avaient permis à l'équipe de tenir pendant qu'elle poursuivait ses recherches pour retrouver West.

Il déglutit, la gorge nouée d'avoir longuement parlé avec West et le cœur gonflé d'émotion à la vue de ses retrouvailles avec sa famille dès qu'il l'avait ramenée au poste de police. Il s'était disputé avec elle dans la voiture en venant, avait tenté d'insister pour la ramener chez elle, mais elle s'était montrée déterminée, et ils étaient parvenus à un compromis selon lequel elle resterait en bas pendant que le reste de l'équipe travaillait.

Quand ils étaient arrivés en bas, Scott n'avait eu qu'à poser les yeux sur son visage pour la prendre dans ses bras avant de laisser les jumeaux voir leur mère, et seulement après avoir pris le temps de leur expliquer qu'elle avait été retenue contre sa volonté. Les deux garçons s'étaient montrés stoïques, malgré leur angoisse de la voir dans un tel état, et Mark les avait laissés assis de chaque côté d'elle, lui serrant les mains pendant que Scott téléphonait à d'autres membres de la famille pour leur annoncer la bonne nouvelle.

Les bureaux devant lesquels il passa étaient jonchés de rapports, d'images de vidéosurveillance, d'images satellite des rues d'Abingdon et d'innombrables pages de notes, dont certaines avaient été froissées de frustration avant d'être jetées dans des corbeilles à papier. Il donna un coup de pied dans plusieurs feuilles qui avaient raté la cible, accrocha sa veste au dossier de sa chaise et se dirigea vers l'endroit où Ewan Kennedy se tenait face à l'équipe.

— Comment va-t-elle ? demanda l'inspecteur principal.

— Secouée, mais déterminée à aider à poursuivre ce salaud, dit Mark. Elle est en bas, à l'infirmerie, avec Scott et les jumeaux.

— Elle va bien ? demanda Alex, les yeux écarquillés.

Mark hocha la tête, s'appuyant contre un bureau alors que l'épuisement le terrassait.

— On a trouvé une médecin du coin pour venir l'examiner, mais elle nous assure que ça va aller. Elle sera couverte de bleus demain matin, par contre. Flackman l'a agressée et ligotée, et elle est aussi déshydratée.

— C'était bien lui ? demanda Kennedy.

— Oui, chef. Elle a reconnu sa voix comme elle l'avait interrogé au téléphone plus tôt cette semaine. Il utilisait toujours le numéro de Dubaï fourni par les Kyte et ne lui a donné aucune indication qu'il était ici au Royaume-Uni, et encore moins à Abingdon. C'est seulement avec le recul qu'elle a réalisé qu'il ne s'attendait pas à son appel et qu'il a probablement pensé que c'était un client qui appelait quand il n'a pas reconnu le numéro.

— Vous pensez que ça a fait d'elle une cible ?

— Difficile à dire, chef. Du moins, jusqu'à ce qu'on lui parle.

Mark réprima un bâillement, puis adressa un sourire reconnaissant à Tracy qui s'approchait avec une tasse de café fumante, la lui tendant avec un murmure avant de retourner à sa place.

— Merci. Quelles sont les dernières nouvelles ? Où est Flackman ?

— Ils l'ont perdu, grogna Kennedy en fusillant du regard le tableau blanc puis son téléphone portable. Et j'attends toujours une explication du quartier général sur la raison pour laquelle Aaron Meadows a reçu le feu vert trop tard pour empêcher Flackman d'échapper à sa capture.

— Il s'est échappé ?

Mark se redressa et regarda les visages des autres membres de l'équipe, qui gardaient les yeux baissés.

— Comment ?

— Ils pensent qu'il a quitté l'immeuble quelques instants avant qu'ils n'enfoncent la porte d'entrée, dit Caroline, sa voix s'élevant de l'endroit où elle se tenait à l'arrière du groupe. Jan l'a corroboré. Elle a dit qu'à un moment il était assis à côté du lit, et l'instant d'après il s'est tu, a semblé entendre quelque chose dehors, puis il a détalé de l'appartement. La police scientifique est sur place, mais ils ont confirmé que Flackman avait emporté son ordinateur portable avec lui, ainsi que toute autre preuve incriminante.

— Merde.

— Quand est-ce que Jan sera prête à nous faire une déposition ? demanda Kennedy.

— J'allais demander à Caroline de rester avec elle, si ça te va ?

— Pas de problème, répondit la détective. Je descends tout de suite.

— Tu pourrais prendre des en-cas au distributeur pour les garçons ? suggéra Mark. Du chocolat, n'importe quoi de sucré.

— Ça marche.

— Merci.

Il se retourna vers Kennedy alors qu'elle quittait la pièce.

— Qu'est-ce qui est fait pour Flackman ? On l'a aperçu quelque part ?

— Pas encore, et ça fait bientôt deux heures que le raid a eu lieu, donc il a une sacrée avance. Alex était en train de nous informer des dernières mises à jour des images de vidéosurveillance, mais il n'y a aucun signe de lui depuis le début de l'intervention. Il n'a pas croisé l'équipe d'Aaron dans la cage d'escalier, et ils surveillaient aussi les issues de secours.

La mâchoire de Kennedy se contracta.

— S'ils lui avaient donné le feu vert cinq minutes plus tôt, on aurait attrapé Flackman au moment où il s'échappait, mais au lieu de ça…

— Il est en cavale quelque part, termina Mark. Et il va probablement se terrer après avoir pris une policière en otage.

— Chef ?

Carl Antsy apparut à la porte de la salle des opérations, le visage rougi par la course dans les escaliers.

— Il y a une femme à la réception qui dit qu'elle connaît Ryan Merton.

— Le connaît ?

Kennedy fronça les sourcils.

— Elle ne sait pas qu'il est mort ?

— Je n'ai pas jugé prudent de le lui dire, chef, répondit Carl. Apparemment, elle sortait avec lui quand il a soudain cessé de répondre à ses textos et à ses messages vocaux. Elle a cru qu'il faisait le mort.

Le cœur de Mark fit un bond.

— C'est la femme dont le voisin de Ryan nous a parlé, dit-il. Qu'est-ce qui l'a poussée à venir ici ?

— Elle a entendu aux informations que des corps avaient été retrouvés dans la maison, dit Carl. Mais on voit bien qu'elle s'attend au pire. Je me demandais si Alex ou Caroline ne voudraient pas l'interroger ?

— Nous allons lui parler, dit Mark en se tournant vers l'inspecteur principal. C'est mieux que de rester plantés là à attendre des nouvelles de Flackman, chef—

— En effet, le coupa Kennedy en passant déjà sa veste sur ses épaules. Alors allons lui parler, vous voulez bien ?

CHAPITRE 47

Abby Perkins était assise à la table de la salle d'interrogatoire numéro un et se rongeait un ongle quand Mark entra dans la pièce à la suite de Kennedy.

Un léger parfum d'agrumes flottait dans l'air climatisé et il reconnut celui d'un déodorant populaire que Lucy utilisait, cet arôme léger offrant un contraste rafraîchissant avec les odeurs corporelles qui emplissaient habituellement la pièce.

La jeune femme portait un jean skinny délavé et un haut en maille beige qui tombait amplement sur ses épaules. Ses cheveux bruns étaient attachés en un chignon lâche à la base de sa nuque. Mark la reconnut : c'était la femme qui apparaissait aux côtés de Ryan Merton sur les images de vidéosurveillance du bar d'Oxford.

Elle leva vers les deux détectives des yeux bruns expressifs qui paraissaient troublés, la bouche affaissée et la peau couverte de taches de rousseur pâlissant sous l'éclairage cru.

— Il est mort, n'est-ce pas ? Ryan, je veux dire.

Kennedy tira la chaise en face d'elle, posa une chemise

cartonnée sur la table entre eux et attendit que Mark se soit installé à côté de lui avant de parler.

— Je suis désolé, oui.

— Nom de Dieu.

Elle renversa la tête en arrière et fixa le plafond un instant, renifla, puis s'essuya les yeux.

— Merde.

Mark poussa une boîte de mouchoirs en papier vers elle.

— Quand vous serez prête, Abby, nous aimerions enregistrer cette conversation pour les besoins de notre enquête.

— Très bien. Oui, d'accord.

Elle renifla, puis écouta pendant qu'il mettait en marche le matériel d'enregistrement et récitait l'avertissement officiel avant de confirmer ses informations personnelles.

— Qu'est-ce que vous voulez savoir ?

— Quand est-ce que vous avez commencé à voir Ryan ? demanda Kennedy.

— Début mai.

Abby s'épongea les yeux, puis baissa le mouchoir et le froissa entre ses doigts tout en parlant.

— On s'est rencontrés dans un bar à Oxford après le travail. Il était avec des collègues et moi, j'attendais quelqu'un pour un rendez-vous. Il m'a posé un lapin et je crois que Ryan a eu pitié de moi. Bref, il m'a offert un verre et je me suis dit, après tout, maintenant que je suis là, autant en profiter. Ses collègues sont partis une heure plus tard, et on a fini par discuter toute la soirée. Il m'a demandé si ça me dirait d'aller voir un groupe qui jouait dans le coin le week-end suivant, et j'ai dit oui.

— Vous le voyiez régulièrement ? demanda Mark. On vous a vue avec lui dans un bar à Oxford avant sa disparition.

— De temps en temps.

Abby soupira.

— Aucun de nous deux ne voyait quelqu'un d'autre, mais j'imagine qu'on y allait doucement. Je venais de mettre fin à une relation de six ans et je ne cherchais rien de trop sérieux, et lui semblait occupé par son travail et tout ça.

— Quand est-ce que vous avez eu de ses nouvelles pour la dernière fois ?

— Il y a deux semaines. J'ai essayé de lui laisser des messages, puis je suis passée chez lui, mais il n'y avait personne. J'ai pensé qu'il était peut-être parti en vacances ou en déplacement pour le travail. Enfin, c'est ce que je me suis dit au début. Puis je me suis demandé s'il n'était tout simplement plus intéressé.

Elle renifla.

— Ça n'aurait pas été le premier à me faire le coup, il… enfin, on ne s'imagine pas que quelqu'un qu'on connaît a été assassiné, n'est-ce pas ?

Mark la laissa reprendre ses esprits, puis se pencha plus près.

— Abby, quand est-ce que vous avez vu Ryan pour la dernière fois ?

— Je devais retrouver des amies dans ce même bar il y a dix jours avant d'aller dîner, mais je n'ai pas trouvé de place pour me garer. Je passais juste en voiture quand je l'ai vu partir avec deux hommes. J'étais surprise, parce que je n'avais organisé ce dîner avec les filles qu'après que Ryan m'avait dit qu'il avait un truc de prévu avec son travail. Ils riaient, et je me suis demandé s'ils étaient vraiment ses collègues. Je leur ai fait signe en m'approchant, mais Ryan ne m'a pas vue. Il est monté en voiture avec eux et ils sont partis.

Elle s'épongea les joues, puis regarda Mark et Kennedy.

— Alors je les ai suivis.

— Vous les avez suivis ? répéta Kennedy.

Abby leva les mains.

— Je n'en suis pas fière. Écoutez, on s'est déjà joué de moi par le passé, et… j'imagine que je me suis dit que s'il sortait boire un verre, il m'aurait appelée. Et j'étais agacée que Ryan soit si absorbé par sa conversation avec ces deux types qu'il ne m'ait pas vue, je suppose. Ne me demandez pas pourquoi, parce que je n'en sais rien, mais j'ai eu ce sentiment bizarre que quelque chose n'allait pas. Ryan avait l'air de faire trop d'efforts pour les impressionner, vous savez, quand quelqu'un veut s'intégrer, ou essaie de paraître plus… Je ne sais pas. Mais ses gestes semblaient excessifs, taper l'un d'eux dans le dos en montant dans la voiture avec eux, puis rejeter la tête en arrière pour rire… ça ne lui ressemblait pas. Je me suis demandé ce qui se passait.

— Vous l'aviez déjà vu avec eux avant ce jour-là ?

— Non, jamais.

— Est-ce que vous reconnaîtriez ces deux hommes si vous les revoyiez ? demanda Mark.

— Probablement. Peut-être.

Kennedy fit un signe de tête subtil à Mark avant de sortir deux photographies de la chemise cartonnée.

— Est-ce que l'un de ces deux hommes correspond à ceux que vous avez vus avec Ryan ?

Le regard d'Abby tomba sur les images, puis elle hocha la tête.

— Ce sont eux.

— Est-ce que vous avez vu où ils sont allés avec Ryan après avoir quitté le bar ?

— Ils ont roulé jusqu'à Kennington, répondit Abby. Ils se

sont garés près de la rivière, puis ils sont montés sur un bateau. Il s'appelait *The Hollow Man**. Ça m'a donné la chair de poule.

— Combien de temps Ryan est-il resté sur le bateau ? demanda Kennedy. Est-ce que vous êtes restée jusqu'à son départ ?

— Non.

Abby secoua la tête.

— Je voyais des lumières dans la cabine et je les entendais rire. Au bout de presque une heure, je me suis sentie vraiment stupide de les avoir suivis, et je devais être de retour à Oxford pour mon dîner avec les filles à sept heures et demie, alors je suis partie.

— C'était quel genre de bateau ? demanda Mark, la bouche sèche.

— Un de ces bateaux blancs en fibre de verre qu'on voit partout par ici, avec des fenêtres sur le côté et une sorte de taud de couleur bleu marine à l'arrière.

Abby fronça les sourcils.

— Une vedette, pas une péniche.

La main de Kennedy plana au-dessus de l'enregistreur.

— Entretien mis en pause à…

Mark entendit le reste en se précipitant vers la porte. Il se dirigeait déjà vers la salle des opérations tout en sortant son portable de sa poche.

— Lucy ? Écoute-moi attentivement, et s'il te plaît, ne discute pas, dit-il, le cœur battant la chamade. Le suspect dans notre enquête est le même homme que tu as vu l'autre jour sur cette vedette blanche amarrée le long du chemin de halage, non loin de nous, et j'ai peur qu'il ne tente de te faire

---

* L'homme creux en anglais (ndt)

du mal. Ne prépare aucune affaire, ne traîne pas, traverse juste le pré jusqu'au parking… j'envoie une patrouille en uniforme pour te récupérer. Prends Hamish avec toi et éloigne-toi du bateau. Tout de suite.

CHAPITRE 48

— Vous êtes sûr que c'est lui ?

Kennedy monta les escaliers en courant derrière Mark, après avoir chargé Carl Antsy de s'occuper de la déposition d'Abby. Les deux hommes s'arrêtèrent sur le palier, près de la porte de la sortie de secours, au moment où deux agents en uniforme en sortirent en trombe, les radios de leurs gilets pare-lames crachant des grésillements. Mark les regarda s'éloigner, l'adrénaline faisant grimper son rythme cardiaque quand il vit l'éclair des phares par la fenêtre qui donnait sur le parking quelques instants plus tard, puis la voiture de patrouille passer sous la barrière de sécurité.

— Oui, dit-il en tournant son téléphone pour que l'inspecteur principal puisse voir. Lucy m'a envoyé une photo de quelques bateaux le long du chemin de halage. Elle a adoré la façon dont la lumière se reflétait sur l'eau à côté d'eux et m'a dit qu'elle voulait en faire une peinture un de ces jours. Regardez le bateau à moteur, à quelques bateaux du nôtre. C'est *The Hollow Man.*

Kennedy fit la grimace.

— Vous n'avez jamais vu Flackman là-bas ?

— Non, seule Lucy l'a vu, et ce n'était qu'une seule fois, samedi matin quand il est arrivé. Je n'ai pas prêté attention au nom quand je l'ai vu. On voit toutes sortes de bateaux amarrés à côté du nôtre à cette période de l'année.

— Putain de merde.

L'inspecteur principal se passa une main sur la tête.

— Bon, contactons Aaron Meadows et donnons-lui les nouvelles.

Mark ouvrit la porte d'un coup sec et se dépêcha de parcourir le couloir, tandis que Kennedy sortait déjà son portable de la poche de sa chemise en aboyant des instructions au chef de l'équipe tactique. Alex jeta un œil hors de la salle des opérations avant qu'ils ne l'atteignent, les yeux du jeune enquêteur pétillant d'excitation.

— Nous avons découvert comment Flackman s'est enfui, chef, dit-il à Kennedy alors qu'ils approchaient. Et nous l'avons filmé.

— Bien, parce qu'on pense savoir où il est allé, répondit l'inspecteur principal en entrant dans la pièce et en se dirigeant vers le tableau blanc où un groupe d'officiers était déjà rassemblé, en train de mettre à jour les informations à mesure qu'elles arrivaient. Qu'est-ce que vous avez ?

Alex montra une photo de l'immeuble où Flackman avait séjourné.

— C'est l'un des agents qui faisait du porte-à-porte auprès des autres locataires de l'immeuble qui a permis la percée. Comme il n'obtenait pas de réponse à l'un des appartements, il a demandé aux voisins s'ils savaient quand l'occupant rentrerait du travail. Ils lui ont dit qu'il devait être là, car il ne travaillait pas. Il avait pris sa retraite de l'enseignement il y a plusieurs années, et avait emménagé dans l'appartement après le décès de sa femme l'année dernière.

— L'appartement du rez-de-chaussée, près de la porte d'entrée, dit Mark. Je me souviens avoir parlé à cet agent en sortant West.

— Oui, eh bien, il a eu la présence d'esprit de demander à un membre de l'équipe d'Aaron d'enfoncer la porte après avoir parlé avec le voisin, dit Alex, l'air troublé. Ils ont trouvé le corps du locataire dans le salon. Il était là depuis un moment et, d'après Gillian qui est là-bas maintenant, il a été étranglé.

Mark soupira.

— Merde. Et Flackman ?

— Il s'est échappé par la fenêtre de la cuisine pendant que l'équipe d'Aaron couvrait les sorties de secours et la cage d'escalier, expliqua Alex. Aaron pense qu'il a descendu les escaliers juste avant qu'ils ne prennent d'assaut le bâtiment, et qu'il s'est caché dans l'appartement jusqu'à ce qu'il puisse s'enfuir. Il n'y a pas de lampadaires de ce côté de l'immeuble, et un chemin étroit contourne l'arrière des maisons. Nous avons des images de vidéosurveillance de Bridge Street montrant quelqu'un qui court vers la rivière après être sorti du chemin de Saint Helens Mews.

— Donc, il s'est servi de l'appartement de ce pauvre type comme issue de secours au cas où on découvrirait où il était.

Kennedy tapota l'image satellite de la prairie inondable de l'autre côté du pont médiéval au sud de la ville.

— La compagne de Mark, Lucy, a pris une photo d'un bateau à moteur qui s'est amarré à côté du leur tôt samedi matin. Et la petite amie de Ryan Merton vient de confirmer que c'est le même que celui sur lequel elle l'a vu monter avec Flackman et Wannick il y a deux semaines à Kennington.

Alex jeta un coup d'œil par-dessus son épaule alors qu'il mettait à jour les notes qui sillonnaient le tableau.

— Merde, on n'a pas pensé à regarder les bateaux, pas vrai ? Cette foutue rivière, c'est une véritable autoroute à cette période de l'année.

— Eh bien, contactez notre contact local de l'organisation des rivières et canaux pour voir s'il a un permis, pour commencer, dit Kennedy. En attendant—

Il fut interrompu quand le téléphone portable de Mark sonna.

— Lucy ? Tu es où ? demanda Mark en arpentant la moquette.

Il entendait le faible bruit de la circulation en arrière-plan.

— Je suis sur le parking public, à côté du portail qui mène à la prairie inondable, dit-elle. Mais pas sous les lumières. Il y a des zones d'ombre de l'autre côté.

— La voiture de patrouille devrait arriver d'un moment à l'autre, répondit-il. Je leur ai demandé de s'assurer qu'ils s'identifient correctement avant que tu n'approches de la voiture, tu comprends ?

— C'est compris.

— Un signe de John Flackman quand tu es partie ?

— Non. Les lumières de son bateau se sont éteintes juste après ton appel. Je me demande s'il a entendu le téléphone sonner.

— C'est possible. C'est une voiture, ça ?

Il tendit l'oreille pour écouter le crissement des pneus sur le gravier.

— Ce sont eux.

— Attends. Ne raccroche pas tant que tu n'es pas sûre.

— Ok.

Il entendit alors une voix, le baryton de l'agent Grant

Wickes qui parlait à Lucy, et une partie de la tension sur ses épaules s'allégea. Puis il y eut le bruit d'une portière qui s'ouvrait, un jappement excité de Hamish, et le ronronnement d'un moteur.

— Je suis dans la voiture, dit Lucy. Grant dit que nous sommes à dix minutes à cause d'une déviation en ville, alors ne panique pas.

— À tout de suite, murmura-t-il. Je t'aime.

Après avoir raccroché, il se tourna vers Kennedy et lui fit un bref signe de tête.

— Elle est en sécurité.

— Bien, dit l'inspecteur principal en agitant son propre portable dans sa main. Parce que l'équipe d'Aaron vient d'arriver à l'autre bout de la prairie. Ils sont sur le point d'intervenir.

— Chef ?

Mark se tourna au son de la voix de West et la vit sur le seuil de la salle des opérations.

La médecin avait posé un grand pansement carré sur l'un des hématomes qui couvraient son visage, une plaie là où Flackman l'avait frappée si fort qu'il avait déchiré la peau fragile sous son orbite. Il entendit la brusque inspiration de plusieurs des agents rassemblés avant qu'ils ne détournent le regard, embarrassés.

— J'ai bien entendu ? dit West en s'avançant vers eux. Vous l'avez trouvé ?

— Aaron Meadows est sur le point de procéder à l'arrestation, dit Kennedy. Nous l'avons localisé sur un bateau, sur la rivière.

Son regard passa de Mark à l'inspecteur principal alors qu'elle atteignait le tableau blanc, le menton haut.

— Je veux l'interroger quand il sera ramené.

— Absolument pas, répliqua Kennedy. Vous devez rentrer chez vous et vous reposer, Jan. Vous avez traversé une sacrée épreuve.

— Chef, avec tout mon respect, je dois montrer à mes garçons que je ne vais pas… que je ne vais pas me laisser traiter comme ça, et que ça ne me fera pas peur, dit West.

La détermination dans ses yeux vacilla un peu.

— Et j'ai besoin d'une conclusion, pour moi.

— Je comprends bien.

L'inspecteur principal lui adressa un sourire bienveillant.

— Mais le parquet refusera cette affaire s'ils apprennent que l'un des enquêteurs qui mènent l'interrogatoire a été séquestrée par le suspect.

Il leva la main comme elle ouvrait la bouche pour protester.

— Mais, si tu en es sûre, et je le pense vraiment, tu peux t'asseoir dans la salle d'observation et nous dire s'il y a quoi que ce soit dans ses propos qui nécessite une clarification. Ça te va ?

Elle hocha la tête.

— Ok. Merci, chef.

— Pas de problème. Bien, tout le monde, préparons-nous pour l'arrivée de Flackman. On a environ une heure avant qu'un avocat commis d'office n'arrive, alors faisons en sorte que ce temps compte.

CHAPITRE 49

Mark cessa de passer en revue la paperasse qui jonchait la grande table de conférence plastifiée et il se frotta les yeux, las.

Un hamburger à moitié entamé, provenant du fast-food d'en face, gisait dans son emballage en carton, son arôme chargé de graisse emplissant la salle de réunion que Kennedy et lui avaient réquisitionnée une demi-heure plus tôt. L'odeur se mélangeait au parfum écœurant de la boisson énergisante qu'il tenait, la canette en aluminium tiède sous ses doigts. La sensation que le sucre lui rongeait les dents était bien trop évidente lorsqu'il passa sa langue sur ses lèvres.

Après avoir réprimé un bâillement, il vida la canette et la lança à travers la pièce. Elle rebondit sur le côté d'une corbeille à papier en plastique avant de rouler sur le sol.

Il l'ignora, cligna des yeux et se reconcentra sur les preuves en train d'être rassemblées pour étayer leur dossier contre John Flackman et David Wannick.

Le corps de l'enseignant à la retraite avait été enlevé de l'appartement situé sous celui de Flackman, et Leila

Benjamin dirigeait maintenant une équipe de techniciens de la police scientifique dans les lieux, tandis que Jasper et une autre équipe travaillaient à l'étage, dans l'appartement de Neville Kyte.

L'homme d'affaires avait été choqué quand Kennedy l'avait réveillé pour lui annoncer la nouvelle, d'abord incrédule, puis écœuré par ce qu'il avait appris.

On frappa à la porte. Il se tourna et vit Caroline s'approcher de la table, une liasse de papiers à la main.

— J'ai la déposition de Jan, chef.

— Comment va-t-elle ?

— Secouée, mais déterminée à rester impliquée.

Elle lui adressa un sourire résigné.

— J'ai jugé préférable de ne pas lui suggérer de rentrer chez elle. Les garçons sont plus calmes, et Scott les a ramenés à la maison pour qu'ils essaient de dormir un peu. Il appellera l'école demain matin pour leur obtenir une dispense.

— Bien. Qu'est-ce que c'est ? demanda Mark en lui prenant les documents.

— Alex a trouvé d'autres informations sur *The Hollow Man*, répondit-elle. Il a parlé au type qui gère la petite marina de Kennington après avoir vérifié l'immatriculation. Il s'avère que le bateau a appartenu aux parents de Flackman jusqu'à il y a trois ans.

Mark sentit une appréhension familière s'insinuer dans ses os tandis qu'il feuilletait les pages.

— Il y a trois ans ?

— Ils sont morts dans l'incendie de leur maison. D'après le rapport de l'époque, la cause la plus probable était un fusible défectueux.

Caroline soupira.

— Inutile de vous dire qu'ils vont réexaminer l'affaire au

vu de ce que nous avons découvert sur Flackman, juste au cas où il y aurait eu un acte criminel. Flackman a vendu la maison, mais il a gardé le bateau. Selon le propriétaire de la marina, la famille y passait ses vacances chaque été. Il le connaît depuis qu'il a environ dix-sept ou dix-huit ans.

— Des problèmes ?

— Pas qu'il se souvienne.

— Quelles sont les dernières nouvelles de l'équipe d'arrestation ?

— Ils sont arrivés au bateau juste à temps. Apparemment, il avait essayé de remonter le courant vers l'écluse, mais comme ça n'a pas marché, il a fait demi-tour.

— Ouais, celle-là n'est pas en libre-service. Il aurait dû attendre que l'éclusier l'ouvre, et il n'y avait aucune chance que ça arrive à cette heure de la nuit.

— Ça a joué en notre faveur, au moins. Ils l'ont rattrapé alors qu'il passait devant le pub près du pont et lui ont bloqué la route. Un de vos voisins a déplacé son bateau pour l'empêcher de passer.

— Bon sang, c'était risqué.

— Mais ça a marché, chef. Ils l'amènent d'une minute à l'autre.

Mark posa les rapports sur la table à côté de son carnet et parcourut du regard les preuves qui s'accumulaient.

— Alors, qu'est-ce qu'on a là, Caro ? Deux tueurs, l'un plus expérimenté, et puis Wannick qui s'est raccroché à Flackman à un moment donné ? Est-ce qu'ils se sont disputés, ou est-ce que Flackman est devenu jaloux de Wannick, ou quoi ?

Caroline fit le tour de la table tout en examinant les photos et les rapports.

— Je n'ai encore rien vu qui suggère que Flackman ait

dépecé ses victimes. C'est Wannick qui est responsable des morceaux de corps qu'on a trouvés. Flackman semble préférer la suffocation ou la strangulation, n'est-ce pas ? Et Wannick semble avoir été le plus négligent des deux. J'ai l'impression que Flackman est très intelligent et plus calculateur. Jusqu'à récemment, en tout cas.

— Alors, qu'est-ce qui a changé ? dit Mark.

— Seul John Flackman peut nous le dire, répondit Kennedy en entrant dans la pièce et en tendant un dossier à Mark. Il est en bas et il a demandé la présence de son propre avocat. On va y passer la nuit. Il vient de High Wycombe, donc il ne sera pas là avant une heure.

— Merde, sérieusement ? fit Caroline.

— Ce n'est pas une mauvaise chose.

Mark fronça les sourcils en jetant un dernier regard sur la documentation rassemblée.

— Ça nous donne plus de temps pour nous assurer que ce salaud ne s'en tirera pas.

CHAPITRE 50

Mark jeta sa veste de costume sur ses épaules, but une gorgée dans un verre d'eau posé à côté de l'écran de son ordinateur et éteignit son téléphone portable. La salle des opérations était plus calme à présent ; la plupart des agents en uniforme et du personnel administratif de service étaient partis depuis longtemps, et seul le vrombissement résiduel de la climatisation emplissait l'espace.

Il était presque minuit et, alors qu'il descendait les escaliers vers les salles d'interrogatoire, il s'arrêta sur le palier pour contempler une grosse pleine lune qui baignait le ciel d'une lueur jaune et projetait des ombres en travers du parking du commissariat.

Il tenait à la main un dossier contenant les preuves que lui, Caroline et le reste de l'équipe d'enquête avaient rassemblées pour monter leur dossier contre John Flackman, ainsi qu'une fiche récapitulative des chefs d'accusation qu'ils chercheraient à retenir contre lui.

Mark expira, tentant de relâcher une partie de la tension dans sa poitrine. Il ne doutait pas de l'intelligence de cet homme, pas après qu'il avait réussi à échapper à deux importantes forces de police par le passé, y compris à l'équipe de Hazel Abbotsford ici, dans le Val du Cheval blanc, et il était déterminé à changer cela. Il s'assurerait que John Flackman soit envoyé en prison pour une longue période, peut-être pour toujours si un juge et un jury se voyaient présenter les faits de telle manière qu'ils n'envisageraient aucune autre option.

Mais il devrait être prudent. Les prochaines heures en dépendaient.

— Prêt ?

Il se retourna en sursaut et vit Ewan Kennedy qui le regardait depuis la cage d'escalier, sur le palier inférieur, puis il se dépêcha de le rejoindre.

— Je suis prêt, chef.

— Jan est rentrée chez elle. Elle s'endormait en nous attendant, alors je lui ai promis de lui envoyer des nouvelles à la première heure demain matin, déclara l'inspecteur principal tandis qu'ils continuaient vers la zone de garde à vue. Et je lui ai dit que je ne voulais pas la revoir ici avant au moins deux semaines, et à condition qu'elle suive d'abord une aide psychologique professionnelle.

— Bien, dit Mark. Même si elle est beaucoup plus coriace que ce qu'on lui accorde.

— On peut le dire. Attendez de voir le bleu sur le visage de Flackman. Dommage qu'elle n'ait réussi à lui mettre qu'un seul coup de poing. Il en mérite plus après ce qu'il a fait.

Ils se turent en arrivant à la porte de la salle d'interrogatoire numéro quatre, où Tom Wilcox avait placé John Flackman et son avocat. Le représentant légal était arrivé trente minutes plus tôt et, après avoir reçu une copie de l'acte d'accusation de son client, avait été conduit dans la salle avec un verre d'eau.

L'agente Marie Collins se tenait maintenant devant la porte, sans aucun signe de fatigue dans les yeux, bien qu'elle soit de service depuis le début de la matinée.

— Tom m'a demandé d'être disponible au cas où vous auriez besoin de quelque chose, chef.

— Merci, Marie. C'est apprécié.

Kennedy jeta un coup d'œil à Mark par-dessus son épaule.

— On y va ?

— Allons-y.

Lorsqu'il suivit l'inspecteur principal dans la pièce, il remarqua que Flackman se redressa sur sa chaise et arbora une expression stoïque qui, quelques secondes auparavant, n'était que pure haine à la vue des deux inspecteurs. Il portait un jean sombre et un haut noir à manches longues avec des éclaboussures de boue séchée sur le devant, souvenir de son arrestation sur la berge. Mark remarqua qu'il y avait des taches d'herbe mouillée assorties sur le devant du jean de l'homme avant qu'il ne se détourne de son avocat pour faire face à la table, et bien qu'on lui ait donné des lingettes humides pour enlever la saleté de son visage, quelques traces subsistaient le long de sa mâchoire.

Le bleu violacé sur son orbite droite prenait maintenant une vilaine teinte noire et jaune et, tandis que Mark s'asseyait sur la chaise à côté de celle de Kennedy et démarrait l'équipement d'enregistrement, il ressentit un immense sentiment de fierté pour la résilience et le courage de West.

Une fois l'avertissement officiel lu par l'inspecteur principal, l'avocat fit glisser sa carte de visite sur la table.

L'homme portait un costume bleu marine avec une

cravate vert foncé et ne semblait pas du tout dérangé par ce rendez-vous tardif. Au contraire, ses cheveux blancs étaient soigneusement laqués et ses yeux marron étaient vifs derrière des lunettes de lecture à monture métallique.

— Axton Whittaker, dit-il en guise de présentation. Mon cabinet représente la famille Flackman depuis de nombreuses années.

Kennedy haussa un sourcil, mais resta professionnel.

— Avez-vous informé votre client des accusations portées contre lui ?

— C'est fait, et il déclarera que David Wannick était l'unique responsable des faits listés ici.

— C'est ce que nous allons voir.

Lorsque Mark reporta son attention sur Flackman, l'homme l'observait avec autant d'intérêt qu'il l'aurait fait pour un insecte qu'il venait d'écraser sous sa chaussure. Un frisson parcourut ses épaules tandis que les yeux bleu pâle de l'homme l'évaluaient, et il sut alors que cet homme était capable d'atrocités indicibles.

Il n'y avait tout simplement aucun remords, rien du tout.

Après avoir ouvert le dossier, Mark en sortit deux photographies et les plaça sur la table devant Flackman.

— Parlez-nous de Ryan Merton et de Colleen Ashbourne. Pourquoi est-ce que vous les avez ciblés, avec Wannick ?

L'homme se pencha en avant, mais garda les mains sur ses genoux tandis qu'il scrutait chacune des images. Un léger sourire se dessina sur ses lèvres, et il hocha la tête en direction de la photographie de droite.

— David l'a repéré dans le bar ce soir-là avec sa petite amie et il a voulu lui parler. Et elle, dit-il en désignant la seconde image d'un coup de menton, elle fêtait quelque chose avec sa mère, je crois. David a dit qu'elles avaient l'air si heureuses qu'il a voulu leur offrir du champagne. Ce qu'il a fait.

— Que faisait David dans la vie ?

— Il rédigeait des propositions de contrat pour des entreprises de design.

— Des entreprises de design comme la vôtre ?

Flackman haussa les épaules.

— De temps en temps.

— John, quand est-ce que vous avez rencontré David Wannick pour la première fois ? demanda Kennedy, une main nonchalamment posée sur le carnet à côté de lui, tandis que l'autre cherchait un stylo dans la poche de sa veste.

Le regard de Flackman se tourna vers lui.

— Juste après la mort de ses parents, il y a huit ans. J'ai compris à ce moment-là qu'il y avait quelque chose de... différent chez lui.

— C'est-à-dire ?

— Il avait, disons, des goûts assez inhabituels.

— Est-ce que vous l'avez assassiné ?

Mark vit la rage vaciller dans les yeux de Flackman, puis elle disparut, de nouveau enfouie sous un personnage calme.

— Sans commentaire, répondit-il.

— Comment est-ce que vous avez rencontré David ? poursuivit Kennedy.

— Le promoteur qui était intéressé par l'achat du site de ses parents nous a présentés.

— Qui a eu l'idée de brûler le garage de ses parents ?

— Je crois que le rapport d'incendie a conclu à un accident, détective.

Le regard de Flackman se posa sur le dossier sous le coude de Mark.

— Je suis sûr que vous en avez une copie là-dedans. Le résumé est à la page sept.

— Pourquoi est-ce que vous et David avez déménagé à Dubaï ?

— J'ai déménagé à Dubaï lorsque j'ai accepté un poste de consultant pour l'entreprise de Neville Kyte. David a suivi.

— Pourquoi ?

— C'était logique. Il savait qu'il obtiendrait du travail grâce à mes relations avec les Kyte. Je concevais, il rédigeait les propositions, et Neville soumissionnait pour le travail.

— Donc il travaillait avec Neville Kyte ?

— Non, moi je travaillais avec lui. Je payais David pour qu'il rédige les propositions, répondit Flackman d'un ton patient. De cette façon, je savais que je l'emporterais contre mes concurrents.

Kennedy se dirigea vers la porte, parla à Marie Collins à voix basse, puis revint avec deux sacs de preuves qu'il posa sur la table.

— Cet ordinateur portable et ce téléphone portable ont été trouvés sur votre bateau lors de votre arrestation, John. Ils sont à vous ?

— Non, ils étaient à David. Je les gardais en sécurité.

— Vous les avez retirés du bureau qu'il louait la semaine dernière.

— Oui. Il y a des informations importantes dessus, dit Flackman. Je devais les mettre en sécurité.

— C'est lié au travail ?

— En partie, oui.

— Alors David était bon dans son domaine. Donc pourquoi le tuer ?

— Il *était* bon. Autrefois.

L'assurance de Flackman vacilla un peu et son regard tomba sur ses mains.

— C'est un tel gâchis.

Axton Whittaker s'éclaircit la gorge, jeta un coup d'œil à son client et murmura quelque chose à voix basse.

La tête de Flackman se redressa brusquement, ses lèvres se retroussant en un grognement alors qu'il se tournait vers l'homme.

— Taisez-vous. Vous ne savez pas de quoi vous parlez. Tout est de sa faute. Tout est de sa faute.

— Qu'est-ce qui est de sa faute ? demanda Kennedy en se penchant en avant. Qu'est-ce que David a fait pour que vous vouliez le tuer ? Parce que c'est ce qui s'est passé, n'est-ce pas ? David a fait une erreur, n'est-ce pas ?

L'attention de l'homme se reporta sur les deux détectives, son expression de nouveau patiente.

— Oui, il a fait une erreur, détective. En fait, il en a fait plusieurs.

— Et cela vous a mis en colère, John ?

— Bien sûr que oui. Mais il était très malade, vous voyez, et j'ai contribué à mettre fin à ses souffrances.

CHAPITRE 51

Mark arpentait le couloir à l'extérieur de la salle d'interrogatoire, lançant un regard noir à la porte fermée chaque fois qu'il passait devant, tandis que Kennedy était appuyé contre le mur du fond, le visage stoïque, en train de faire défiler des emails sur son téléphone.

— Vous allez finir par creuser un sillon dans ce fichu carrelage si vous continuez comme ça, dit-il alors que Mark passait une nouvelle fois devant lui. L'avocat commis d'office sera là d'une minute à l'autre, alors vous feriez mieux de profiter de la pause.

En soupirant, Mark s'affaissa contre le mur en face de l'inspecteur principal.

— On aurait pu penser qu'il aurait donné à son avocat une idée de ce dont on l'accusait.

— On aurait pu.

Kennedy rangea son téléphone, un sourire carnassier sur les lèvres.

— Mais vous avez vu l'expression de Whittaker ? Ça en valait la peine, rien que pour ça.

— Peut-être, mais maintenant Flackman est de retour dans sa cellule, et nous avons perdu notre élan parce que Whittaker a décidé qu'il ne voulait plus le représenter.

— Non, pas du tout.

L'inspecteur principal fit un signe de tête en direction des cellules de garde à vue.

— Flackman a un public maintenant, et il veut raconter sa version de l'histoire. Vous allez voir. Il a déjà avoué le meurtre de David Wannick, alors il ne nous reste plus qu'à découvrir pourquoi Wannick a tué Ryan et Colleen.

— Je ne sais pas, chef. J'ai le sentiment que ça ne va pas être aussi simple que ça.

Mark se retourna au son de la porte de sécurité qui s'ouvrait au bout du couloir pour voir John Flackman être ramené à la salle d'interrogatoire, une silhouette familière suivant le robuste sergent de garde qui avait pris la relève de Tom Wilcox une demi-heure auparavant.

— On dirait qu'on va le découvrir de toute façon. Je ne savais pas qu'il avait choisi Justin Levine pour le représenter.

— Je pense que Justin était le seul réveillé quand il a passé ses coups de fil pour trouver quelqu'un à la dernière minute, dit Kennedy alors que la porte de la salle d'interrogatoire se refermait derrière les trois hommes. Ce qui, sur une note plus positive, signifie qu'il a probablement moins dormi que nous aujourd'hui.

— Il y a toujours un bon côté, chef, dit Mark alors que le sergent en uniforme sortait et faisait un signe de tête brusque.

— Je suis là si vous avez besoin de moi, chef, dit-il à Kennedy.

— Merci.

L'inspecteur principal se tourna vers Mark.

— Bien, où est-ce que nous en étions ?

Quelques instants plus tard, une fois l'équipement d'enregistrement redémarré et la mise en garde formelle récitée une fois de plus, Mark observa John Flackman de l'autre côté de la table avant de commencer son interrogatoire et il nota que l'homme arborait une expression presque impatiente.

Kennedy avait eu raison.

En revanche, l'avocat commis d'office semblait se méfier de son nouveau client et il avait reculé sa chaise le plus loin possible tout en essayant de garder une contenance professionnelle, écrivant sans cesse des notes abondantes dans son carnet avant même que l'interrogatoire ait commencé.

— Vous nous avez dit plus tôt, John, que vous avez tué David Wannick parce qu'il souffrait, dit Mark. Qu'est-ce qui vous a fait penser qu'il souffrait ?

— Oh, il souffrait, ça c'est sûr, dit Flackman. Il ne voulait simplement pas l'accepter, même si c'était peut-être la maladie, plutôt que son propre entêtement.

Il se pencha en avant, voyant Kennedy se redresser sur le siège à côté de lui.

— Quelle maladie ?

— La maladie d'Alzheimer précoce, détective. Son état empirait depuis trois ans.

Flackman soupira.

— C'est à ce moment-là qu'il est devenu évident que quelque chose n'allait pas. Il a commencé à être négligent, à laisser traîner ses... œuvres au lieu de s'en débarrasser correctement.

— Trent Jardel, dit Kennedy. L'homme qui a été retrouvé dépecé à Birmingham.

— Oui. Quand j'ai appris ça...

Flackman leva les mains.

— J'ai dit à David que c'était une erreur impardonnable, surtout après que nous avions dû déménager suite à l'incendie du cottage. Il a promis d'être plus prudent, et j'ai donc persuadé Neville que je serais plus utile à son entreprise si j'étais aussi basé à Dubaï. J'avais besoin d'un consultant pour soutenir mon entreprise de design, j'ai donc pu emmener David avec moi là-bas. Il représentait un trop grand risque pour le laisser derrière moi. Je pensais que s'il était à Dubaï avec moi, je pourrais le garder à l'œil, et il pourrait toujours être utile.

Mark fronça les sourcils.

— Alors, quel était l'arrangement entre vous ? Vous choisissiez et tuiez vos victimes, et David les dépeçait pour cacher les corps ?

— Nous les choisissions tous les deux, détective. David pouvait être aussi méticuleux que moi quand il s'agissait de savoir qui attirait notre attention. Mais contrairement à lui, je ne veux plus avoir affaire à eux une fois qu'il ne reste plus d'essence, plus d'âme, dit-il, le regard vide en fixant la table alors qu'il traçait un arc indolent sur sa surface avec son index.

Il cligna des yeux, puis frissonna.

— Ils me répugnent. Donc David était entièrement responsable de leur élimination, vous voyez.

— Pourquoi êtes-vous revenu de Dubaï ?

Flackman se renversa sur son siège avec un soupir.

— J'ai essayé avec David, vraiment. Après avoir découvert qu'il avait stocké des… morceaux dans l'annexe des Kyte, je lui ai fait tout nettoyer pendant qu'ils étaient à l'étranger l'année dernière et il les a enterrés dans le jardin. Mais il a recommencé à stocker des… choses, à les collectionner dans ces fichues boîtes. Je savais que ce n'était plus qu'une question de semaines avant qu'il ne mette le feu à la maison. C'est ce qu'il faisait, vous voyez. Plutôt que de s'en occuper correctement. Il appréciait le processus, mais après… c'est presque comme si ça devenait écrasant pour lui, alors il brûlait simplement la maison et il passait à autre chose. Donc, dès que j'ai découvert qu'il avait recommencé à collectionner, j'ai compris que je devais le faire sortir du pays et l'arrêter.

— Pourquoi Abingdon ?

— Je ne sais pas, c'est lui qui a choisi cet endroit. J'ai supposé que c'était à cause de sa maladie d'Alzheimer, cette région lui était plus familière, comme un vieux souvenir, que des endroits plus récents. Je savais toutefois que son état se dégradait après que j'ai assassiné Ryan, c'est pour ça que j'ai dû le tuer. J'avais l'intention de partir quand votre collègue est tombée sur moi. Au fait, comment va-t-elle ?

Mark ignora la question.

— Est-ce que vous avez étouffé Ryan et Colleen, de la même manière que David ?

— Non, répondit Flackman en se passant la langue sur les lèvres.

Il remua les doigts.

— Je les ai étranglés avec ça. J'aime sentir la vie s'échapper d'eux.

— Donc, au lieu d'arrêter David, vous l'avez activement encouragé, n'est-ce pas ? dit Kennedy. Après tout, c'est bien vous sur ces images de vidéosurveillance au bar, puis au restaurant à Oxford, non ? Vous n'essayiez pas du tout de l'arrêter.

— J'essayais… Enfin, j'en avais l'intention. C'est juste que quand on est ensemble… quand on était ensemble…

Flackman soupira.

— J'ai été excité quand il m'a désigné Colleen et sa mère. C'était presque comme si David me mettait au défi. Et ensuite, pareil pour Ryan.

— Est-ce que vous avez tué Ryan et Colleen sur votre bateau ? demanda Mark.

Flackman hocha la tête.

— Oui. C'était moins risqué comme ça, surtout que David louait une maison à Long Wittenham qui donnait sur la rivière. Ça nous a permis de les débarquer pour lui sans que personne ne voie rien.

— Pourquoi est-ce que vous avez filmé le meurtre de David ? demanda Kennedy.

— Je ne l'ai pas filmé, répondit Flackman. Ce n'est pas mon truc.

— Nous avons trouvé la preuve d'un trépied d'appareil photo dans le bureau où vous l'avez assassiné.

— Non, je l'ai assassiné, détective, parce que j'ai découvert qu'il écrivait un livre sur nous. Sur moi.

Flackman secoua la tête, émerveillé.

— Et il le filmait aussi, il le publiait en épisodes pour le diffuser au monde entier. Il s'était mis en tête qu'il pouvait gagner de l'argent grâce à l'obsession des gens pour les émissions de « true crime » à la télévision. C'est pour ça qu'il se cachait dans ce bureau. Ça, et le fait qu'il n'avait pas encore rangé derrière lui, il avait laissé Ryan et cette femme dans la maison.

Les yeux de Mark se plissèrent.

— Il vous idolâtrait, n'est-ce pas ?

— Je suppose, répondit Flackman en haussant les épaules.

— Et vous avez utilisé ça à votre avantage.

— Comme je l'ai dit, détective, je n'aime pas m'occuper d'eux une fois qu'ils sont morts.

— Mais vous avez assassiné la seule personne qui vous protégeait, dit Mark.

— Si je ne peux pas contrôler mes assistants, ils ne me sont d'aucune utilité, répliqua Flackman.

— Vos assistants ? répéta Kennedy. Vous voulez dire qu'il y a eu plus d'un David Wannick ?

Flackman haussa les épaules.

— De temps en temps, au fil des ans, oui.

— Combien de personnes avez-vous assassinées ?

— Je ne suis pas sûr. Ça… le besoin… ça va et ça vient, dit-il avec un haussement d'épaules nonchalant. Parfois, je peux tenir un an avant que le besoin ne se fasse sentir. Parfois pas.

— Combien de personnes comme David Wannick y a-t-il eu ? demanda Mark.

— C'était mon troisième.

Le visage de John s'assombrit.

— C'était le meilleur jusqu'à présent, par contre. Il va me manquer.

CHAPITRE 52

Deux semaines plus tard

Le soleil baignait le jardin de la maison de Jan et Scott West, et un ciel d'azur virait au rose pâle alors que le soleil commençait à se coucher et qu'une légère brise dissipait une partie de la chaleur torride qui avait desséché la ville au cours des cinq derniers jours.

Mark était assis, une bouteille de bière à la main, son pouce en train de frotter la condensation qui décollait l'étiquette du verre. Il sourit en entendant le rire de Lucy qui parvenait des portes-fenêtres ouvertes, d'où elle défiait les jumeaux à un jeu vidéo – et gagnait, si l'on en croyait les protestations bruyantes de Harry.

La voix de Scott s'éleva de la cuisine, rappelant à l'aîné des deux jumeaux de se tenir tranquille, et West sortit par la porte arrière, les mains chargées de deux grands saladiers.

— Tu es sûre que je ne peux rien faire pour aider ?

demanda Mark alors qu'elle posait le premier bol sur la table à côté de lui.

Il se pencha en avant et écarta les couverts pour faire de la place au second saladier.

— Je me sens paresseux à rester assis ici.

— Ça fait deux semaines que je me tourne les pouces, dit West en lui donnant une tape sur la main alors qu'il tendait le bras pour prendre des chips dans un paquet ouvert. Et ne touche pas à ça. J'ai déjà dit aux jumeaux que c'était pour plus tard, s'ils ont encore faim après le barbecue.

Mark sourit.

— Même pas si je te donne les dernières nouvelles sur l'affaire Flackman pendant que tout le monde est ailleurs ?

— Vraiment ?

Elle se laissa tomber sur la chaise de jardin en plastique à côté de lui, le visage avide.

— Vas-y, alors. Mais une seule poignée, attention. On ne peut plus s'arrêter une fois qu'on a commencé.

Il prit une autre gorgée de bière, risqua de prendre la plus grosse chips qu'il put apercevoir dans le paquet, puis il se cala dans son siège.

— Alors, Gillian a confirmé hier avant de quitter le bureau que Wannick souffrait d'une forme précoce de la maladie d'Alzheimer. Elle a reçu les résultats des tests supplémentaires qu'elle avait demandés après l'autopsie.

— Alors Flackman disait la vérité, dit West.

Elle fronça les sourcils.

— On se demande pendant combien de temps ces deux-là auraient continué à tuer des gens s'il n'avait pas été malade.

Mark vit le frisson qui la parcourut, posa sa bière et lui tapota la main.

— Mais nous les avons arrêtés. Tu l'as arrêté. C'est toi qui as fait le lien entre Dubaï et l'appartement de Neville Kyte ici.

Sa main glissa de sous la sienne et se posa sur les bleus qui s'estompaient sur ses joues.

— Ce n'était pas ma meilleure idée, n'est-ce pas ?

— Tu aurais fait les choses différemment, avec le recul ?

Elle fronça les sourcils, puis piocha une chips dans le paquet et mangea en silence un instant.

— Probablement pas. Je veux dire, à ce moment-là, je n'avais aucune idée que Flackman serait là. Je pensais que l'endroit serait vide, ou peut-être que quelqu'un… un ami des Kyte peut-être… serait là, juste pour relever le courrier de Wannick.

— Voilà, tu vois.

Mark jeta un coup d'œil par-dessus son épaule avant de poser sa question suivante.

— J'ai entendu dire que tu avais eu le feu vert hier. Tu es sûre d'être prête à revenir ?

— Plus que jamais. Les vacances scolaires ont commencé la semaine dernière, et ces deux-là me rendent déjà folle.

À point nommé, Hamish débTula par la porte arrière, suivi de près par un cri indigné de Scott, puis par les jumeaux lancés à sa poursuite.

— Il a piqué une des saucisses ! hurla Luke, trébuchant sur ses propres pieds dans sa hâte d'attraper le petit chien.

— Oh, mon Dieu, elles sont encore crues, dit West en repoussant sa chaise et en glissant ses doigts dans le collier de Hamish alors qu'il essayait de la dépasser.

Elle l'immobilisa au sol dans une douce étreinte tandis que Harry et Luke s'effondraient en un fou rire, et elle arracha la saucisse de la gueule du chien.

Il s'éloigna en trottinant, le regard plein de reproches, tandis qu'elle arrachait une feuille d'essuie-tout et y déposait la viande.

— Bon, et bien, j'imagine qu'on n'a plus qu'à te la faire cuire quand tout le monde aura mangé, grommela-t-elle. Franchement, on croirait qu'il meurt de faim.

— Ce n'est certainement pas le cas, dit Lucy en sortant par la porte avec une assiette chargée des saucisses et des hamburgers restants, Scott sur ses talons avec deux sacs de petits pains. Désolée pour ça.

West rejeta ses excuses d'un geste de la main.

— Ok, tout le monde, on ferait mieux de s'asseoir et de manger tout ça avant qu'il ne réessaie, n'est-ce pas ?

Ils rirent, puis Scott se tourna vers le barbecue et la viande dégagea bientôt un arôme de charbon de bois qui mit l'eau à la bouche de Mark.

Il retourna à la cuisine, attrapa deux bières dans le réfrigérateur et en donna une à Scott avant de s'asseoir à côté de Lucy. Il regarda ensuite le couple se chamailler gentiment pendant qu'ils préparaient le repas, avec des gestes bien rodés par les années.

Il prit une gorgée de sa bière, puis posa la bouteille sur la table et passa son bras autour des épaules de Lucy tandis qu'elle sirotait son vin. L'observant un instant, il sourit lorsqu'elle se tourna vers lui.

— Ça te dirait de déplacer le bateau pour un temps ? suggéra-t-il. Peut-être plus loin en aval ?

Elle se laissa retomber dans sa chaise un instant et contempla son verre de vin en le faisant tourner entre ses doigts.

Il entendait West rire avec Scott et les gloussements des jumeaux qui montaient les escaliers en courant, talonnés par

Hamish, le son de ses aboiements excités s'échappant par les fenêtres ouvertes à l'étage.

Puis le regard de Lucy croisa le sien.

— Tu es inquiet, n'est-ce pas ?

— Je l'étais, admit-il. Mais plus maintenant. Flackman va être enfermé pour un bon moment.

— Quand même…

Elle repoussa son verre et se tourna vers lui, tendant la main pour prendre la sienne.

— Ok. Mais pas trop loin, hein ? Il faut quand même que j'aille à la galerie régulièrement, et j'ai beaucoup de commandes de la part des visiteurs qui se promènent le long du chemin de halage.

— Non, pas loin. Il faut aussi que j'aille travailler, et ça me manquerait trop aussi.

Il jeta un coup d'œil par-dessus son épaule alors que Hamish déboulait par la porte de derrière, avec Harry et Luke sur les talons.

— Et à lui aussi.

West se détourna alors du barbecue, les saucisses et les burgers cuits à la perfection, et elle posa le plateau au milieu de la table. Elle plissa les yeux en les regardant tout en passant une bouteille de ketchup à Harry.

— Qu'est-ce que vous manigancez tous les deux ? Vous avez l'air coupable comme tout.

— Mark veut déplacer le bateau, dit Lucy.

Les yeux de West s'écarquillèrent.

— Tu ne pars pas, n'est-ce pas, chef ?

— N'y pense même pas.

Mark prit l'un des burgers qu'elle lui tendait et le leva dans un salut parodique.

— Mais il serait peut-être temps de changer d'air.

FIN

BIOGRAPHIE DE L'AUTEUR

Rachel Amphlett est l'auteure de romans policiers et de thrillers d'espionnage les plus vendus par USA Today, et la plupart de ses livres ont été traduits dans le monde entier.

Ses romans sont disponibles en format numérique, en version imprimée et en livres audio dans les bibliothèques et chez les détaillants, ainsi que sur son site web.

Grande voyageuse et détective privée par accident, Rachel possède les nationalités australienne et britannique.

Pour en savoir plus sur les livres de Rachel, rendez-vous à l'adresse suivante : www.rachelamphlett.com.